激戦ニューギニア

＝兵の告発＝

白水清治

元就出版社

激戦ニューギニア・兵の告発——目次

歓喜嶺を死守せよ　93

フィンシュハーヘンの激闘　127

坂東川の決戦 198

渡河点を奪回せよ　234

聯隊の終焉　311

激戦ニューギニア

——兵の告発——

征途に上る

出陣

昭和十八年一月八日夜半、留守部隊戦友心尽くしの祝杯を厳粛に受け止め、重い軍装を背に聯隊本部経理室を出る。寒気の厳しい広い営庭には、すでに完全軍装をした四千三百余の将兵で埋め尽くされている。

「軍旗に敬礼‼　捧げー銃‼」

兵の捧げる銃剣が林の如く、将校の振り下ろす軍刀が、淡い外灯にキラリと光る。筆者も抜刀し、「捧げ刀」の礼を執る。

雪明かり　浮かぶ軍旗に　捧げ持つ
刃の鍔に　そっと口づく

各中隊正面、馬上の大隊長園田少佐が「前進！」と発した号令が、その後三年に及ぶ地獄行きの「前進命令」第一声であった。

見上げる夜空に、南山が街の灯を背に、黒い法衣姿で見送ってくれているようだ。

衛兵整列の営門を通過する軍旗も、心なしか悄然たるものがあり、「葬送」にも似た寂しさが胸をよぎった。それでも、兵たちは演習にでも行くかのように、晴れ晴れとした表情で営門を出て行く。残る者、征く者、粛として声なく、侘しいばかりの征途である。

部隊は将校官舎街を通り、龍山駅に向かう。ところどころに母子が佇んでいる。父や夫を見送る姿である。その順路決定も軍の配慮であろう。

下士官兵は貨車の中、寒気は肌を刺すが、先輩下士官は北支戦線の手功話に華が咲く。しかし今度の戦は、支那雑軍相手とは違う近代戦で、ノモンハン事変で証明済みである。

突如、「次の駅で下車、寺で乗船待ち」の命令が下る。

御用船

装具を輜重に託し、埠頭に急ぐ。すでに数隻の御用船が積荷を待っている。配船の英蘭丸事務長と積荷受授に当たる。本船は山下汽船の五千トン級で、皮肉にも英国製の船で英国との戦に征くのである。

多忙だった積荷作業が終わる頃、埠頭に灯が点り、岸壁到着順に部隊は乗船を始めた。喧噪だった岸壁も静まり、各船の機関音だけがリズミカルに聞こえてくる。最後の登舷中にふと考えた「龍山では夜逃げ同様、釜山では白昼堂々の積荷作業で、頭隠して尻隠さず」の矛盾した戦術思想は近代戦には通用せず、果たせるかな、以後三年間、多くの将兵を無駄死させることになる。

本船は静かに岸壁を離れる。釜山丘上の家々に煌（きらめ）く燭（あかり）が、声なき征途を見送っている。甲板上の韓国出身兵たちは、暮れなずむ故郷に別れを告げるかのように、甲板を立ち去らない。去りゆく「韓土の灯」を望見しながら、過ぎし二十一年の生涯が走馬灯のように想い浮かぶ。

船内居住区は深い船倉下、敵潜の魚雷を喰えば甲板に昇る暇はない。さっそく「本船と兵食給与連絡のため」と称し、外洋での定位置を司厨長（しちゅうちょう）室とする許可を得る。

揺れが大きくなった。玄海灘に出たらしい。

召集兵は淡い電灯の下、妻子への切なく、遣（や）る瀬ない想いを花札で紛らわせているようだ。筆者は「生と死」を考えながら日誌を記入する。

「我、将（まさ）に征途に上（のぼ）る。玄海洋上闇深く、星清けれど、波頭船首を洗う。顧みる二十一星霜、一場の夢の如し。噫々（ああ）青春の血、何処（いづこ）の地に果てて、祖国の難に殉ぜん哉（や）。……進路南―宜候（よーそろ）―」

書き終えて、静かに図嚢（ずのう）に収（しま）い横になる。

翌早朝、「関門海峡を通過するぞ。点呼は上甲板でとる。早く上がれー、整列！」

駆け上がった甲板前方に煙突が林立するのが八幡、戸畑、進むにつれて迫りくる山々は門司だ。

簡単な点呼後、船首砲座下の栗原軍曹は兵を九州方向に向け、「只今から軍歌『暁に祈る』を演習する。大きな声で続け！」。

船団は徐行し、門司の街々が眼前をよぎる。

噫々堂々の輸送船
さらば祖国よ栄えあれ
遙かに拝む宮城の
空に誓ったこの決意

このくだりになると、抑えに抑えていた感情が、涙となって止めどもなく頬に伝う。

本船は十一日夕、佐伯湾に入港、十四日昼、護衛駆逐艦を先頭に、一路南に向け、船足を早めた。

航行数日、参謀本部より入電「ガダルカナル逆上陸は中止、東部ニューギニアに変更」の由、船中安堵の気配が漂う。

船団は沖縄の南東海上にあり、波高く、船倉の兵は転がり、中には吐く者もいる。

船中で開襟半袖の防暑服に着替えをする。兵は喜び、我は冬服の回収と、防暑服の支給で汗だく、潮風が心地よい。

船中は「飯上げ」以外にすることのない毎日。女房子供の自慢話もネタが尽き、戦場談義も、敵潜対策には皆「シュン」として声なし。

ある日、栗原軍曹が取り出した「御守」は、一見してそれと判る三本の「毛」であった。彼曰く「この御守は千人針よりも霊験あらたかで、日清・日露の戦役以来、軍人の習わしである。お前戴いてこなかったのか」と、私を揶揄する。と、恭しく柏手をうって奉拝し、接吻の後、油紙に包み、懐中深くにしまった。

こうなると、京城第二高女の千人針が、何だか軽々しく感じられるようになった。

航海に飽きていた一月二十五日昼頃、マスト上の監視兵が「三時の方向、敵潜水艦！」と、連呼する声に我は司厨長室を飛び出した。

ベルが鳴り響き、兵たちは指定の場所に集合し、事態の成りゆきを必死で見守っている。船は大きく回頭し、敵の魚雷が舷側すれすれに走り去るのを見て胸を撫で下ろす。

パラオ島の日々

船団は珊瑚礁の水道を経て、海底の見える静かな内海に入る。眼前の風景は天国のような新鮮さで目に写る。湾には大小の艦船が幾艘も停泊している。ここが東京都南洋庁の「パラオ島」である。

聯隊は、先発師団の受け入れ準備完了まで「密林戦演習」をしながら待機することになった。

町は椰子の並木道、右手の南洋庁庁舎を過ぎると、やがて南洋神社が見えてくる。ここから左折し、コロール水道を渡って、アイライ村の宿営地に着いた。

大隊本部は高台の南洋興発社宅へ、各隊は麓に小屋掛け兵舎を建て居住することになった。

師団は第十八軍に属し、北上するマッカーサー指揮の米豪軍をサラモアで撃破するにあり、聯隊は毎日が猛訓練の連続である。

筆者の任務は将兵への給食である。が、野菜市場の配給が途切れた後は、近海物の鰹(かつお)ばかりで、ビタミン不足に加え、雨水貯水槽の飲料水で下痢、嘔吐の患者が多発した。それでも練兵休は許されず、弱った兵も筆者も、上陸演習だけはかならず参加した。

舟艇より海中に跳び込むと、水位は概(おおむ)ね胸くらい、敵弾を避ける術がない。

「海中に潜ると砲弾の海中炸烈で、目や内臓が水圧で飛び出してしまう。いずれにしても戦死は免(まぬが)れまい」と、栗原軍曹は筆者の目を見てニヤリと笑う。

マダンに前進せよ

赤道直下の戦闘訓練にも慣れた五月二十三日、聯隊の第一陣として園田第一大隊は、師団主力が待つニューギニアに向け出発した。

ガ島はすでに陥(お)ち、海軍山本大将いまは亡く、太平洋の戦勢は、とみに不利となっていた。

敵の潜水艦が随所に出没する緊張の海上五日間、同月二十八日、無事に目的地ハンサ湾に投錨、網梯子で大発に移乗し、上陸を開始した。

船舶工兵の軍曹が大声で叫ぶ。「着いたぞ！　早く飛び込め！　ぐずぐずするな！」。

その時、B17三機の爆撃があり、船舶の機関銃、揚陸したばかりの高射砲が一斉に撃ち上げる。我に実害なく敵機は去った。

この時を待っていたかのように姿を現わす友軍機、まったく「お座なり協力」としか思えない。

患者後送の本船は、戦場を去っていった。


六月二日、園田第一大隊は「空気一升、蚊一升」というマラリア蚊の群生地ハンサを後に、東方二百五十キロのマダン目指して行軍に移った。

夜行軍の第一夜が明けたが、左手湾内のマナム島は今日も湾内中央にあり、行軍三夜で椰子林を抜け、海岸疏林道に出る。この道は、先遣の歩七九が血と汗で啓開（けいかい）した道である。

行軍七日でマラリア発症、東原軍医の注射一本で治療は終わり、行軍にかかるが、身は事務系の下士官、ヨロヨロと歩く姿を見兼ねた行李長の枝本曹長が、筆者の両脇を輜重兵（しちょうへい）に抱えさせ、体に荷綱を巻き、その先端を輜重車に結ばせ、車ごと引かれながら、やっとの思いでマダンに着き、山本曹長に抱かれて野戦病院に着いた途端、意識が薄れていった。

南海支隊

戦友よ！　あれがポートモレスビーの灯だ

昭和十七（一九四二）年、大本営は、米豪連絡路遮断のためモレスビー攻略（MO作戦）、フイジー・サモア・ニューカレドニア攻略（FS作戦）を策定した。このため、当時グアム島攻略後、ラバウルにあった南海支隊を起用し、海路モレスビーを攻略することにしたが、サンゴ海海戦で中止、続く「ミッドウェーの大敗」で、このFS作戦も中止となった。

ところが、ニューギニア作戦遂行上、モレスビーは、絶対に占領する必要があった。

そこで「海が駄目なら山から征け」とばかりに、掘井富太郎少将率いる土佐編成の歩兵第百四十四聯隊基幹の南海支隊に、モレスビーの再攻撃を命じた。

当初大本営は、独立工兵第十五聯隊長横山與助大佐に歩兵一個大隊を付けて先遣、ココダへの前進を命じた。

横山先遣隊は七月二十一日、バサブアに上陸し、ココダへ急進中に豪軍一個中隊と遭遇、夜襲でこれを占領した。ココダから先は山岳現地道にかかる。

横山工兵隊に配属された歩一四四塚本第一大隊は、ココダ占領後八日間も動かず、さらに三日行程のイスラバまで八日も費やす行動は、故意に軍律違反の統制前進をした感がある。

南海支隊長掘井少将は、歩一四四主力を率い八月十八日、バサブアに上陸、ココダで横山大佐より諸般の報告を受け、自ら全部隊の先頭に立ち、イスラバに急いだ。

続いて新配属の歩四一（福山編成）の主力も二十一日、バサブアに上陸、支隊の後を追い急進した。

イスラバの敵陣は急坂上にあって、攻め登る日本軍に自動火器の雨を降らす。

翌二十七日の攻撃は頓挫し、戦線は膠着状態となった。敵の背後に迂回攻撃のため密林に入った堀江第二大隊とは連絡不能となった。膠着状態が続き、支隊長は焦ったその時、歩四一小岩井第二大隊の集結が終わった。

大隊は上陸六日目の二十六日、イスラバ攻撃中の支隊に到着した。

支隊長は眼前で隷下部隊の不甲斐なさに、配属の小岩井大隊に期待をかけていた。

大隊長は迂回作戦の概要を各中隊長に説明し、十四時二十分、攻撃前進に移った。

敵が大隊の側面攻撃する中を突き進むと、稜線下で喊声が上がった。桑田第三大隊が突入したのである。

小岩井少佐は、直ちに敵の追撃に移った。

攻撃中の迂回行動五日間、消息不明だった堀江大隊もようやく密林から抜け出てきたが、一体これは何を物語っているのであろうか……？

田中兼五郎軍参謀の戦闘要図の説明に、この堀江大隊長の行動には一言半句の記載もなく、この密林の「遅滞行動」を、陸士同窓会的心情によって隠蔽したとしか考えられない。

この人は陸大再審査のため内地帰還となるが、こんな指揮官（石）は、いくら磨いても（教育）石は石で、玉にはならない。

九月一日夜明け、小岩井大隊は追撃を開始、途中の敵陣を撃破、九月四日昼前、スタンレー山脈二千五百メートルの「峠」に到着した。道は下り坂となり、モレスビーへと続く。

小岩井大隊は攻撃任務を歩一四四と交替。六日＝カギ、七・八日＝エフォギ南方の敵陣を突破、山坂は下るに従い暑さが厳しくなり、マラリア・下痢患者が出始め、加えて敵機の襲撃が激しくなり、死傷者も多くなった。

しかし、これら患者は後送せず、モレスビーで開設予定の野戦病院に入院させるべく、こともあろうに「患者を前送」していた。このことがその後の退却戦の折、大混乱を生ずる原因となった。

九日、兵は空腹を耐え、先を急いだ。

九月十二日「イオリバイワ」の敵に接触、十三日より攻撃開始、十六日夕刻、同陣地を占領、「モレスビー」の灯火を望見し、涙とともに万歳を叫び、今は亡き戦友の名を呼び、互いに肩を抱き合って泣いた。

だが、軍の重点が「ガ島奪回」となり、ニューギニアは第二次的となった。ために補給は途切れ、支隊は弾も食も医薬もない裸の部隊となった。これでは戦闘になるはずがない。九月十六日、軍は南海支隊に対し、せっかく占領したイオリバイワの放棄撤退を命じるとともに、堀江第一大隊にスタンレー峠付近に陣地を構築し、撤退部隊を収容すべく命じた。

悲惨なるかな退却行

九月十六日、イオリバイワ占領の南海支隊は、小岩井大隊を後衛として残置し、他の各隊は二十五日より北に向け逐次、撤退に移った。だが、食料はすでになく、現地人の芋畑は進撃時に掘り尽くされ、筋芋一本すら見当たらない。

遙かに霞むモレスビーを望見し、ふたたび来たりて今日の無念を晴らさんことと誓い合い、小岩井大隊は二十七日、部隊の後を北に向かって急いだ。

敵は日本軍の撤退を知らずに、イオリバイワの空陣地を盛んに砲撃していた。

十月四日、ココダに到着したが、一合の「米」も配給されなかった。

当地で、歩四一の第一・三大隊は、敵の上陸が予想されるギルワ・バサブアに出発した。

歩一四四の楠瀬聯隊長は病気後退、第一大隊長の塚本中佐が聯隊長代理となった。

また、イスラバ攻撃時、五日間も所在不明となり、イスラバ攻撃に遅参した堀江少佐は、陸大再審査のため内地に帰って行った。

十月十一日頃よりスタンレー支隊は、敵の攻撃を受け始め、陣地は切断された。それでも、兵たちは眼前の敵と激闘を繰り返し、必死で陣地を固守した。

だが、全滅の恐怖に戦く塚本聯隊長代理は、「糧食尽き、兵力急減の悪条件下、敵の猛攻にいつ後退するやも測り難し」と打電した。

電文に驚いた支隊長は、傍らの小岩井少佐に、「二十八日まで峠の陣地を確保、以後、後衛なり、三十一日ココダに到着せよ」と命じた。

峠のイオラ陣地に急行する小岩井少佐に掘井少将も同行、現地で塚本中佐に「二十八日夜以降に後退」を命じて引き返した。

二十八日十五時頃から敵は猛攻が始めたが、激闘の中に夕闇が迫る頃、ようやく敵を撃退した。

また、バサブアの歩四一宮本第一大隊に対し、急遽、原隊復帰を命じた。

塚本中佐は二十時を待たず、日没と同時に各大隊を置き去りにしたまま、逸早く本部を率いて、後退して行った。

小岩井大隊は同夜三時、イスラバに後退した。

翌二十九日は平穏であったので、患者を後送すると、後衛兵力は十六名となった。

想うに、聯隊長や大隊長が前線で部下を戦場に残し、「お前たちは勝手に退れ」とばかりに、逃げるかのように敵陣前を去ることが是認されてよいものだろうか？

前面の豪軍は、「ブナ」の米軍に呼応し、日本軍を一網打尽に包囲殲滅せんと、ココダに迫って来た。だが、平地のココダは防御(ぼうぎょ)に適さないので、北東八キロの「オイビ」に防御陣地を構築した。

その兵力は、ココダ本道に小岩井大隊と宮本第一大隊に歩一四四の第一大隊を配し、これに山砲一門と、工兵一個小隊を配属させ、守備の万全を期した。

この陣地と併行して、オイビ南方をゴラリに通ずる間道があり、その路上の「ワージュ」に歩一四四の第二・三大隊を配置した。

十一月四日、オイビの陣地に敵豪軍が接触、連日の猛銃砲撃に、我は敵を充分引きつけて一斉射を浴びせると、転げ落ちるようにして退却する。

敵は正面攻撃を、間道攻撃に重点を移した。ここを守るのは「退却癖」のある塚本中佐指揮の歩一四四聯隊主力である。

十一月七日夕刻、ワージュ方面に盛んな銃砲声が起きたが、それも短時間で終わり、日没後には支隊司令部の方向に銃砲声が移った。以後、塚本部隊との連絡がとれなくなった。

第十八軍参謀田中兼五郎少佐は、その著書で、『十日朝に至って数倍の敵に包囲攻撃を受け全滅した』と記述している。

だが、二個大隊が全滅するような大激戦の銃砲声はあっていない。とすると、後は陣地を捨てたとしか考えられない。

七日夕、支隊後方の吊橋は敵に占領され、翌八日朝、歩一四四第一大隊を、この敵の攻撃に急行せしめた。だが、ゴラリは失陥直前、退路はすでに断たれ、全滅は必至である。

支隊長は本属である塚本部隊の無断陣地離脱で「ギルワ」への後退を決意した。

十日夜、イオラの歩四一は撤退開始、暗夜八キロの泥道を夜行軍で司令部位置ゴラリに辿り着いたのは、翌日未明であった。

支隊長は到着した矢沢聯隊長と小岩井大隊長に、事態収拾の意見を求めた。

陣地を捨てた今、敵の追撃は必至である。ここは一番逃げるに如かず「直ちに『クムシ川』を渡河しましょう。追撃が始まります」と、小岩井少佐は答申した。

もう戦線は総崩れで、統制も取れない状態となった。

これより先の十月二十八日、第十七軍では、ココダ撤収後の防衛線を「パパキ」と定め、オイビ撤収の自由を与えていた、と田中謙五郎参謀は言う。

しかし、十月二十八日といえば「峠」の防衛線イオラを撤退する日で、次（ココダ）の次（パパキ）まで指定するのは不自然である。曰く、峠（イオラ）が駄目ならココダ（オイビ）に退れ！　ココダが駄目ならパパキに退れ！　とは……？　こんな奇怪な命令は、我が参戦三年間に聞いたことがない。

この命令は、塚本中佐の「敵前無断離脱・敵前逃亡」を軍法会議からの回避目的で、陸士同窓会的心情から発した追認命令か？　あるいは元々なかったものを、戦後、同中佐の名誉のために書き足したとも疑われる。

また、田中軍参謀は、その著書で「食糧補給の途絶が惨敗の原因」だと諄々と記述しているが、補給を軽視した作戦計画を作った参謀たちの、つまり自分たちの責任ではないか。

それを、あたかも他人事のような認識しか持っていないところに、日本軍惨敗の遠因がある。

兵は言う。「俺たちは兵隊だ。弾に当たって死ぬのは覚悟の上、だが、餓死し、否、死ぬ前から『ウジ虫』に食われるためにニューギニアにきたのではない。戦争するためにきたのだ」と。

砲を捨て、患者担送を命じられた高木砲兵中尉は、頭を拳銃で撃ち抜き、砲に殉じた。支隊はクムシ川を渡り、北岸高地に集結、下流に沿い高低の多い密林を喘ぎ喘ぎ後退した。部隊には一粒の米もなく、泥田のような泥濘の中で休憩もとれず、飢餓とマラリアでバタバタと倒れてゆく。

「銃も砲も捨てて兵の生命を救え！」と、小岩井少佐は叫び、疲労の激しい兵には「小岩井少佐が預かる」と、銃や砲を受け取り、片っ端から捨てていった。

「先頭、歩度伸ばせ」と、叫べども部隊は進まず、まず担送患者が手榴弾で自決を始めた。手榴弾の炸烈音や、戦友を処分する銃声を耳にしても、何の感情も示さないまでに、兵は打ちのめされていたのである。

以前これらの兵は、マレーやフィリピンで活躍した精鋭部隊の勇士であったのだ。それが今、乞食も及ばぬ哀れな行き倒れ姿となって、累々と屍を晒しているのである。

十一月十七日、ギルワ方面に盛んな銃砲声を聞き、掘井支隊長は焦った。

十九日朝、支隊長は田中豊成参謀以下数名を従え、ビンガ付近から急造の筏でクムシ川を下った。それが支隊長掘井少将の最後の姿であった。

筏は二キロ下流で、大きな倒木に引っ掛かり動けなくなった。仕方なく右岸に渡り、進むうちにカヌーを見つけ、支隊長、参謀、当番兵の三名が乗り換え、さらに下って行った。ところが増水のため、カヌーは十キロ沖の海まで流され、突風に転覆し掘井少将、田中参謀は溺死したが、漁師出身の当番兵のみが岸に泳ぎ着き、その状況を報告したので、以上の事情が判明した。

本属の塚本部隊は掌握できず、本拠地ギルワはすでに敵、背後は一個師団の豪軍に追われ、失意の退却行の末での不慮の死、想えば哀れな将軍であった。

さて、本隊は高砂義勇隊発案の筏でクムシ川北岸に渡り、芋畑を見つけたお陰で元気を取り戻し、砲声に向かって道を急ぎ、十一月二十七日、ゴナに到着した。

歩四一は、ここゴナに第一大隊を止め、主力は命によりサンボに進出した。

一方、支隊本属の塚本中佐は、自己のとった行動が原因で支隊が総崩れとなり、支隊長以下多くの犠牲者を出したのも知らぬ気に、ココダ本道を足早に後退、十四日、ギルワに到着していた。

バサブアの玉砕

軍はニューギニア攻略に第十八軍を新設、ガナルカナル島（ガ島）の既設第十七軍とあわせ統括するため、第八方面軍を創設した。その指揮権発動は昭和十七年十一月二十四日であった。

その頃の戦況は、十一月十九日より米軍がブナを攻撃中であり、一方、矢沢歩四十一聯隊がゴナに到着する頃で、追尾の敵豪軍も同地に到着していた。

別働の一個師団が忽然と密林より現われると、バサブアを包囲し始めた。

バサブアには、山本工兵少佐指揮の設営工員七百名のほか保健隊・高砂義勇隊・病院患者らの計約九百名がいたが、執銃経験のない者がほとんどで、戦闘能力は無に等しかった。

戦闘は十一月二十八日、敵の戦闘斥候（せっこう）の攻撃に始まり、我が猛反撃に退却した。

三十日、豪軍の再攻に多くの損害を与えたが、我も海岸陣地の一角を失った。

戦いは断続的に続いたが、頑強に抵抗する我に、豪軍は十二月六日、攻撃を再開した。

我は水没の蛸壺で終日、敵を邀撃（ようげき）した。

八日、残兵二百名が狭い教会陣地に追い詰められ、翌日の白兵戦で我が軍は全滅した。

この戦場で特筆すべきは、民間人が勇敢に戦い、華々しく散って逝ったことである。これは太平洋戦争中、最初の玉砕であった。

ブナの玉砕

十二月十二日、海軍機より、「オロ湾に敵一千が上陸中」との報告があり、続いて「ブナ南方に飛行場発見」と、陸軍機が報じた。

軍は、赴任途上の歩一四四聯隊長山本大佐の指揮下に、監物歩兵大隊、山砲一門、歩一四四の補充員七百名でブナの確保を命じた。これら部隊は駆逐艦八隻でブナに上陸、翌十九日払暁より敵の攻撃を受け始めた。迎え撃つ日本軍は陸海あわせて約二千八百名で応戦したが、敵は予想外の大兵力で包囲をしはじめた。

ブナ地区の敵は米第三十二師団で、翌二十・二十一日の空地連携攻撃に失敗したのに激怒した敵将マッカーサーは、アイケルバーカー中将を第一軍団長に任命し、「ブナ奪取ならずば生還を許さず」と、厳命した。

バーカーは十二月一日、「ブナ」戦線に到着、即座に師団長や連隊長を更迭、同月三日より日量一万発の砲撃とあわせ猛攻に転じた。

五日、監物大隊は装甲車を伴う敵を撃退。

九日、飛行場西端の海軍第三下士哨では、敵の猛砲撃下に砂に埋もれて応戦、撃退した。次に、米軍は海軍設営隊に猛攻開始、工員部隊も勇戦敢闘したが、陣地中央を突破され、僅かに部落陣地を確保するのみとなった。

十八日払暁、我が飛行場に敵は空戦陸一体の一斉攻撃に、監物大隊は手榴弾を抱いて戦車に突入し、二台爆破、三台を第二線で阻止したが、連続十時間の戦闘で残兵僅か六十となり後退した。

二十二日、軍はブナ地区撤退を許可した。

二十四日、旧飛行場の海軍高角砲は戦車三台を撃破したが、二十六日奮戦の末、全滅した。

二十七日、海軍はギルワ転進命令を受領するも、敵重囲の中で脱出は不能。

二十八日、安田海軍大佐は訣別電を発した。


昭和十八年一月一日早暁、乾杯、万歳三唱。

その戦闘詳報に曰く……。

「……万物悉く死に絶え、蚊蠅の飛ぶを見ず………戦線は錯綜し敵砲射撃するを能わず、敵戦車左右より迫り来たれども我に武器無く、ただ手榴弾を持って鉄牛に挑むのみ……」

その混乱中、山本海軍軍医大尉が「ブナ」最後の戦況を、友軍司令部に報告すべく命を受け、海を泳いでギルワに渡り、山県少将にその戦況の詳細を報告した。

一月二日黎明、安田海軍大佐、山本陸軍大佐及び残兵数名は前面の敵に突入し、ブナ日本軍の最後を飾った。

山県少将は十二月二十五日、ブナ救援命令を受領するや、手兵一個大隊を後方のクムシ川口より舟艇で招致、矢沢大佐指揮の許、昭和十八年一月二日に出撃、三日、約百の敵と遭遇、四日、夜襲でこれを撃退、翌五日、ブナ西方二キロ地点でブナ脱出兵に遭う。「ブナ守備隊玉砕」の報告を受けると、六日まで待機、収容の兵、陸軍約百八十名、海軍約百九十名であった。

それにしても、救援出動に七日間もかかるとは、あまりにも遅すぎる。ギルワ→ブナ間は五キロで、矢沢救援隊はブナの手前二キロの地で停止しているので、前進距離は僅か三キロである。それを三夜も要したとは、陥落待ちの統制行軍と断定されても仕方があるまい。

かくして「ブナ」守備隊は潰滅（かいめつ）した。

ギルワ海軍陣地の潰滅

十二月一日、山県少将は、田中軍参謀と兵四百二十五名を率いクムシ河口に上陸、バサブア救援に向かったが、敵の一撃で惨敗、一部をゴアに残し、少将は大発でギルワに着任した。

十二月十四日、南海支隊長小田健作少将は兵八百七十を率い、後方のマンパーレに上陸、一個大隊をゴアに留め、少将は十二月二十日、海上九十キロを大発でギルワに前進した。

その結果、この狭いギルワに陸士同期の将軍が二名いて、指揮系統が混乱することとなる。

今、ブナから米軍が、バサブアからは豪軍が、また、ソブタ道にも豪軍が迫っている。

我が軍の対応はギルワ海岸の東に山県少将の約二百が敢闘し、同西には山砲兵百と、馬を自動車に乗り換えた騎兵百、海軍工員隊五百、計七百が豪軍一万の猛攻を支えている。

一月十三日、第八方面軍よりラエへの撤退命令を受けたが、軍派遣参謀田中少佐はこれを秘め、砲撃下に大発八隻で患者輸送、十八日までに千二百名の患者後送に成功した。

南海支隊長は、なぜか海岸陣地に移動した。

横山工兵大佐は患者後送中、マンパレーに後退、支隊長命令を無視してその地に居座った。

一月十九日夜、山県少将はブナ地区隊のクムシ河口撤退を命じるや、部下を捨て、我独り、患者輸送用大発に便乗し、クムシ河口に後退した。

小田少将は激怒し、陸路撤退にかかったが、重囲を突破できずに夜が明け、その場で自決、司令部将兵はバラバラに敵中突破を企てたが、下士官兵の数名のみが脱出に成功した。

当陣地は、頑丈なだけが取柄(とりえ)で、ソブタ道南に塚本部隊の西南地区隊、その北二キロに小岩井少佐の中央地区隊、その北二キロに海岸地区隊が布陣し、戦闘壕の補強を急いだ。

十二月十九日、塚本陣地に敵来襲、各隊は勇戦敢闘、その日夕、敵は退却、全滅を免(まぬか)れた。

この戦闘で桑田大隊長が戦死した。

前進陣地の歩四一竹中保健隊の病弱兵は、分隊長以下、鉢巻姿で軽機に水筒の水をかけながら勇戦奮闘し、十三日、この大敵を撃退した。

年明けて一月九日、敵は中央・西南両陣地間に侵入開始、村瀬少佐に兵八百を与え、本道上の敵撃滅を命じた。

一月十二日（堀江軍参謀説）夜、先に全滅を免れた塚本部隊長は、指揮下全部隊を率い、無断で陣地を放棄脱出した。ために危険となった村瀬隊を中央地区隊に収容したので、今は中央陣地を残すのみ、その実質指揮官は小岩井少佐であった。

その頃、堀江少佐の後任、加藤幸吉少佐が中央地区西半分の防衛を担当したが、戦車を伴う敵の猛攻に、全滅も一両日に迫った。

支隊長小田少将は、自決前に「二十日二十時以降、クムシ川河口へ撤退せよ」との口達命令を、将校伝令五組を派して伝達せしめた。

この日二十時、豪雨と闇の中を、中央地区各隊は順次、陣地を離脱し始めた。その豪雨の中に手榴弾の閃光が閃き、小銃の発射音が響く。

彼ら勇士を見捨て去り行く上官や戦友は、打ち続く敗戦の悲哀に涙した。

その脱出路は元野戦病院の屍体安置場で、強烈な死臭に敵も辟易(へきえき)し、包囲網に間隙が生じていたところで、我が屍体を捨てた一千余名の戦友を恨みもせず、脱出路に導いたのである。

部隊は豪雨と闇の密林中を潜行し、クムシ河口を目指して落ち延びて行った。

ここにブナ地区の日本軍は一掃され、モレスビー占領も一場の夢と化した。

小岩井部隊は一月二十八日、クムシ河口に到着した。そこには「敵前逃亡」の塚本中佐が、つとに到着しており、「帰還命令」を無視し続けた高橋工兵大佐もこの地で、衛生下士官並みの患者受け入れ係に転落させられていた。

また「部下を捨て戦線を離脱した」山県少将も、この地に安着していたが、同行の軍参謀田中少佐は逸早くラバウルに還っていた。

これら四人の行状について、なぜか高級司令部では取り上げようとはしなかった。

軍は一月十三日、ギルワの撤退命令を受けていたが、田中軍参謀はこれを秘匿、十八日、山県支隊長に示達した。山県支隊長はさらに留保し、二十日に南海支隊長に下達した。以来、撤退命令の出し渋りは恒常化した。

その原因は、戦場の現実を無視した安達二十三軍司令官の強烈な個性によるものである。二月七日、クムシ河口に集結した兵は三千六百名。昭和十七年三月以来、投入された陸軍一万五千、海軍三千、計一万八千、途中の後送した兵を除いても約一万三千の兵が、草むす屍（かばね）となって南溟の果てに消え失せたのである。

この悲惨なる戦闘状況は、国民に一切知らされず、また生存者の内地帰還も許されず、南海支隊は親兵団の第五十五師団（ビルマ）に、小岩井少佐の歩四一は朝鮮へ転進せしめられた。

筆者がブナの惨敗状況を聞いたのは、それから三ヵ月後、マダンの野戦病院であった。しかし、「我が第二十師団に限って！」と思いきや、同年九月、戦闘開始以降、陸士将校の戦闘指揮は、まったくブナ戦線同様であり、拙劣を超えた幼稚な指揮ぶりで、敵前逃亡や、攻撃命令拒否などの醜態を曝（さら）け出す始末であった。

サラモア戦線

ワウ攻撃の失敗

満身創痍の南海支隊をクムシ川で迎えたのは、岡部支隊歩一〇二の二個中隊であった。軍は、ここサラモアでマッカーサーを撃破すべく、まずはワウ飛行場占領の要ありとし、岡部支隊を先遣したが、渡海中の一月七・八両日の大空襲で三百六十名が海没した。八日、揚陸作業中に被弾の妙高丸は海岸に乗り上げて座礁し、今も残骸を晒(さら)している。

翌九日夕、ラエを出発した岡部支隊は、十一日、サラモアに到着、二個中隊をクムシ河口へ派遣し、主力は十四日、岡部支隊長が直率し、西南六十キロにある高原の町ワウ飛行場目指し、対空遮蔽の効く密林山岳道を選んで進発した。

以来、山岳行軍十四日、食糧は尽きたが、いまだ敵地は見えず、支隊長は焦慮(しょうりょ)した。が、前線より「五五〇高地到着、飛行場の俯瞰可」との報により、攻撃前進を続行した。

支隊は「食糧・弾薬の追送」を軍に打電するが、「敵に糧を求めよ」と、すげない返事。

ならばと、飛行場とワウの町へ進発したが、敵の砲爆撃で前進できず、芋掘りに専念した。

作戦ことごとく失敗し、兵の戦意は喪失した。

その間に敵豪軍は四個大隊をモレスビーより空輸し、防備を強化していた。

一月三十日、関大隊は飛行場夜撃に失敗し（大隊長戦死）、態勢再建のため、背嚢置場へ後退した。

二月六日、無電あり。「明七日、戦爆連合三十機、ワウ飛行場攻撃に向かう」と言う。

翌日十時頃、二、三の友軍機が低空で、三発の爆発音を残し、直ちに反転帰投した。

丸岡聯隊より無線あり。「友軍機の爆撃効果なし。下村大隊の突撃は中止」すると言う。

二月八日夜明け、支隊司令部は敵砲撃に追われ後退開始。芋掘る時間もなく食糧皆無。

二月九日夜、患者の自爆音が、去り行く戦友には「悲運の絶叫」としか聞こえなかった。

十二日早朝、背嚢置場監視兵の惨殺屍体発見、閻魔も目を背けるほどの惨状であった。

食糧前送と患者後送要請の返電に曰く。「今後貴隊の奮闘を祈る」とは何と冷酷な……。

十三日、ムボ撤退の軍命令受けた支隊長は、「早急に芋を収集、明十四日午前四時、当地出発、ムボに集結せんとす」の命令を発した。

翌日の定刻、支隊は行軍に移ったが落伍者続出。「落伍即死」を承知の患者は、手榴弾で自決。その炸裂光が闇を切り裂いた。

行軍五日目、「前方へ食糧輸送隊到着」の声、雨中で一合が支給され、粥にしてすすると、元気が出てきた。以後、毎夕一、二合の米が支給されて元気づき、二十一日、ムボに到着した。

当地で一週間休養し、サラモアへ出発した。「ワウ」攻撃は、その外郭にも至らずして完敗、上級司令部はその作戦の全貌を隠蔽した。

八十一号作戦もまた無策で臨み、「征けば何とかなるだろう」式の無責任な軍司令官が、八隻もの全輸送船と約三千の兵を無為に海没させても、一片の反省すら示さないのである。陸軍大学では、この「何とかなるだろう式」の面映ゆい作戦を学ぶために高い税金を使い、「石を玉に」と無駄な努力しているが、「石はいくら磨いても玉にはならず石のまま」である。

彼らの作戦は「里の童の戦争ごっこ」にも劣る作戦で、これでは敵に勝てるはずがない。これに比べ敵の情報網は、ラエに上陸した日本軍の動向は的確に摑んでいて、四個大隊を空輸し、防備を完備して待ち構えていた。

そんなこととは露知らず「翔んで火に入る夏の虫」、はなはだ情けない作戦であった。

敵を知らず　己をも知らずして　百戦するも　勝機得難し

次に我が空軍の対地協力は杜撰(ずさん)の極みで、第四空軍参謀の高来中佐は言う。「二月（原文は一月とある）六日、戦爆三十九機でワウ飛行場を攻撃した」とあるが、実際は前述の通り空振りであった。

敵機は、どんな悪天候でも飛来し、友軍陣地を銃爆撃するが、友軍では「天候不良のため、対地攻撃は延期」するとの無電が入る。

その悪天候のはずの友軍陣地上空では、敵機が演習気分で銃爆撃を繰り返す有様である。

八十一号作戦の惨敗

「ワウ」での完敗で、マンパーレの戦術的価値が喪失したので、当地の南海支隊をサラモアに退(さ)げ、第五十一師団主力の到着まで同地の確保を命じると同時に、第五十一師団主力の渡海を急いだ。

敵制空権下の海上輸送に一部の反対もあったが、安達第十八軍司令官と海軍神重参謀の強引な意見で、この渡海作戦は強行された。

師団の兵七千、海軍四百、機材二千五百トンを八艘の輸送船に分乗載、護衛駆逐艦八隻でダンピール海峡七百キロをラエに向け、ラバウルを出航した。これを八十一号作戦と言う。

この船団には、第十八軍司令官安達中将が駆逐艦「時津風」に、第五十一師団長中野中将が「雪風」に乗艦し、前線に向かった。

三月一日、「敵機襲来」の信号弾が上がり、兵はただただ被爆しないことを神仏に祈るのみ。終夜、敵機は照明弾を投下して海上を照らし、常時滞空して夜も休息を与えない。

二日、今日は大空襲を予想し、緊張の刻が過ぎてゆくも、海軍確約の上空直援九十機は来たらず、八時三十分、船団左方に敵機発見、各艦一斉に対空戦を開始した。

が、備砲の仰角は上がらず、機関銃は高度二千に届かずして戦闘にならず、一方的攻撃に「旭勢丸」が被弾沈没、駆逐艦「朝雲」と「雪風」が遭難陸兵百十八名を救助し、全速力でラエに急行、中野中将以下八百名を上陸させた。

三日、敵機は終夜、接触を続け、黎明時にB17が空襲開始、続いて七時、十機が来襲した。それは、次なる惨劇の前触れでもあった。

船団はフィンシ岬を廻り、ラエ沖に達した。

その時、マスト上の監視兵が叫ぶ。

「敵機来襲！　その数……雲霞の如し！」

敵機の爆音爆風で海は泡立つ。敵は、ワウ・ブナはもちろん、豪州本土に集結中の全機で、我が船団を一挙に撃滅せんと集中攻撃をかけてきた。

これに対し我が空軍の機影は見えず、船団上空は無防備、約束の直援九十機はおろか、一機の来援もなく、海軍の言は不信の限り。

敵は「反跳爆撃（はんちょう）」なる新戦法で、低空で爆弾投下、水平に落ちた爆弾が、水平に反跳して船腹吃水線を穿（うが）ち、一気に爆発して火災や浸水を引き起こす厄介な戦法である。

この戦法で、全輸送船八隻と駆逐艦四隻が轟沈同様に沈没、三千名を越す将兵と、戦闘資材全部を失い、本作戦は完敗に終わった。

この惨敗作戦に責任ある高官は口を噤んで語らず、第八艦隊参謀神重大佐は何の咎めも受けないどころか、その後栄転、戦艦「大和」の沖縄特攻出撃作戦を計画した人物と聞くに及んでは、まったく呆れ果てて物が言えない。

また「安達軍司令官の敵情判断が甘く、『何とかなるだろう』と（自信過剰の惚け頭で……筆者）考えたのが、大きな誤りであった」と、第十八軍参謀堀江正夫少佐は、その著書『留魂の詩』に記述している。

なお、その著に「危うく海没を免れた安達軍司令官は、ラバウルに帰着すると今村方面軍司令官に、その失敗を謝った」と言うが、謝るべきは、海没将兵への謝罪ではあるまいか？　でないと、海没将兵の霊魂は浮かばれまい。

このような杜撰な作戦計画の「付け」が三千六百有余名の将兵と、十五榴ほか各種火砲二十四門のほか、大発四十隻などの兵器及び膨大な食糧を海没させ、ためにその後のサラモア・ラエ戦において、幾万の将兵が、餓死に追い込まれる結果となった。

ムボ盆地の攻防

ワウ攻撃に失敗した岡部支隊が、満身創痍の身に鞭打って、この地に集結したのは昭和十八年二月二十四日であった。

このムボには、ワラ攻撃用に若干の食糧、武器弾薬を集積していたので、敗残の身を慰するには、思わぬ支えとなった。

だが、一拠点に過ぎぬムボは、地形が防禦に適していなかった。

軍も師団も、当の岡部少将ですら、まさかワウの攻撃が失敗し、この地ムボに敵を迎えようとは思いもよらぬ事象であった。

この状況は、南海支隊がギルワに敵を迎えた時とまったく同じ轍（てつ）を踏んでいるのである。ここムボの守備は歩一〇二聯隊の第一、第二大隊の約三百名である。第三大隊は渡海作戦で、兵七百四十名が船とともに海没していた。

またサラモアには、ブナ撤退の山県支隊一個中隊と海軍陸戦隊七十名の疲兵たちが、勝手に防空壕を掘って住み着いていた。

豪第三師団は四月下旬、ムボ前方ウイバリの我が前哨陣地に接触、砲爆撃で来襲するが、我が抵抗に遭うとサッサと退き（しりぞき）、また砲爆撃を繰り返しては再攻する。

夕方になると戦闘を打ち切り、攻撃発起点に退き、夕食・音楽・映画と、しばしの娯楽時間を経て、幕舎のベッドに入り就寝する。およそ日本軍の「戦争概念」にはない戦闘観である。ただし、砲撃だけは一晩中断続的に連射し、日本軍の睡眠や壕外露営を断ち、疲労の倍加を狙っている。

日本軍は備蓄を食い尽くし、兵の戦力も極度に低下したので、前進陣地は放棄した。また敵一千がカミアタムに出没し始めた。これを敵の大攻撃の前兆と捉えた師団長は、逆に先制の大攻撃を企図した。

師団長は、ニューブリテン島ツルブに結集中の隷下歩兵第六十六聯隊に対し、「大発の夜間航行でダンピール海峡八百キロを突破し、サラモアに至急集結せよ」と命じた。

聯隊は敵魚雷艇を回避しながら五月十七日、主力が到着、五月末までに集結は完了した。歩六六は長途の船旅を癒（いや）す暇（いとま）もなく、食糧・火砲弾薬の臂力（ひりょく）搬送にかかった。各人は背に三十キロの荷を背負い、暗夜泥濘（でいねい）の山道を細火で足許を照らし、輸送に励んだ。

昭和十八年六月十一日、歩六六にムボ方面の攻撃命令が下達された。聯隊はカミアタムに移動、攻撃準備をした。

六月十九日夜、ガダッサル攻撃の前進命令を受領、聯隊は二十日午前三時、前進開始、同日未明、尖兵は敵のマエ陣地に接触、直ちに攻撃を開始した。以降、連続突撃を重ね、死傷続出する中、二十二日夕までにエマ～ミエの陣地を奪取した。

さらに聯隊は台地突端のハナ陣地に前進したが、師団はこの戦闘で敵陣の堅固さ、戦意の強靭さをようやく悟り、戦闘継続せば、歩六六は潰滅すると判断し、進撃中止を命じた。が、敵前離脱は難中難、さらに傷病兵の問題もある中、砲兵の欺瞞（ぎまん）射撃により逐次、撤退を開始、二十五日未明、ムボ台地に帰着した。

六月三十日未明、ナッソウ湾に米軍一個大隊が上陸した。対する我が師団は、カミアタムの歩六六第三大隊を海岸方面に急派、米軍の北上阻止を手配した。

米橋頭堡背後の山を越せば、我がムボ陣地。米軍上陸に呼応した豪軍は、一気に攻撃を強化したためにムボ陣地の維持は困難となり、七月十一日夜、脱出、十三日、ダンプ山に到着した。

ボブダビ攻撃・神野大隊の奮戦

ボブダビは歩一一五第九中隊の一部、小兵力で守備していたが、米軍上陸と同時に敵二百が来襲、以来攻防幾たびか、遂に占領された。

ボブダビに危機迫らんとする七月三日、中野師団長が待望の歩兵第八十聯隊（第二十師団）神野第一大隊がラエに集結した。

病床の師団長のもとにサラモア出撃の申告に出頭した神野大尉は、「閣下！　神野は第二十師団の名誉にかけて、誓って悔いのない戦闘をいたします」と、力強い申告を終えた。

その神野大尉に、「おぉ神野！　頼んだぞ」と、師団長は熱い目で見送ったが、神野大隊長が挙げた驚異的戦果を聞くことなく六月二十九日、中将青木重誠師団長は、マダン郊外アメデーの司令部で陣没した。

この出撃大隊選定には、小野師団参謀長が「ここぞ」と思う戦線に神野大隊を使用する考えをもっていた。それは、神野音市の過去の実戦の功績を高く評価した結果である。

神野音市は大正十年、徴集兵として歩七八に入営、昭和八年、少尉任官（少候十三期）、昭和十二年、第三大隊副官として出征、昭和十三年、第九中隊長を拝命、赫々（かっかく）たる戦果を挙げ、敵将の山西省長・閻錫山（えんしゃくざん）を感嘆（かんたん）せしめたほどであった。

また、望まれて師団管理高級部員、師団副官を経て、南方出動準備に忙しい歩八〇第一大隊長として朝鮮・大邱の原隊に着任した。

ラエにて第五十一師団長の指揮下に入った神野大隊には、砲兵一個中隊と工兵一個小隊が配属され、六月三日夕、ラエを発し、サラモア戦線へ三十キロの闇の海岸道を勇躍進発、「先頭、歩度伸ばせ」と、先を急いだ。

さらに進むと後退してくる兵に出遭った。衰弱は酷く、骨と皮の幽鬼の如く、皆、褌一本に飯盒一つ下げた乞食姿に兵は絶句した。

当時四十歳の神野大尉には、連日の夜行は身に堪えたが、そこは戦場往来の古武士、責任感と兵の熱気に煽られ、速やかに機動を終えた。

ボブダビの新戦場では、北支戦線でかつての室谷聯隊長が少将に昇進、第五十一師団の歩兵団長として指揮を執っていた。

少将は信頼する神野部隊の到着を待って、ボブダビで勝機を摑もうと決心していた。深い密林中の歩兵団司令部で床机に腰を下ろしていた少将は立ち上がって、神野大尉を迎えてくれた。

「おぉ！　神野、よくきてくれた。わしも着任後日も浅く、麾下の将兵は武器弾薬・食もなく、疲労困憊し、体力の限界に達している。ご苦労だが、貴官の持てる全力でこの難局を打開してくれ」

「閣下！　ご安心ください。第二十師団の名誉にかけて敵を蹴散らしてご覧に入れます」

かくして、かつての上官と部下は、南溟の新戦場で奇遇し、硬い握手で勝利を誓った。

七月五日、神野部隊は夜明けとともに攻撃前進、その先陣は中島第二中隊で、突如、突撃ラッパがボブダビの丘に響き渡り、兵の喊声が谷底より湧き起こった。古典的ではあるが勇壮な突撃戦である。

かくして、第五十一師団が押され放しの敵豪軍を瞬く間に一蹴し、要点奪回に成功した。この戦果に室谷少将は欣喜し、中野五十一師団長は、その真偽を疑ったほどである。

翌々七日払暁、残る敵陣をことごとく再占領し、防御戦線を再構築した。この戦闘で神野部隊の勇名は轟き、安達軍司令官もいたく感激し、「個人感状」を授与した。

敵は、戦闘意欲旺盛な日本軍の出現に慌てて、砲飛連携攻撃を強化し、我は陣地強化を策して膠着状態となった。兵はいたずらに蛸壺で砲爆の好餌となり、射撃もできず散華して逝く。

「かくなる上は、ウエルズの敵本陣の覆滅以外に途なし」と考えた室谷少将は、その任務をまたもや神野部隊に課した。

高地の敵陣は、掩蓋の魚鱗陣地に鉄条網を巡らす堅陣であり、今回は夜襲と決した。

敵照明弾下、神野大隊長は攻撃部隊の先頭に立ち、軍刀を振りかざして敵陣に突進し、兵たちは第二十師団の名誉にかけ、大隊長の後を追い、戦友の屍を乗り越えて二線三線を突破し、夜明けまでには完全に敵陣を占領した。

占領陣地の守備を工兵小隊に引き継ぎ、神野部隊は元の主陣地に復帰した。ところが七月十六日、先の工兵小隊に引き継いだウェルズ高地が、またまた豪軍に奪取された。ウェルズは我が陣地の俯瞰（ふかん）が可能な制高点で、攻守ともに絶対必要な重要地点である。

室谷少将は、三度の奪回を神野部隊に命じた。

「閣下！　ご安心ください。この神野が生きている限り、誓ってウェルズの敵陣を奪回し、守り通してご覧に入れます」

神野大隊長はラエ到着以来二週間、敵堅陣の出現ごとの再三の連続攻撃に、兵は疲れ果てていたが、直ちに攻撃前進に移った。

敵占領のウェルズ陣地は、前回の攻撃でその地形はとくと承知済み、自動火器と手榴弾の炸裂する中を敢然と突入し、壮烈なる白兵戦でこれを再占領、逃げる敵を追撃して北側丘陵上のベールの敵陣までも占領した。

室谷歩少将は、「九州男児は強い」と激賞したが、ホッとする間もなく、ボブダビ北方稜線上「馬の背高地」の歩一一五の陣地が南北に分断された。

苦悩した室谷少将は、「この難局を救え得るのは神野大隊をおいてほかになし」とし、神野部隊にこの陣地の奪回を命じた。

出撃に当たり神野大隊長は、各中隊長以下の幹部を集め、秘蔵の「恩賜のタバコ」を開封すると、一本ずつ手渡し、自らの火を吸い取らせ、「貴官たちの働きで困難な戦場を勝ち抜き、第二十師団や聯隊の名誉を発揚し得たが、敵戦力は増強され、苦戦が予想される。皆、今度こそは華々しく戦って散ろうではないか……」と語りかけた。そこには上官と部下の域を超えた男と男の炎の強い結び付きのみがあった。

七月二十九日、神野大隊は攻撃を開始した。配属砲兵の攻撃準備射撃もろくにできぬまま、歩兵は銃砲弾雨を侵して攻撃前進をした。

軍が「サラモア絶対確保」を唱えて久しいにもかかわらず、師団が七月中旬、サラモア地区に防衛線を敷いたが、備蓄砲弾は、なんと十加砲弾五発・手榴弾三十発・山砲弾三十発という情けない状況で、敵の三十分射撃にも満たない弾量であった。

したがって、砲兵戦など望むべくもなく、密林の中からゲリラ的に四、五発射っては陣地移動するのが精一杯であった。

襟(えり)には映ゆる山吹色の
軍の骨幹　誉れも高き
我らは砲兵　皇国の護り

これでは軍歌が泣くではないか。弾丸のない兵に何ができよう。重い砲を臂力(ひりょく)で運んできて、無為に敵砲の餌食になれというのか！　任務で死んでいったのは、下級指揮官や兵士ばかりある。

「砲弾が怖くて戦争ができるか！」と参謀や高級指揮官は怒鳴るが、その犠牲となり、散り逝くのは、哀れ蛸壺の兵たちであった。

ともあれ、神野大隊が今から起こす突撃は、一発の支援射撃すら期待できぬまま、ただただ兵の気迫と銃剣が唯一の突撃手段であった。

　万朶の桜か襟の色
　花は吉野の嵐吹く
　大和男児と生まれなば
　散兵線の花と散れ

ここは我が旧陣地、だが敵は数日で掩蓋の魚鱗型陣地を構築した。攻撃前進に当たり、大隊本部も各隊と同列に位置し、前進を続けた。

大隊長は軍刀を高らかに掲げ、「突撃！　突っ込め！」と先頭に駆け登る。副官も書記も抜刀して後に続く。それは、日露戦争時、旅順攻撃の橘大隊長を彷彿とさせるものであった。

迫撃砲弾は雨の如くに降り注ぎ、土砂は激浪のように天空に飛沫く。稜線上より撃ち下ろす自動火器は、火の奔流となって頭上を蔽い、戦友は薙ぎ倒されてゆく。その屍を乗り越え、あるいは盾としてジリジリと敵陣に肉迫する。

敵は鬼神の如き神野大隊の攻撃に、遂に八月四日、一斉に退却を開始。かくして「馬の背高地」の敵主陣地は奪回した。しかしながら、攻撃開始以来七日間、休養もない連続攻撃に大隊の残兵はことごとく疲れ果て、その戦力は限界に達していたので、同陣地の守備を命じられた。

攻撃中の八月一日付で神野大尉は、「少佐」に昇進した。武人らしい弾下での昇進である。

胸には第五十一師団参謀長青津大佐自ら贈られた「少佐」の徽章が、旧陣地奪回の「勲」を語る金鵄勲章であるかのように輝いていた。

翌日から日量一万発という膨大な砲撃で、敵攻撃が開始された。ために我が陣地は崩壊し、蚊も蝿も酸欠で死に絶えた。が、蛸壺の兵は生き残り、逆襲の敵と手榴弾戦を交え、銃を振るい格闘し、大損害を受けながらも一歩も退かず、この陣地を守り通した。

この戦闘中、神野少佐は稜線上の第一線蛸壺で指揮を執っていたが、「壕の中では戦況が判らん」と壕を出、代わりに当番兵が壕を掘り深めんと入った時、一弾が大隊長壕を直撃、横の通信壕ともども一片の肉片も留めず散華した。

砲弾は前後左右に落下し、砲煙は辺りを覆い、大隊本部はたちまち阿鼻叫喚の修羅場と化した。

弾雨の稜線に佇立し、双眼鏡を手に第一線の戦闘を指揮していた大隊長の「副官」という声に副官が目を遣ると、「どーっ」と倒れる大隊長の姿があった。「大隊長殿」と呼びかけながら、匍匐で這い寄った副官が、大隊長を抱え上げた。衛生下士官が薬嚢を引きずりながら這い寄る。

砲弾の小片は目に当てていた双眼鏡を撃ち抜き、小鼻を貫通して歯で止まり、また右大腿部は砲弾破片で肉が削ぎ取られていた。

副官が大声で「担架、用意急げ！」と叫ぶ。砲弾落下の中を兵が麓に駆け下り、二本の担い棒木を切り取って這い登ってきた。

砲撃が疎らとなった。副官と軍医が後送を勧めるが、「砲撃が止み、今から敵歩兵の攻撃が始まろうとする時に後方へ退けるか！」と、頑として後送を拒む大隊長に、室谷少将の後送命令がきた。

鬼神の如き神野少佐も、後送を承諾せざるを得なかった。「副官！　後は頼んだぞ。直ぐに帰ってくるからな」と、弾雨降り注ぐ中を、副官と軍医に見送られ担架の人となった。

神野少佐はその後、内地へと転養し、退院後は京城師団の高級副官で終戦を迎えた。

神野少佐の後任は、姫田機関銃中隊長が指揮を執り、ボブダビ稜線陣地を固守した。

日本軍の攻撃力が衰退したと観るや、敵は大攻撃を企図し、空輸で戦闘資材を集積し、初日十四日の砲爆撃は目を覆うばかりで、神野大隊第二中隊陣地は破壊され、全滅した。

ボブダビ守備の歩六六第二中隊は、ナムリングで死闘していたが、敵の猛攻を支えきれず、陣地の一角を奪取されてしまった。

ボブダビの歩八〇第一大隊（神野大隊）及び歩六六第一大隊は、ともに無傷で当戦線に投入されて二ヵ月足らずの戦闘で、各中隊は数名のみとなってしまった。いかに激戦を戦い貫いたかを物語っている。

カミアタム・歩六六聯隊の死闘

カミアタムはボブダビ高地と並びサラモア防衛の双璧地である。ここを突破されればサラモア飛行場は陥落必定で、早くから堅陣を構築し、間歇(かんけつ)的に来襲する豪軍を支えていたが、米軍の上陸でムボを放棄して以来、カミアタムへの攻撃は次第に激化してきた。

七月十三日、ムボ撤退部隊がダンプ山に到着した。以来ここは歩六六第三大隊と工五一が守備してきたが、上陸米軍の北進に備え、歩六六第三大隊を海岸地区のサルスに急派した。

七月十四日早朝、我がダンプ山陣地前哨に敵四百が来襲、我が主陣地前方高地に陣地構築を始めた。

歩六六聯隊長は、第二大隊長に第九・十二中隊を付けて再三夜襲をかけたが、奪回に失敗した。

七月二十四日～三十日、迫撃砲十数門の支援による敵の連日猛攻に、我は陣地突撃で応酬、遺棄死体五十四の戦果を得たが、我もまた四十五の死傷を算した。本戦闘後、敵はもっぱら砲爆撃による我が陣地破壊に戦術を転じた。

八月四日、海岸の米軍は北進を開始、山手豪軍五百は、早朝から来襲、激戦は夕刻まで続き、我が陣前に前進陣地を構築し始めた。いかんせん、ダンプ山からカミアタム間の広範囲にわが守備兵は三百。

十六日、遂に聯隊本部後方に敵が侵入、連絡路を遮断した。第十二中隊が夜襲したが、失敗に終わった。海岸の米軍はロカンにあり、カミアタムは孤立、ボブダビは全滅の危機にあったので、八月十五日、最終防衛線への撤退を命じた。

カミアタムで退路を遮断されていた歩六六本部及び第二大隊は、十八日夜十時、陣地離脱、東谷に進路をとり、十九日、昼間は密林に潜み、同日夜半、「竹の沢」に到着した。ボブダビで奮戦中の第一大隊は十九日に到着。海岸道ロカンで北上米軍と激戦中の第三大隊は、先にロカンを撤し、山田山に陣していた。

ここにサラモア外郭陣地の苛烈なる戦闘は終わり、玉砕陣地の攻防へと戦局は移った。

米軍、ナッソー湾上陸

六月三十日午前二時、強風下に大型の上陸舟艇が大音響を立てて海岸に殺到してきた。警備隊は混乱し、指揮官の怒声が飛ぶ。敵は十三隻の大型舟艇で続々と上陸、たちまち橋頭堡を築き、第二次が六隻で上陸してきた。

夜が明けると、約二千の敵米軍が忽然と、我が前面に現われ、同時に豪軍も俄然、攻勢に転じた。ために日本軍は、腹背に敵を受けるに至った。

「荒天未だ止まず」として友軍機は出撃せず、守備の歩一〇二大場第三大隊は友軍機の来援を待ち切れず、全兵力二百八十名で橋頭堡の攻撃を開始した。が、七月一日、何の戦果も得ず、元の集結地に還ってきた。

その日午前と三日午後、二十～三十機の友軍機が敵上陸地点を攻撃したが、さしたる戦果も得られない腹いせに、敵輸送船の「帰り商船」を攻撃して、「戦果」と発表した。

敵の北上は師団の背後が危険となる。カミアタムの歩六六第三大隊をサルスに急派したが、大隊の実勢は百二十名程度で、近代装備の米軍二千に太刀打ちできるはずがない。だが、大隊はサルスに急行、敵を攻撃後、その北進を阻止しながら、海岸道を逐次後退した。

七月五日、大場大隊は敵中を突破し、第三ロガンに到着、さらにサラモアへと後退した。

七月二十二日、歩六六第三大隊守備のロガンに敵二百が侵入開始、第三大隊と対峙中の昨夜、別働隊一千が第三ロガンに上陸した。敵は連日、砲爆撃を繰り返す。

敵重砲に対し、我が大隊砲では勝負になるはずがなく、我が砲の一発が五百倍で返ってくる。遂に敵は長距離砲で、サラモア飛行場の砲撃を開始した。

七月二十八日、この日、四千発の砲弾を撃ち込み、右翼第十中隊陣地に波状攻撃をかけてきた。中隊は全力を振り絞って撃退した。

二十九日、西方へ移動の敵部隊を発見、歩六六木村第三大隊長は、この敵に痛撃を与えるべく、五段構えの薄暮攻撃で、敵陣に突入、三十分に及ぶ肉弾戦により、これを撃破した。

三十一日、砲撃に膚接（ふせつ）して敵三十が、我が右翼を突破し、カミアタムとの連絡を遮断せんと来襲、激闘二十分で敵を撃退した。

8月中旬におけるサラモア付近彼我の態勢図

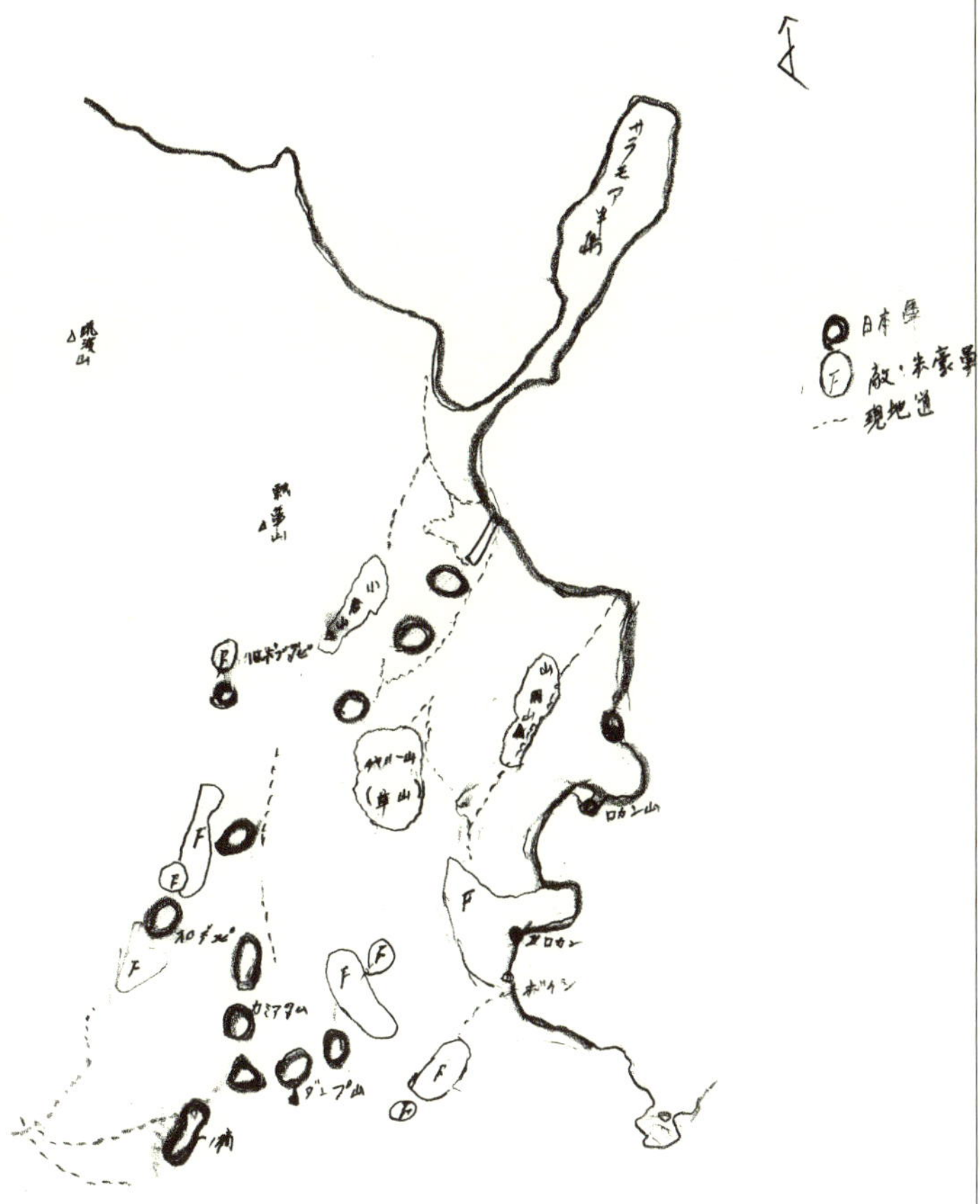

八月二日早朝、またもや右翼陣地に約百の敵が来襲、二時間の戦闘で撃退した。十二日夜半、第四十一師団歩二三八の第三大隊約百八十が来援、右翼を交代したが、翌早朝、出撃したために、猛射を浴びて全滅、右翼陣地は敵に奪取された。大隊長は岩本第十中隊長に右翼陣地の奪回を命じたが、敵の猛射に損害が続出、遂に攻撃を断念した。十三日朝の師団命令により、木村第三大隊は同日夜半、ボイシを離脱、翌十四日未明、第一ロカン～山田山の線に陣地を占領した。

十五日、歩二三八聯隊佐方中佐の第二大隊が歩六六木村第三大隊の右翼に布陣した。敵は常時滞空して我が動向を監視し、陸では息つく暇（いとま）もない砲撃、海では海岸や河口に魚雷艇が昼夜兼行で見張りを続け、日本軍の行動を封殺する。されど我に抗する術なし。

この頃になると、中核の歩六六で兵力は一個大隊にも満たぬ有様、師団の応役兵力は傷病兵を含め、二千五百名程度に減少した。そのために師団は、全部隊に最終陣地の占領を命じた。

サラモア玉砕陣地の死闘

前述したように、サラモア外郭の防衛戦では、ワウ・八十一号渡海作戦の残存兵のほか、歩六六・歩八〇第一大隊を投入したが、ナッソウ湾に敵米軍の上陸により決定的打撃を受け、最終陣地への撤退を余儀なくされた。

決戦の機は迫り、軍は焦ったが、敵制空権下での食糧・武器弾薬の輸送は困難を極めた。

駆逐艦での「ネズミ輸送」、大発での「アリ輸送」、潜水艦での「モグラ輸送」と、やってはみたが、いずれも損害多く、中止となった。

止むなく現地人の畑を荒らして彼らを激怒させ、我が情報は敵側に筒抜け状態になった。

玉砕陣地配備完了後の敵砲撃による損害は大きく、この砲兵陣地爆破のために大場大隊健兵二百四十三名が敵中を潜行、途中、敵警戒線での戦闘で敵砲破壊に至らず、戦死八十名を敵地に残し、空しく帰還した。敵は日本軍に追尾、瓢箪山に襲来した。

また、ダンプ湾上陸の豪軍、海岸道の米軍、ボブダビの豪軍が相呼応し、草山に日本軍の主陣地ありと観て、一斉に攻撃を開始した。

中野師団長は八月二十四日、「師団の任務はサラモア確保にあり。この線を保持できなければ玉砕する。よって、病兵といえども斬り死にせよ。生きて虜囚の辱しめを受けるべからず」と、将兵に訓示した。

敵は定型手順で草山陣地に砲撃、これに膚接して来攻する。

対するは歩六六の第一・第二大隊で、この時、聯隊は約半数の兵を失い、「食も弾もない」劣勢下での防戦であった。

戦線左翼ロカン稜線は、米軍の連日の反復攻撃で、その陣地の一角が占領されてしまった。激戦中、右翼南瓢箪山が敵手に陥ちたが、応援各隊の攻撃で、八月二十八日、遂に奪回した。

九月四日早朝、豪軍はラエ東方約三十キロのブス河口のポポイに大挙上陸を開始した。

翌五日、今度はラエ西方四十キロのナサブ草原に米軍が落下傘で降下後、豪軍が空輸されると、各戦線の豪軍は同時に強襲に転じた。日本軍は、軍の「撤退計画」策定までの時間を稼ぐため、必死に防戦をした。

サラモアの放棄

前に師団長の「玉砕訓示」があったが、軍司令官は何ら救援の手も打たず、敵がポポイ上陸の九月四日、慌(あわ)てて撤退命令を発した。

第八方面軍は九月二日、「サラモア・ラエ撤退すべし」を安達軍司令官に命じていたという。それならばなおのこと、この十二日間に戦死した兵と、サラワケット越えに疲労死した兵をあわせて四千は、何のために落命したのであろうか……？

この命令出し渋りは、陣地持久に栄誉をかける安達将軍の個人的欲求のためか……？

ともあれ、撤退の軍命令は発せられたが、今度は五十一師団長が、撤退路を絶たれた今、退却中に敵の攻撃を受ければ全滅は必至として苦悩し、さらに四日間を空費した。

やっと決心した師団長は、九月八日、撤退命令を発し、十日の日没から撤退を開始した。撤退途中の十三、四日に、敵の一部が砲兵山の収容陣地に侵入したが、直ちに撃退した。以後、追撃もなく、退却は順調に進行した。

ラエ防衛戦

集結地ラエの防衛部戦は九月四日、ポポイに敵上陸以来、苦戦を強いられ、敵はその日のうちに西進を開始し、我はブス河の線に圧迫された。

翌五日、今度はナサブ草原に豪第七師団が降下、北進したので、ラエは挾撃（きょうげき）を免れ、サラワケットへの撤退日時を確保し得た。当時ラエ防衛指揮官は、第四十一師団歩兵団長庄下亮一少将で、ラエ駐留千二百名のうち、応役可能の二百名で宮川左岸に陣地を築いた。また、海軍第八十二警備隊約千名が、宮川以西↓マーカムポイント間の警備に就（つ）いた。ラエが陥落すれば、すべてが「無」なる。何としても確保せねばならない。師団長は、現に戦闘中の大場第三大隊と歩二三八主力を五日、大発でラエに送った。マーカムポイントはラエ西方にあり、ラエに入る要衝の地で、陸戦隊が警備についていた。

庄下少将は在留部隊に撤退部隊も加えて東西に機動させ、大部隊の如く見せかけ、入院患者までも壕に入れて邀撃（ようげき）戦に投入し、サラモア部隊がラエ脱出まで激戦を展開した。

九月十一日、サラモアの撤退を開始したが、防衛の歩二三八羽島中隊は、ブス河河畔で全滅、同聯隊馬袋中隊もマーカムポイントで玉砕、東西の防衛線は突破され、敵は郊外に迫った。

十二日よりサラモア撤退部隊はラエを通過、サラワケットの天嶮へと密林に消えて行った。

一方、サラモア北方五キロの撤退部隊マロロ収容陣地では、歩六六がいまだ戦闘中である。

元々、傷病兵であるラエ守兵の戦力を考える時、身の縮む思いの一刻一刻であった。

十四日夜、マロロの歩六六がラエに向かった。

十五日、サラモアを北上する敵と、東西に迫る敵を絶対阻止を要する最後の一日である。かかる激戦中、意気軒昂なのは、東山に陣取る海軍第二十八警備隊の高角砲二門で、残弾二百三十発で敵と互角の砲戦を交え、陸軍部隊の脱出に最後まで協力した同隊に敬意を表するのは、筆者一人ではあるまいと思う。

日本軍は十六日未明までにラエを去った。だが、このラエ防衛戦で倒れ、または傷ついて脱出できずに置き去りにされ、自決する兵たちは、まさにブナ惨状の再現であった。

その原因は、軍司令官の独善的虚栄心からくる「撤退命令」の出し渋りで、その好機は師団長の「玉砕指示」発布の時であった。

サラワケット越え

九月七日、撤退路はサラワケットと決定した。

十三日、ラエ脱出の先発隊は、敵斥候と小戦を交えながら、濁流のブス河畔の丸太橋に出たが、傷病兵の多くが渡河を諦め、自爆して果てた。

丸太橋を渡ると、密林道が坂道となり、さらに進むと路は嶮岨な現地道となり、山は三千メートルで気温十度以下、枯木は水苔で燃えず、最後は小銃の床尾板を燃やして暖をとる。

さらに高さ十メートルの絶壁を、藤蔓(かずら)の梯子で登攀(とうはん)、登り詰めたところが四千メートルのサラワケット山頂であった。

寒風肌を刺す零下二十度、凍てつく大草原の寒さに、ボロボロの署衣一枚では夜を過ごされず、抱き合って凍死する兵、また、霙(みぞれ)降る中、行き倒れの果ての凍死者を多く出した。

やがて下り坂、海が見えてきた。「米」二合と粉味噌を受け、部隊はキアリへと急いだ。

一　務めは既に果たせども　再び下る大命に
　　サラワケットを超え行けば　ラエ・サラモアに雲低し
二　底なき谷を這い滑り　道なき峰をよじ登り
　　今日も続くぞ明日もまた　峰のいただき程遠し
三　傷(や)める友の手をとりて　頼む命のつたかづら
　　しばしたじろぐ岩角に　名もなき花の乱咲く

哀調をおびたこの歌詩一編こそが、万筆の文章よりも、なおサラワケットを越え行く兵の心情を克(よ)く表現している。

二十三日、先頭が海岸部落キアリに着いた。この山越えでの未帰還者は二千二百名という。だが、これと同じ状況がフィンシの戦闘時にも再現され、第二十師団が潰滅状態になった。軍参謀田中兼五郎少佐は、その著書に曰く。

「多くの玉砕部隊が出たのは撤退命令の遅れからで、第十八司令官の任務がその『時』を縛ったからである……」と。

麾下部隊が全滅に瀕している時、撤退命令の出せぬ「任務」とは一体、何なのだろう？ ダンピール海峡封鎖の戦略価値は、すでに「フィンシ」に移っていることを知るべきである。しかるに、ラエ・サラモアの撤退延引が至上命令（任務）と考える頭の堅さが、結果として、かかる惨状を招来せしめたのである。

大本営以下、師団司令部に至るまで「戦術、戦略」がいかなるものかも弁えず、ただただ己れの栄光のみを念頭に置いての作戦だから、「百戦百敗」の憂き目をみるのである。

愚将功成らず　萬卒悲運に枯る
哀れなるかな　助かる命を愚将に捧げ
お国のためと信じつつ　酷命に倒れし
英霊五千　何をもって冥すべき哉……

ラエに進攻路を拓け

戦況

昭和十八年一月下旬、ウエワクに上陸した京城（現韓国・ソウル）原駐の第二十師団主力は、同地において飛行場や周辺道路の整備作業に従事しながら、前線出動の時を待っていた。当時、軍方針は「西進する敵をサラモアの地で撃滅」する方針を堅持し、その一端として、目下ワウの敵飛行場を攻撃中である。

同年三月、ブナ地区で敗れた南海・山県支隊はマンパーレに後退、同地の警備に就いたが、岡部支隊のワウ攻撃が失敗、当初のサラモア防衛計画は根底より瓦壊した。そこで、マンパーレ部隊をサラモアに退げ、後日到着予定の第五十一師団と守備交代を企図した。

前線サラモアは「空」同様、また、マダンが無防備状態である。軍は焦った。ここに、手持ちの兵団をサラモアに送る（八十一号作戦）とともに、第二十師団をマダンに進出せしめた。

第二十師団、マダンに前進せよ

ガダルカナル島に逆上陸予定の第二十師団は、急に「桂馬飛び」してニューギニアに上陸したものの兵站（へいたん）整わず、先遣の師団主力を除き、中継地パラオにて待機となり、半年の間に数次に分かれてニューギニアに渡海した。

三月初旬、歩八〇は「ハンサ」に進出、ついでマダン経由「フニステール山系」に至り、作戦道路開鑿（かいさく）作業中の第二十歩兵団長の柳川真一少将の指揮下に入り、クワトウに聯隊本部を設置した。歩七九の聯隊長は、その二・三大隊が海岸道に展開したことを承知し、残余の各隊を率い、マダンに向かって前進した。

第二十師団長は、隷下各部隊がハンサ↓マダン間に展開、所定の任務に就いたことを見届けると、四月の初め、マダン郊外アメレーにその司令部を開設、隷下各部隊を掌握した。しかし、いまだ歩兵第七十八聯隊及び衛生隊・野戦病院の一部は、パラオに残留していた。師団は、マダンに着くと、兵要地誌作成のため、ラム草原ケセワに一部を派遣した。

軍は、この作戦道構築に協力するため、独立工兵二個聯隊及び野戦道路隊二個中隊を第四工兵隊司令部の指揮下に入れ、工事の進捗（しんちょく）を図った。だが、これら工兵部隊は作業機材を持たない設計屋で、作業はもっぱら歩兵が、その携帯する十字鍬（じゅうじしゅう）と小円匙（えんぴ）で行なわれ、その重労働は、次なる戦闘に重大な影響を及ぼす結果となった。

このような五月十九日、パラオに待機中の歩兵第七十八聯隊（松本松次郎大佐）園田第一大隊（筆者所属）に、マダン前進命令がきた。

五月二十三日、パラオ出港。二十八日、ハンサに上陸。休む暇もなく工事が難渋しているフニステール山中の師団の許に急いだ。さらに一ヵ月後の六月二十七日、聯隊主力もハンサに上陸、直ちにマダンに東進した。

松本聯隊長は、エリマにおいて全聯隊を掌握し、フニステール作戦道の開鑿に当たった。師団は六月、サラモア地区の戦況悪化により、歩八〇神野第一大隊をサラモアに急派した。戦雲急を告げる中、ラム草原を経てラエに至る自動車道の開鑿工事はいよいよ急を要した。

フニステール山脈に挑む

フニステール山脈は、ラム河の北側をほぼ海岸に添い東西に連なり、さらに東に至ってサラワケット山脈に吸収される。この山脈はマダン東方四十キロのボガジンより、ミンジム川に沿い、ほぼ南北にわたり渓谷をなしている。

山脈は標高約三千メートルであるが、この渓谷沿いでは視認約八百メートルで、ラム草原に抜ける唯一の自動車道候補地である。

昭和十七年十二月に上陸したマダン支隊の調査により、先出の柳川支隊がボガジンより千古不伐の大密林に挑み、工事にかかった。

七月に至り、第二十師団の各部隊がマダン地区に集結するに及び、工事区間を各部隊に割り当て、競って工事の進捗を図った。だが、兵員増と、ラム草原各拠点への前送で食糧が涸渇し、一日当たり米四合が三合に減量され、兵は極度に衰弱し、就労兵は日ごとに減少した。

雨季となった。豪雨は奔流となって「道」そのものを押し流し、苦心の「橋」も一瞬にして濁流に呑み込まれてしまう現実があった。晴れれば、その頃、活発化した敵機の爆撃で「橋」は爆破され、道には大穴が開いた。

この雨と敵機のために、道路開発隊と同人数の補修隊が必要となり、工事はまだ計画の半分も進捗していない有様である。

師団長は南山の岩山開鑿の難工事中、円匙を片手に工事頭に立ち、作業指揮していたが病魔には克てず、工事の遅延と戦局を憂いつつ、マダン南郊アメレーに没した。

また、同じ頃、師団の先遣隊長としてフニステール山中に分け入り、敵情偵察、警備、道路工事と、八面六臂の活躍していた支隊長柳川少将も、悪性マラリアに罹り、後送されていった。

ここに京城営戍地をともに征途に就いた高級指揮官二人を同時に失い、前途多難な戦局に想いを致し、部下将兵は、ただただ暗澹たる思いで一杯であった。

軍は、自らの工事予定線（準線）で着工を命じたが、この準線は線だけの杜撰なものであった。師団では、さっそく工兵を柳川支隊に配属し、前記軍直工兵隊の指導の下に工事に着工した。

この準線とは別に、ミンジム川沿いに間道があり、自動車道の構築は素人考えでも工事可能と思われた。とすれば、三分の一の労力・期間で完成したであろうにと、当時想っていた。

彦坂少佐がそのことに気づいた時には、すでに工事頭はヤウラにあり、難関である南山の岩山削岩工事も大半が終わっていたので、今さら準線変更もできず、既定通り工事を進めた。

この点、田中軍参謀は、「この工事の事前調査とか準備はなく、実際の工事と並行して実施した」と、その不手際を告白している。

この一言でも、いかに無計画で「成り行き工事」であったかを知ることができる。また、工兵司令部の彦坂少佐も、「南山越え」よりも、ミンジム準線の方が工数、工期ともに軽減できたものをと述懐している。

工事頭がクワトウ付近にある頃、彦坂少佐がこれに気づいて準線変更をしていたならば、兵の体力温存もでき、次なる戦闘に惨敗するもなかったであろうにと悔やまれてならない。「軍の主とするところは戦闘なり、故に百事皆戦闘を以て基準とすべし」と作戦要務令にあるが、その戦闘要員たる兵に、満足な「食」も与えず、体力の限界まで土方作業で酷使して、「戦闘をもって基準」とした用兵であろうか。

確たる準備も調査もせず、「成り行き任せの無責任設計」の工事で、多くの兵を「死」に追い遣（や）った無責任さを問うのである。

だが、軍や師団の参謀及び工兵隊司令部の幹部の誰一人、これが釈明はなさず、「口を噤(つぐ)んで知らぬ顔」を決め込んでいるのである。しかし、上層部門の指揮監督者が犯した怠慢や錯誤はあったものの、師団将兵の「血と汗」とにより、九月五日の緊急出動時までには、ヨコピイの聯隊本部拠点まで、自動車道の完成をみることができた。

原隊に追及せよ

昭和十八年七月も半ばになると、敵はマダンの制空権を狙って一大攻撃をかけてきた。野戦病院は、上空に遮蔽(しゃへい)のないニッパ小屋で、敵の目標になりやすく、危険が一杯であった。同じ死ぬなら本隊の戦友と、せめて小銃の一発も敵機に射ち込んで死にたいと筆者は考え、病後の不安はあったが、自主退院をした。

港までの町並みは、百坪ぐらいに仕切られた敷地に、赤や青屋根の高床住宅が、ブーゲンビリアの花に囲まれて建ち立ち並んでいる。その床下には自家用発電機があり、白人の優雅な生活を想像しながら、町を抜けて兵站(へいたん)に出頭した。ここで、原隊追及中の食糧五日分と、機帆船の乗船許可を受ける。

残照が空一杯に広がる中を、海軍のランチが金波をかき立てて港内を走り、海岸には弓なりに迫り出した椰子の木が、茜(あかね)色に染まった空を背景に、黒々とした「影」を映し出して、絵を見るように美しい。夕闇が船上に迫る頃、船はマダンの岬を廻り、船首をエリマに向け、全速に移った。

暗闇の砂浜から海に突き出た「エリマ」の桟橋に接岸する。と、同時に、揚陸使役兵が忙しく立ち働き、食糧・弾薬は椰子林中の師団野戦倉庫（野積みにシート掛け）に収納している。野積倉庫にて中尾主計軍曹を見かけ、お互いの無事を喜びあい、深夜まで歓談する。翌朝、飯盒（はんごう）一杯の飯を貰（もら）い、バアーへ向け出発、途中、疎林地帯となり、炎暑の道を病後の重い足を引き摺（ず）って部隊を追う。

ボガジン近くで、凄く元気のよい行軍隊形の部隊が追ってくる。先頭の将校は藤元大尉、懐かしい我が出身の第七中隊ではないか！　私は反射的に不動の姿勢をとり、「入院下番で原隊追及中」なる旨を申告する。

「ご苦労、白水が黄水になっているではないか」と、マラリア薬キニーネで変色した私の顔色を見て冗談を飛ばし、隊列に戻られると、「身体に気をつけろよ」と励ましてくれた。

田中准尉を呼び止め、「中隊長と食べて下さい」と、雑嚢から一掴みの陣中餅を差し出すと、「おぉ！　持つべきものは我が子なりけり」と、大喜びで中隊の後を追って行かれた。隊伍は進み、同年兵の古賀、天両（あま）分隊長が手を振って行き過ぎて行く。

やがてボガジンの三叉路にかかる。直進すれば、グンビ岬を経て遠くフィンシュハーヘンに至り、右に道をとれば、フニステール山脈を超えてラム草原に至る。道を右折して密林に入り、クワトウの師団経理部に至り一泊を乞う。ここは我らが実家、先輩・同僚が実に親切に歓待してくれる。

翌早朝、宿舎を発って「ヤウラ」への七曲がり急坂道を、鉛のような足を引き摺りながら、杖に縋って歩くこと三、四時間、力尽きて路傍に寝転んでいると、「やぁ！　白水ではないか」と走りくるのは、工兵隊の堀尾主計軍曹ではないか。お互いの近況や同僚の消息を語り、彼は経理部へと急ぎ去った。それが最後の別れで、その後フィンシの戦闘で戦死したと聞いた。

疲れた足を引き摺りながら、ヤウラ→南山嶺へ。右手の岩山を高さ十メートルも削り取り、その岩壁に、「南山嶺」の大文字が刻み込まれている。

南山とは、我が聯隊の正面に位置する約二百メートルくらい？　の独立丘陵で、師団のシンボルとして親しまれた山嶺である。左手はミンジム川が絶壁をなして流れている。下り坂の道を下りたところに、マブルグ糧秣拠点がある。

マダン出発以来の独り旅は終わった。

定位置の宿舎に着いた途端、気が緩み、そのまま床に倒れ込んだ。

行李班長が補給の現状を報告してくれた。

一、当地まで自動車道ができたが、連日の雨で路肩が崩れ、運行不能、よって臂力搬送中。

二、我が第一大隊はマブルグ→ヨコピー間をミンジム川添いに鋭意工事中で、佐々木主計は、その中間点に経理室を開設しあり。

三、歩兵第八十聯隊より、新任の大隊長川東守敏大尉の初巡視が明日実施。園田少佐は歩兵団副官に栄転。新大隊長の評判、兵たちにすこぶる良し。

一般的に陸士将校はエリート意識が強く、大言壮語が多いのに、この大隊長は陸士型から外れた、型破りの豪快な人物のようだった。

その勘は的中し、この人の持つ「天才的戦術眼」は遺憾なく発揮され、連戦よく敵を制し、戦勝の栄光を得られることになる。

第一大隊が道路作業に就労して一ヵ月ばかり、二分の一定量で疲労困憊、就役兵の減少、作業能率の低下で工事は遅れた。

そんな折、聯隊主力が追及中との朗報あり。

初空襲

そんなある日、突如、敵機の初空襲があり、我が作業隊に襲いかかった。現場の兵は我が空軍の制空権を信じ、防空壕も蛸壺も掘っていない丸腰の我に、敵は演習気取りの乱射乱撃を繰り返す。路肩に伏する兵に、初の死傷者が多数出て、各隊は混乱した。

大隊長は現場東側山手山頂に中村重機小隊を配置、山頂スレスレに飛来する敵機一、二機を撃墜し、士気高揚に尽力した。

「道路損壊甚大で、五、六メートルの大穴が四、五ヵ所もできている」との報告である。

今後、我は壕を掘ったが、敵の空襲も定期的となった。

その頃、聯隊本部はヨコピーに位置し、第二大隊はヤウラにて道路補修、第三大隊は、サイパにありて歓喜嶺間の開鑿工事、第一大隊は従来区間の工事に加え、マーカム方面の警戒にと、それぞれの任務に就いた。

フニステール山中は我が師団の兵で満ちて、食糧補給は間に合わず、たちまち三分の一定量の一日当たり米二合の配給となった。兵は減食での重労働、疲労困憊してマラリアに罹患（りかん）、病兵多発し、工事は難渋した。

ある日の空襲で、破損した我が輜重車（しちょうしゃ）の破片を手にして、悄然たる兵の姿は感動ものであった。

ミンジム川辺の小屋が我が経理室である。

佐々木主計中尉に型通りの原隊復帰の申告をすますと、「おぉ戻ったか、ここは戦場だ、挨拶は抜きで早く装具を取れ」と型破りな、小樽高商出身の上官は、終戦まで筆者を支えてくれた。

「ここは金銭が通用しない未開の戦場、さしずめ、お前の背嚢にある算盤は不要だ」

「でも、糧秣受け払いは」の問いに、「ここは戦場、あるだけ食わせて、いつも手許は零で計算不要」という。

この人の度量に感心するやら呆れるやら。

無計画なる道路構築

この道路は、わが第二十師団の作戦道として発議され、実施に踏み切ったが、あまりに杜撰な計画での難工事に、兵の体力・戦力はいちじるしく低下し、次なる戦闘の重大敗因となった。

軍は工事決定と同時に、手足のない「ダルマ工兵隊」や設計屋を司令部に配属したが、何の役にも立たず、結局、われわれ歩兵の「手」に依存せざるを得なかった。そこで我が聯隊の将兵は、歩兵携帯用の小さな円匙(えんぴ)と十字鍬で山嶽重畳たるフニステールの天嶮に挑んだ。

やっと道の形はできたものの、毎日のスコールに流された路面や、爆弾痕の大穴を埋め戻すのに、徹夜作業の毎日が続いた。これでは補修するために道を造っているようなものである。

杜撰な計画の「付け」が難工事となって、我が師団の将兵に降りかかり、兵の体力はいちじるしく消耗し、戦力は低下するばかりであった。

工兵隊司令部の彦坂少佐は、二月にマダンに上陸し、四月、作業現場を視察する鈍重さ、ようやく五月、「ミンジム河を遡及する準線にしていれば、労力も工期も短縮できたのに」気づいたと、他人事のように戦後、述懐しているが、その無責任さにただただ呆れるばかりである。

戦機迫る

出撃

戦機は意外にも早くやってきた。八月、工事頭は歓喜嶺北麓の急峻にかかっていたが、一日二合の給与は変わらず、飢餓の思いは「愚痴」となって、兵の「口の端」にのぼった。

「俺たちは道造りではなく、戦争するためにきたのだ。土方をさせるのならもっと食わせろ」

「今、戦闘が始まれば戦いにはならん。突撃どころか、逃げる力もありません」と嘯く。

空軍劣勢下、基地備蓄米の爆撃を見て、基地周辺の兵は、「敵機に焼かれるのなら食ってしまえ」とばかりに飽食し、肥え太り、前線の兵は減食で疲労衰弱するばかりである。

八月十四日、歩八〇の主力はフィンシに先発。

九月二日、空を覆う大編隊が悠々と飛翔していく。それはポポイ上陸とナサブ降下準備のために、我が後方飛行場爆撃と判った。

各隊とも全員がマラリアになっていたが、少々の熱ならば作業に出なければならなかった。

一、軍人は道路造りを本分とすべし
一、親の因果が子に祟り、鶴嘴振るのも国のため
一、鉄砲捨てて鍬を取り、何も食わずに地獄行き

九月四日、その危惧する事態がやってきた。

「非常呼集」のラッパが鳴り渡り、将校集合で中隊長以下の将校は聯隊本部へ走り、兵は宿舎で出撃準備にかかった。帰ってきた中隊長の説明によると、「今朝、敵豪軍はラエ東方三十キロのポポイに上陸、ラエを衝かんと西進開始、所在の我が警備隊と激戦中で、第五十一師団は東への退路を遮断された」という。

軍は第五十一師団にカイヤピット経由での脱出を命じ、第二十歩兵団長中井増太郎少将指揮下、歩兵七十八聯隊を基幹に中井支隊を編成し、直ちにカイヤピットに急進を命じた。

ラエ所在の諸部隊は、サラモア部隊収容のため、「玉砕のなき絶対死守」の厳命を受けた。なお、中隊長はいう。

「携行弾薬二百四十発、食糧十二日分、なお、本日より定量給食とする」

兵は満腹感に心身ともに満足し、明日からの戦闘に思いを致し、眠りに就いた。

九月五日、兵の携帯弾薬・食糧が定量に満たず、エリマ拠点からの緊急輸送が始まったが、欠陥道路の夜間自動車輸送は意の如く進まず、焦慮のうちに時のみがいたずらに過ぎ

ていった。

午後遅くまたもや、「非常呼集」のラッパが鳴り渡り、「将校集合」の声で緊張が走る。

「今朝来、米落下傘部隊がラエ西北四十キロのナサブに降下占領後、多数の輸送機により豪軍が進出してきた。よって聯隊は直ちに出撃、第五十一師団の退路確保のため、『カイヤピット』に急進せんとす。先遣第三大隊は明朝進発、現地にて歩八〇森貞第五中隊を指揮下に入れよ。ただし食糧・弾薬不足のため、後発各中隊の保有分を先遣大隊に引き渡す。先遣第三大隊は明朝進発、現地にて歩八〇森貞第五中隊を指揮下に入れよ。支隊本部及び本隊は、補給完結次第、先遣隊を追及する。香川第二大隊は歓喜嶺以南に拠点を設け、第五十一師団のために食糧備蓄に努力せよ」が支隊命令の概要である。

かくして戦局は一変、「フィンシに危機迫る」を感じた軍は、ラム河対岸への侵攻作戦構想の一切を放擲(ほうてき)し、歩兵第七十九聯隊をフィンシに急進せしめ、同地の確保を命じた。また同地区に先着の歩八〇には、ポポイの敵が東進するのを阻止する任務を課した。

六日早朝、米倉第三大隊は聯隊中の食糧・弾薬を背に、バイパの終結地を進発していった。だが、本隊への補給は遅々として進まず、集結地ヨコピーの進発は十日であった。

カイヤピット遭遇戦

かくして戦況は緊迫し、ラエ集結部隊は、やむなくサラワケットの峻険に踏み込んだ。ナサブの豪軍は、カイヤピットに日軍迫る、の報にラエ侵攻を諦(あきら)め、カイヤピットに急進した。これがためラエの危急は一応、免れた。

師団は敵の戦意を見くびっていたために、無念の惨敗を喫する「恨み」の戦場となった。この戦場での戦闘体験者を、次に紹介する。

【第十一中隊・軍曹大島徳次の聞き書き】

出撃に当たり、完全軍装で整列した部下に対し、和田中隊長の力強い訓辞と「前進！」という大喝の命令に、一段と勇気が湧いてきた。

残留班は舎前に整列し、戦友を見送った。

「中隊長殿に敬礼！　頭(かしら)ぁ！　中！」、病気残留班長の増田伍長は、あらん限りの声を張り上げて号令をかけた。その目には涙が浮かんでいた。

頃は雨季、部隊は泥濘(でいねい)と倒木に悩まされながら歓喜嶺に出る。右手は急峻の屏風山が、三角錐の先端を南の疎林に突きこみ、消えている。道を左にとり、密林中の駄馬道を不抜山を経て、グルンボから草原の現地道に出る。

時々、敵機を避けながら、九月十九日、カイヤピット手前二キロの地点にある部落に到着した。大隊は土工の疲労で歩度が伸びず、約百三十キロの行程を十四日も要した（平常歩で三日余）。

一方、当の第五十一師団は、すでに九月十四日、サラワケットの峻路を撤退中であり、この方面に進出する公算はまったくなかった。

行軍中、多くの兵は落伍し、中隊長のもとには、起立も困難な疲兵二十数名だけだった。

道路工事中、分隊長が抱き続けていた「懸念」が現実となって現われたのである。

「こらぁ！　気合いを出せ！　敵は目の前にいるんだぞ！」と励ます分隊長のその目には、涙さえ光っていた。大隊は当地で野営し、落伍者を待った。

当地区警備隊長歩八〇森貞大尉が、配属の申告と現況報告に、大隊長のもとに出頭してきた。その報告によると、本朝来、カイヤピット周辺で約五百の敵と交戦、死傷続出のため、当部落前方まで後退し、要地を確保しあり、と。

大隊長は、「弱兵百名では夜襲にもならず」と明払暁の攻撃を決意し、将校集合をかけ、森貞大尉に敵情・地形の報告を求めたが、いま一つ要領を得ない。

森貞大尉は、高尾少尉より「サンガンに敵侵入」の報を聞くや、「本隊に報告の要あり」と、中隊の指揮を高尾少尉に任せ、連絡下士官並みに、後方の大隊本部へ走ってきたので、戦況の報告ができるはずがない。

攻撃前進

「大隊は明朝黎明を期して、前面の敵を撃滅せんとす。背嚢は現在地に残置、各自は天幕を背負袋とし、米二日分・乾パン一日分を携行すべし。三時行動開始」と、大隊命令を発した。

夜になっても落伍兵の追及が意外に少ないので、大隊長は攻撃を逡巡したが、副官・佐野は、三池太郎中尉の「大隊長殿！　いきましょう」の一言で我に返り、天幕に入った。

明早朝に戦闘を控え、夕食後の焚火を囲んで雑談する部下に大島軍曹は、この時のために残していた「恩賜のタバコ」を分け与え、小枝の火を付けてやりながら、「明日の戦闘がいかになろうとも、俺を信じて付いてこい。決して怖くはない。明朝三時出発だ。充分眠っておけ」と、死の緊張緩和に気を配った。兵は銃を抱き、露営の夢に溶け入った。

大島軍曹は部下の寝顔を見渡しながら、「俺を頼りに付いてきてくれている部下に恥じない戦闘指揮を……」と、強く我が心に誓った。

「古今東西を問わず、軍の強弱は下士官の優劣によって決まる」といわれてきた。その真価を問われる時がきたのだ。少し微睡むと雨が止んでいた。だが、水没のこの暗い道が「死出の道」かと思うと、故郷の風物が走馬灯のように頭を過る。

黎明を迎えた。水没道の前方、朝靄に浮かぶ森が目的地カイヤピットである。急進して部落手前の台地に取りついた。大隊長は小枝を振って指揮杖とし、「八鍬第九中隊は右へ、森貞隊は左へ、大隊本部は現地道を前進する。和田第十一中隊は予備隊となり、大隊本部後方を前進すべし」

ほどなく部落前方で自動小銃の銃声が聞こえ、続いて我が三八銃の銃声がした。これが以後二年半に及ぶわが聯隊、苦闘の序幕であった。

言い知れぬ緊張が、大島軍曹の身を包んだ。「落ち着け！　落ち着け！」と心に言い聞かす。侵入した部落に壕一つないのに大隊長は不審に思ったが、「我が攻撃に退いた」と判断した。だが、これは敵の「罠」であった。

「部落前方に壕を掘れ！　森貞隊は前方、椰子林を偵察せよ。副官！　重機の前進を急がせよ」

帰隊した森貞隊下士斥候の報告によれば、「敵陣、敵影ともに見えず」との報告があった。

ようやく遅れていた重機到着、見取軍曹の号令一下、部落右手前方の台地に駆け登っていく。

五時、部隊は攻撃態勢を整え、灌木を押し分けながら、椰子林の奥に進んだ頃、突如、各種銃砲の一斉射が我を捕捉した。

集中砲火に動きがとれず、椰子の根元に数人が身を寄せ伏し、砲撃の過ぎるのを待つのみ。

火箭（かせん）は眼前を掠め　熱風肌を焦がす
炸裂音は耳を劈（さ）き　硝煙鼻喉を刺す
苦咳呻吟弾を呼び　涙滴照門を暈（ぼか）す
灌木草土は飛散し　枝葉土砂頭上に舞う
列兵は飛弾に倒れ　死の絶唱左右に満つ

戦友はやられ、心焦れど打つ手なし。かかる苦戦の中にも見取軍曹の重機のみが、あの重厚な発射音を響かせ、友軍の健在を誇示しているかのようである。

密生する灌木が邪魔で射撃もできず、突撃も退却もできぬ「罠」の窮地に落ち込んだ。弾幕下の和田中隊長は、前方の大隊本部が気に懸かり、早く進出をと、心は焦れど身動きならず。それでも弾着の切れ間に灌木を押し分け、ようやく大隊本部後方二十メートルまで進出した。

「大島軍曹！　前へ！」と中隊長に呼ばれ、前方の大隊本部に中隊到着の報告を命じられた。砲弾弾雨の中央道を駆け出す。

「第十一中隊連絡下士大島軍曹、参りました。中隊は大隊本部後方二十メートル地点に進出完了」を報告、「別命あるまで待機」の命令を持ち帰る。

遭遇戦で壕はなく、被害は刻々増すばかり。この砲撃が止み、歩兵が出てくるところを捉えて一斉射を浴びせ、何とか勝機を掴もうと大隊長は考えてのことであろうが、砲撃はなお続く。

衛生兵は応急処置に走り回りながら、「負傷者は早く退れ！　敵は直ぐそこまできているぞ！」と、傷ついた兵を急き立てている。

敵は自動小銃を乱射し、悠然と姿を現わす。次元の違う戦法に我が兵は怯む。敵は怯む森貞隊に攻撃の重点を指向し、両隊を左右に分断、大隊本部に正面に現われた。この状況下で攻撃に転ずることは不可能と判断した大隊長は、「八鍬・森貞の両隊とも、部落突端の壕まで退れ」と、命じた。

この命令をもって中央道を駆け出す連絡下士官は、次々と打ち倒されて命令は届かず、両中隊とも椰子林両側の密林に圧迫された。

八鍬大尉は、頭部の負傷に満面朱に染めて、「退くな！　退くな！」と絶叫するが、戦線は瞬時に崩れ、大隊本部が第一線となった。

大隊本部に戦闘能力はないが、将校の当番兵が持つ十梃余の三八銃が唯一の武器である。大島軍曹は伝令より帰隊直後、中隊長に、「大隊本部が危険、直ちに前進合流の要あり」と、意見具申するも、黙殺されてしまった。

伝令任務を終え、弾雨の中を匍匐で中隊右翼の新持ち場に就いた。その右側は見取軍曹の重機陣地があり、敵に連射を浴びせている。

その時、「敵襲！　敵襲！」の大声。大隊本部が混乱を始めた。見れば第一線を突破した敵は、自動火器を揃え、辺り一面を薙ぎ倒しながら突進してくるのが灌木越しに見える。「下士官兵は前に出て射撃開始！」と、佐野副官が抜刀し、指揮している様がみえる。将校も椰子の木を盾に拳銃を射ち始めた。

手榴弾は絶え間なく落下、炸裂飛散のたびに灌木の小枝が頭上に降り、被弾の椰子の木がパチパチと不気味に鳴っている。

本部が「予備隊前進」を手振りで伝えているが、灌木を踏み越えての前進は不可能である。だが命令は絶対である。和田中隊長は第三小隊長宮本嘉夫見習士官（16幹）に対し、「大隊本部に前進」を命じるが、宮本小隊が中央道に出た途端、たちまち薙ぎ倒されてしまった。

戦況は最悪、大隊本部の戦列に目をやると、倒れた兵の小銃を灌木に託し、中腰姿勢で射撃していた鬼木曹長が、立射に移ろうと灌木上に頭を出した途端、自動小銃の斉射を浴びてばったりと倒れた。

傍らの西本軍曹が、「鬼木曹長！」と、半身を起こした時、炸裂した手榴弾の破片に、西本軍曹は腹筋を抉られ、露出した腸を引きずりながら苦しみ、のた打ち回る凄惨さがそこに見える。だが、応急手当もしてやれぬもどかしさが胸を切り裂く。

陣形は崩れた。椰子の木を盾に拳銃で応戦中の米倉大隊長も、遂に「最後の時」がきたことを自覚した。抜き身の軍刀を地に突き立て、どっかと椰子の根元に座り込んだ。

撃たれた肩の傷から吹き出す血が、戎衣をどす黒く染めてゆく。宮崎正道軍医中尉が大隊長に這い寄り、横にしようとしたが、大隊長は頭を振り、「もうよい」との仕草をとり、何か呟いて首を垂れた。

だが、すぐに顔を上げ、姿勢を正し、何か叫んでいる。多分「軍人勅諭」だなと、直感した途端、拳銃をこめかみに当て、従容として散華して逝った。

かくして、大隊本部は空しく全滅した。

大島軍曹が灌木越しに見た大隊本部正面は、まさに阿鼻叫喚の修羅場であった。

敵は大隊本部を突破し、前面の椰子の木を盾に射ちまくってくる。「撃て！　射ちまくれ！」と、傍らの兵に絶叫しながら、自らも銃を灌木に託して狙撃すれば、敵は「ギャッー」という絶叫を残し、次々と倒れてゆく。

教会高地の敵重機と、見取軍曹の我が重機が全力で射撃戦を交えている。あの重厚な銃声を響かせ、我が軍の健在を誇示しているかのようである。傍らの小谷一等兵が「ガクッ」と倒れる。手榴弾の火煙とともに敵が倒れる。

敵の手榴弾が転がり、閃光を発して破片が灌木を薙ぎ倒す。中西上等兵が頭を負傷した。自動小銃は鳴り、手榴弾は前後左右に炸裂、そのつどにガバッと身を伏すと、背負袋に弾丸が貫通し、米がザァーと頸部に流れかかる。

力戦敢闘幾時間、ふと左右を見ると誰もいない。怪訝に思いながら、眼前の敵を射ちまくっていると、突然、背後から「撃て！　撃て！」と絶叫している者がいる。見れば森貞大尉である。

「シメタ！　森貞隊が救援にきてくれた」と思いきや、兵は来たらず、当番兵はただ徒手傍観するのみ。「戦い酣の折、何としたことか」と、激しい怒りが込み上げてくる。

敵の攻撃はなお盛ん。中西上等兵は頭部の負傷にもめげず、盛んに射っている。手榴弾はなくなり、残弾も少なくなった。見取軍曹の重機は、なおも射ち続けている。

森貞大尉は、いつの間にかいなくなった。部隊も撤退し、戦線は我らと見取分隊だけ。

「見取軍曹！　退るぞ！」と呼びかける。

「中西・小峠！　退るぞ。残弾は残さず射ちまくれ！」といいながら、椰子の木から身を乗り出した途端、バッチッと火箸で殴られたような衝撃を右足に受け、ぐらっとよろめくと同時に、目の前がパッと明るく感じた瞬間、右足を千切られるような衝撃を、ふたたび感じた。

「ウウー」と唸りながら、どうーっと倒れた。鼠頸部の一撃に気をとられ、傍らに落ちた手榴弾を投げ返せず、みすみす被弾したのである。七転八倒の激痛が全身に走る。

「中西！　足をやられた。俺にかまわずに退れ」

「班長殿を見捨てて退れません」と、中西上等兵が這い寄り、三角巾で応急の止血をする。

戦死した小谷一等兵の遺体に、三人で「捧げ銃」の姿勢をとり、残してゆく罪を詫びながら、小峠・中西両名に引きずられて後退した。

友軍の展開位置には、もう人影はなかった。喧騒をきわめていた戦場は、嘘のように静寂となった。ムッとする血と硝煙の臭いだけが、戦場であった証として留まっている。

部落突端の壕には西本衛生上等兵が、敵侵攻の虞がある今、沈着冷静に負傷兵の治療に当たっており、頭が下がる思いがした。

西本上等兵は三角巾を剝がし、軍袴を切り裂き、「ウオッ、これは酷い！」と、傷口をヨーチンガーゼで消毒、リバノールガーゼを無遠慮に傷口に押し込む。その痛いこと。西本上等兵は患者を励まし、送り出している。それにしても、ここはまだ戦場である。

戦闘力のない多くの患者と衛生兵を残し、戦線を離脱した指揮官に後日、何の問責もなかったことに、大島軍曹は大いなる疑問を感じた。

治療の後、部落を出てしばらくいくと、軍刀を肩に当番兵を連れた「森貞大尉」が至極のんびりと後退している。「彼は中隊を捨てた」のか……？　戦闘の最中に現われ、消えたと思えば、相当な時間を経た今また現われる。その間、当番兵と二人でどこにいたのか……？　あの時、無傷だった頭に負傷までして……？　と訝りながらも、大尉の後を追随した。が、進撃時と様子が違い、西方へ進んでいる。「元へ戻れ！」と、苦痛に耐えながら引き返す。

本道を出て大島軍曹は慄然とした。今、敵の追撃があれば、草原道に延々と続く患者集団は全滅し、指揮中枢が混乱している大隊までも全滅必定である。「森貞大尉」は、この本道に「敵追撃」あるを惟い、サガラカの中村重機小隊まで「逃避」しているのである。

強い日差しに介護とてなく、草原の路傍で息絶える兵士が多く、これを尻目に我先へと後退した指揮官たちは、この惨状を一体、何と観ていたのであろうか……？　「お前たちは勝手に死ね」とでもいうのか！　幸いにも敵の追撃はなく、患者は辛うじて後退することができた。

「小峠・中西、もうよい、ありがとう。早く退れ」。中隊まではと頑張ったが、もう限界と悟った大島軍曹は自爆を決意し、静かに横になった。

「班長殿！　何としても中隊までお連れします」と、両脇を抱え起こし、歩き始めた。大島軍曹の意識が霞んできたその時、突然、「味方だ！」の大声で我に返る。

和田中隊長は、戦況の急変に大隊本部を救えず、自責の念に打ち沈んでいたが、大島軍曹以下三名が大隊の殿を勤め、無事帰還したことを喜び、心から謝辞を述べた。だが、中隊長の沈痛な表情は消えなかった。

指揮班長松尾広海准尉は、後退命令未達を詫び、功績名簿に「殊勲甲」の記載を確約した。

「中西よ、小峠よ、この恩は一生忘れんぞ」と、所属に戻る二人の手を握って別れを惜しんだ。だが戦闘中、傍らで戦死した小谷一等兵の屍を戦野に曝してきた悔悟が心を苛んだ。中隊に着いた安心からか、また意識が薄らぐ。ふと気がつくと、兵の担ぐ担架の上であった。一度散った兵の掌握ができず、夜襲は中止となり、大隊はいったん、背嚢置き場まで後退し、明日攻撃を再興するという。我を運ぶ担架兵に「すまん、すまん」と、その厚い戦友愛に心で手を合わせ、涙した。

その日の夕刻、背嚢置き場に着いた。主なき背嚢が、主の最後を語っているかのようである。

夜更けて幕舎から出てきた完全軍装の和田中隊長に中川軍曹が気づき、誰何口調で尋ね、ただ一人敵陣に斬り込む無謀を諫めた。中隊長は天を仰いでただ無言、ただ涙……。「中隊長殿!……」と呼ぶ中川軍曹の大声に、中隊幹部が飛び起きてきて協議し、「とにかく夜が明けるまで待つ」ことに決した。

翌二十一日早暁、草原の彼方から盛んに銃声が聞こえた。中川軍曹は落涙、合掌した。大島軍曹たち負傷兵は、付近の原住民を塩や乾パンで雇い、ヨコピーまで担送と決まり、執銃の独歩患者が付き添いと護衛を兼ねて出発した。

森貞大尉は二十日十三時に、指揮下の中村重機小隊が陣するサガラカに退ってきたが、その「戦闘自慢話」に、中村光男准尉は怪訝に思った。部下を前線に残し、後方の司令部に走る所業に、まず不審を抱いた。「支隊長に緊急報告の要あり」という割には、所作行動はいたって緩慢で、陸士将校とは思えぬ所作である。

日が落ちても出発せず、当陣地に一泊、翌朝、日が高くなった頃にやっと起き、ゆっくりと朝食を摂り、おもむろに後方へ出発した。

ほどなくダキサリヤで支隊司令部と出会うが、森貞大尉の報告に、中井少将は、〝身を震わせ〟て、「馬鹿者！『部下を捨て』て、どの面下げて還ってきた！ 戦いに敗れたことを責めているのではない！ あまりにも不甲斐ない貴様の行動を責めているのだ！ 直ちに戦場に引き返し、部下を掌握して敵の追撃に備えよ！」と厳命した。

総退却

戦況を把握した支隊長の措置は早かった。

一、増援の機は過ぎた。

二、為貝第一中隊は米倉大隊の収容に当たれ。

三、サガラカの中村小隊は同地を確保せよ。

四、オロナの田中小隊は飛行場監視を続行。

五、谷口第二中隊は糧秣輸送並びに敵情監視。
六、日高第三中隊はムゴの占領と敵情監視。

以上で今後、敵の出方を監視することにした。

九月二十二日早朝、敵はフィンシに上陸した自軍に呼応し、米倉大隊の追撃を開始した。

なぜにこのような惨敗を喫したのか……?

それは、我が師団が北支の戦野に転戦中、中国雑軍に用いていた戦術・戦略思想を金科玉条とした情報軽視の悪癖で、敵の戦術・戦略の研究を怠り、ブナ・ワウ・サラモアでの血の教訓をまったく無視し、いきなり密林での近代戦に臨んだがために、各級指揮官が動転し、思わぬ醜態を曝(さら)け出す結果となったのである。

そのうえに、減食の身に土工作業を課したため、体力・気力が減耗し、戦闘行為が鈍重になった結果だと、大島軍曹は担架の上で思った。

担架隊は、バイパで留守隊増田伍長以下が整列して迎えた。それは、この地を進発してから十八日目の夕暮れ時であった。

ヨコピー患者収容所の軍医の好意により、たった一本しかない注射のお蔭で化膿が止まり、片足を切断せずに快方に向かった。

帰還

それから一ヵ月、歓喜嶺に砲弾降り注ぐ十月中旬、「屏風山死守」の命令を受けた我が中隊に別れを告げ、後送の身となった。

戦友よ！　さらば　この傷癒えなば
再びこの地に戻りて　御身らと共に戦わん

その後、ハンサ・ウエワク・パラオを経て、内地の陸軍病院に転送されたのは、翌十九年の晴れた青空に鯉のぼりが泳ぐ薫風の五月であった。

傷癒えて龍山の留守隊に帰還したが、そこは以前の「軍隊」ではなく、ただ兵を集めては前線へ送り出す機関になり果てていた。

十二月、曹長に昇進、太田新設部隊へ転属、八月十五日終戦、空には敵機が舞うこの日、週番副官勤務中に「終戦の詔勅」を拝聴し、上下の連絡に忙殺された。この時ほど、肩に掛けた週番肩章を重く感じたことはなかった、という（大島徳次氏の回想談要約）。

歓喜嶺を死守せよ

敗走

前述した通りの配陣で、支隊は敵の追撃部隊を邀撃（ようげき）しながら第三大隊を収容した後、ラム草原より全面的に撤退し、本格的な歓喜嶺邀撃陣地の死守を決定、各隊に所要の命令を下達した。

傷ついた兵は応急手当も受けられず、巻脚絆で傷を縛り、杖に縋（すが）って黙々と退っていく。炎天下の激痛に堪え、歯を食いしばり、敵の追撃に怯（おび）えながらの退却行である。

この戦いの直接敗因は、森貞大尉の敵前逃亡・指揮放棄による戦線の崩壊であり、当然その責めは問われるべきである。ところが、士官学校同窓会的心情の発露により、何の問責もなく、一件はうやむやのうちに終着した。

これが、幹候将校や少候将校であるならば、たちまち「銃殺」の重科に処せられたであろう。現に坂東川戦後に、その実例を見せられた。このように、その出身により、差別が存在したのである。

中村重機小隊の奮戦

九月二十三日六時三十分、サガラカの中村重機小隊に原住民がきていうには、「多数の敵がウミ川対岸に侵入した」と。

二十四日九時三十分、敵来襲、交戦四十分で撃退、配属の第三中隊、柳川上等兵戦死。

十五時、敵はサガラカ南方高地を占領、迫撃砲・重機で猛射来襲。我も重機で応戦せり。

二十五日、敵は増し、南方高地の敵は依然猛射しながら、逐次、包囲態勢をとりつつあり。

十四時、陣地を脱出、十七時、目的地ラギャンプン着、直ちに陣地構築、敵襲に備えた。

二十時、斎藤高砂義勇隊が救出に来着したが、同隊の指揮を命じられた森貞大尉はどこに隠れたのか、その姿はなく、配属の中村小隊と義勇隊を見捨てた行動をとった。

二十一時、命によりマラワサに撤退。

この戦闘による我が損害は戦死二、負傷二（以上、中村准尉の歩七八聯隊史投稿文要約）。

ナラワンプン渡河点の攻防

【白谷軍曹の回想談より】

九月二十二日未明、患者収容の為貝第一中隊は、背負袋に食糧三日分を詰め、ウミ川上流の渡河点占領のため、強行軍に移った。

夜明け、後退の負傷兵に出会う。乾パンと缶詰を与え、応急手当をして後方へ送り出す。

夕刻、目的地ナラワンプン渡河点に到着、直ちに収容陣地を構築、白谷軍曹（韓国名白昌煥。韓国・戦後ソウル市南大門警察署長）の一個分隊を渡河せしめ、対岸の台地に分哨を設けた。薄暮、患者が三三五五、収容陣地に到着する。

二十四日朝、川面一帯の霧が薄らぐと、自動小銃の銃声に応戦の我が銃声が聞こえる。

「白谷がヤラレている」と、中隊長は心配顔。

白谷軍曹の渡河に当たり、富松准尉は、「固くなるな、敵を見たら深呼吸せよ、退く時を誤るな」と、自分の経験から指導していた。「中隊長殿、彼なら巧くやります」という。

白谷軍曹は「この霧が晴れると危ない。今が退き時」と、判断した。

「退れ！　川を渡って陣地に戻れ」と絶叫しながら身を起こした瞬間、バチと焼き火箸で叩き伸ばされたような衝撃を全身に受け、昏倒した。退りかけた兵が駆け戻ってきて、巻脚絆で応急手当をし、引きずるように渡河点に向かった。

霧は晴れ、敵の追撃は本格化した。後退患者が意外に少ないが、敵が川向こうに現われた以上、諦めざるを得ない。

敵は渡河し始めたが、我が一斉射を浴びて、川中に撃ち倒される。続いて迫撃砲を伴う敵の第二波攻撃では敵機も加わり、我が陣地を強襲してきたが、我もまた蛸壺で克く敢闘し、敵を川中へ追い落とした。今度は熾烈なる砲火を我に浴びせ、第三波攻撃をかけてきたが、激闘の末に敵を対岸に押し戻した。

やがて夕闇が戦場を包む頃、戦死者の埋葬と負傷者の治療が終わった。

中隊長は、各小隊長を集め、「……本日を以て収容任務を完了したので、今夜二十二時、ダキサリヤに撤収する」と下命した。

中隊は暗中をダキサリヤに向け、道を急いだ。

グルンボ収容陣地

ダキサリヤより後退を始めた中井支隊長は、第一大隊に対し、草原各地に展開する緒隊を収容しながら、歓喜嶺南麓一帯に展開を命じた。

その頃、筆者は歓喜嶺を超えて戦闘中の第一大隊本部へ追及中であった。

行くほどに、後退の負傷兵より、「戦勢我に利非ず、聯隊は歓喜嶺に後退中。第一中隊及び一機、中村小隊は追尾の敵と交戦中」と聞く。

彼らの中には、自動小銃弾を八発も身に受けながら杖に縋り、歩いて退がってゆく者もいる。

グルンボ手前の隘路で、村上政巳少尉（15幹）が代理指揮する第九中隊と出会う。彼は中隊に小休止をさせ、「白水さん、家族の写真ば見ちゃってんない。これがあれば弾は当らんと」と、相変わらず意気軒昂である。お互いの健闘を誓い、握手をして別れる。

写真の新婚婦人は、我が恩師の令嬢である。

ほどなくグルンボ拠点に到着した。ここは、ラエ作戦道工事用の食糧集積所であったが、今は戦闘中、兵は飽食して至極(しごく)元気が良い。拠点では、稲西予備計手（主計下士官の助手たる兵の呼称）以下三名が出迎える。

戦機が迫る中に、慌てて壕を掘り始める。

拠点を後に駄馬道を前進、大隊本部に至り、追及の申告をすます。ここが永かった追及の終着点、戦闘中の大隊にようやく着いた。

戦友のいる我が定位置に帰りきて、熱い戦友愛に心暖まる思いで胸一杯であった。ほっと一息入れる暇もなく、佐々木主計の命あり。「陣地配備終了の各隊に糧食補給をなす。白水軍曹は第一中隊の補給に当たれ」と。

山麓の方で盛んに銃声がする。トンプの高砂義勇隊が交戦中のようである。

オロナ監視哨・中島分隊

九月二十三日、突如、大編隊の輸送機から空を覆う落下傘兵が降下して飛行場を占領し、ついで大量の兵員が空輸されてきた。

暮色の草原に白い幕舎が無数に建ち並び、電灯を灯し、喧噪な音楽に興じている。まったくスケールの違う敵の宿営風景に、「この戦争は負けた」と、中島軍曹は思った。

二十四日、後方サガラカ方面に銃声盛ん。その日夜半、命により中隊に復帰した。

ナンバホープ・谷口第二中隊

食糧前送の任務を帯びてラム草原に展開中の第二中隊に撤退命令が届いた。

谷口中隊長は中隊をまとめ、草原中の水無川床道を後退中、敵威力偵察隊に遭遇、中隊長谷口明中尉（士53）と第三小隊長摩治見習士官（16幹）が戦死、第一小隊長渡辺美治少尉（15幹）の指揮で虎口を脱し、ナンバホープの第二小隊長村上正重少尉（二務）の指揮下に入った（二務とは昭和二年徴集兵で永年勤務した将校のこと）。

九月二十七日、魂の森に敵五百が侵入したが、以後動かず、その間に第一大隊は、歓喜嶺南麓一帯に陣地構築を急いだ。

第一大隊本部、各隊陣容の中心地グルンボ。

第一中隊、スリナム合流点に陣地を構築。

第二中隊、全禿山に布陣。

第三中隊、魂の森北方山脚道上ムボに布陣。

第四中隊、大隊予備としてグルンボに布陣。

これにより草原展開部隊の撤収は完了した。「今度こそ豪州の『羊飼いども』に、目に物見せてくれん」と、志気は大いに上がった。

シガレより後退の第二大隊配備は次の通り。

第二大隊本部、黒木村（不抜山近傍）布陣。

第五中隊、不抜山布陣。

第六中隊、蔭山村布陣。

第十一中隊、屏風山布陣。

第二機関銃中隊、第五中隊とともに不抜山。

第七中隊、第三大隊配属、双葉山在陣。

第八中隊、師団直轄、フィンシへ。

カイヤピット戦で打撃を受けた第三大隊は、九一〇高地一帯に布陣。

佐々木主計から、「邀撃陣地に布陣せし、各隊に食糧補給せよ」との命令がきた（先述）。そこで、本日は各隊の奮闘を祈念して、甘味品を添えて配付することにした。

第二中隊の全禿山陣地には、行李班長の一隊が担送。同隊には渡辺美治少尉がいる。彼は、我が姉と同じ小学校教師である。行李班長に単文を託す。「眼前の敵に一撃を乞う」。

白水担送班八名は、二十キロの米俵・紛味噌・乾燥野菜を背に、二キロ前方の小池村第一中隊陣地に向け、ドボドボの駄馬道を急ぐ。

麓の銃声に、「敵は近いぞ！　足許を見ずに左右を見て歩け」と言ったものの、拳銃を構える先頭の身は「怖くない」といえば嘘になる。

陣地では、「ホォー、今日は甘味品付きか……、今度の戦闘は勝ったも同然だ。だが、スルメがあるのに昆布がないのは淋しいのー」と、皆の喜ぶ顔を見るのが主計科冥利である。

為貝中隊長は双眼鏡を差し出し、「敵はトンプ飛行場の拡張を急いでいる。あれが完成次第、大攻勢が始まる。それも二日内にだ」。

双眼鏡には甲虫に似た機械（ブルドーザー）が何台も蠢き、板状（鉄板）の敷物を並べている。

「あの状況では明日にでも完成し、友軍陣地は終日、銃爆撃に曝されるであろう。好い時に食糧補給をしてくれた、ご苦労。付近には敵斥候が出没している。警戒して帰れよ」と。

第二中隊への補給班が帰ってきた。

草山に布陣する中隊は、後方林縁にある指揮班に食糧を引き渡し、渡辺小隊に廻り、渡辺少尉よりの返信一片に曰く、「ご好意を謝す。貴官のご武運を祈る」とあった。

小池村陣地・為貝第一中隊

十月三日早暁、草原から轟々たる爆音がして、やがて、観測の軽飛行機が頭上を舞う。すると、砲撃がしばらく続く。次に戦闘機が大挙来襲し、銃爆撃を繰り返す。

敵機が去ると、重迫撃砲の発射音がポンとして、悪魔の悲鳴にも似た弾尾の風切り音が兵の恐怖心をそそる。ついで、軽迫撃砲の連射に続いて、歩兵が自動小銃で弾幕を張りながら来襲する。

「擲弾筒前へ！」、抜刀の小隊長が叫ぶ。

ポーンと、間抜け音を残し、擲弾は敵中に落下、大音響と閃光で辺りの敵を薙ぎ倒す。

遂に手榴弾戦となり、炸裂音は怒号を消す。

グルンボ付近の戦闘
十月上旬～同中旬

午後も同じパターンの攻撃が続くが、我が抵抗に逢うや攻撃を諦め、サッサと後退する。

村上㈹第二中隊

敵は、第二中隊（村上中隊長代理）が全禿山に陣地占領すると同時に攻撃を始めた。兵は戦いながら壕を掘り、どうにか陣地はできたが、敵状・地形の偵察もできず、村上少尉が苦慮している時、騎兵出身の及川准尉が兵四名を連れて追及してきた。村上少尉はさっそく、オリヤ川中流一帯の敵状捜索を命じた。

村上少尉は、満州事変以来の戦功多く、「兵を殺すな、無理するな」が信条である。図嚢から恩賜の煙草を取り出して皆に与え、及川准尉の手を握り、「頼んだぞ」の一言で心は伝わり、「誓ってご期待にお応えします」と愛馬の鬣（たてがみ）と拍車を取り出し、「自分はこの拍車を着け、愛馬の鬣を懐（ふところ）に任務を遂行します」と、言い残して行った。彼が持つ「騎兵の誇り」を、村上少尉は感じ取った。

騎兵の突撃―、疾駆する馬上に高く掲げた軍刀―、大地を蹴る蹄（ひづめ）の音―、轟く喊声―。おそらく、彼が被弾し、薄れゆく意識の中で映じたのは、このような突撃シーンではなかったかと思われる。

翌日、血塗（ちまみ）れた兵の帰隊報告によれば、敵状偵察中、突然、一発の狙撃弾が先頭の准尉の胸を貫通、続けて自動小銃の一斉攻撃に「退がれ！」の一言を残して絶命、同時にその兵の右腕に激痛が走った。その瞬間、兵は右側の小川に逃れ、川岸の茂みに身を隠し、夜明けとともに川上に走り、ようやく中隊に帰り着いたという。

「敵二〜三百、オリヤ川左岸高地を占領、その一部は中隊正面に進出中」と、報告する。

「ご苦労だった。早く退って治療せよ」と指示したが、村上少尉は愕然とした。そこは渡辺小隊の側面である。敵は我が陣地の間隙をぬって浸透中である。その措置を考える隙もなく、渡辺小隊の方から銃声が聞こえ、激闘が始まった。


ここは草原に西面した草山、三段に分隊を配し、渡辺実治少尉（15幹）は、頂上に位置し、攻め登る敵に小銃と軽機で防戦した。

迫撃砲弾が雨のように降り注ぎ、土砂は堤防に砕ける激浪のように天高く突き上がる。生き残りの兵は、手榴弾を投げ尽くし、突撃しようと壕から身を乗り出すと、自動小銃で薙ぎ倒される。

遂に最後の時がきたと観念した渡辺少尉は、「突撃——！」と、雄叫びながら白刃一閃、突撃に移った瞬間、自動小銃で右肩・右腕に、迫撃砲弾の破片で頭部に被弾、背後の深い谷間に転落していった。

翌朝、寒さを覚え、朦朧（もうろう）たる意識の中で、雨に打たれている我が身を見出した。「何たる不覚、部下全員を失い、何の貌（かんばせ）あって中隊へ還れようか」、自決したいが、拳銃も軍刀も手から抜け落ちたらしく、辺りには見当たらない。「死なねばならぬ」と気は焦るが、身は動かず、血は止まらず、身に寸鉄も帯びずして自決もならず、虚しく密林の

「苔」と消えゆくのか……と、悲嘆にくれた。

霧の中でまた失神する。再度、正気に戻った時は、樹間に漏れる日差しの中であった。死ねなかった不覚と、生きて部下の勲功を上申する義務感とが葛藤し、思い悩んだ。銃声は遠くで我を呼んでいる。往かねばならぬ。そっと身を起こし立ち上がると、傷が痛い。果たして本隊に還れるだろうか、いな、還らねばならぬ。あの銃声のするところに友軍がいる。痛みに耐え、杖に縋り、密林中の銃声を頼りに、一歩また一歩と踏み出していった（この項、渡辺美治氏聞き書き）。

ムゴ陣地・日高第三中隊

ここムゴは、敵が占領する「魂の森」を俯瞰する山脚道上にあり、この現地道は、川東大隊本部の背後に通じる重要地点で、この地の守備を日高第三中隊に命じた。以来、侵攻の敵を撃砕し、夜は高砂義勇隊とともに敵宿営地を攻撃、その前進を阻止した。

この中隊は大隊の出撃に当たり、敵落下傘降下を警戒のため、トンプ一帯を警備していた。ところが、部隊は敗退、第一大隊本部がグルンボに布陣するや、その予備隊となった。

敵は山脚道や駄馬道から我を圧迫し、ラム河畔道の敵は、支流の各河川を遡及し、我が未成陣地を北面して攻撃を始めた。

村上㈹第九中隊の現地道攻撃

我は、敵が現われたところに手近な部隊を当てる「繕い作戦」で、出撃中隊はその場に急行し、戦いながら壕を掘り、無理な応戦を強いられた。

全禿山の渡辺小隊を突破した敵は、第一大隊と第二大隊の間隙をぬい、歓喜嶺↓グルンボ現地道に侵入、我が補給路を遮断した。

その頃、第三大隊の後衛としてたまたま、この道を通りかかった村上政巳少尉（15幹）指揮の第九中隊疲兵八十名に攻撃命令が下った。

兵はカイヤピットの汚名を雪がんと、逸りに逸って攻撃にかかった。

敵は現地道東側台地を占領し、攻め登る全身暴露の我が兵を、自動小銃で薙ぎ倒した。

戦闘は大隊本部周辺の各隊同時に始まった。「拠点が危ない！」と、筆者は拠点へ走った。

後から小柄の丸尾軍医（福岡市・警固）が、転がるように付いてきている。

「軍医殿！　衛生兵はどうしましたぁ……？」

「一・二中隊の負傷者があまりにも多いので、軍医も衛生兵も手が抜けない。私だけだ」

拠点が近づくと、銃声は一段と激しくなる。

稲西上等兵が出迎える。聞けば、輜重兵とともに小銃三梃で配備に就いているという。

じつに心もとないが、「絶対死守」を、兵と我が身に言い聞かせる。

第九中隊の攻撃は今酣である。銃声がすぐ近くで激しく、負傷兵が退ってきて軍医の治療順番を、苦痛に歪む表情で待っている。見かねた輜重兵が、ヨーチン塗布や包帯巻きを、慣れぬ手つきで手伝っている。

「稲西！ 後退者に食糧乾パン三、缶詰一とスルメ二を、歓喜嶺までの分と伝え支給せよ」

後方五十メートルの駄馬道分岐点に歩哨を出し、警戒兼後退傷兵誘導とし、後退の促進を図る。


負傷兵の語る戦闘状況は……。

坂の上から雨のように降り注ぐ銃火の中を、匍匐で敵陣に迫り、擲弾筒の命中を合図に、村上少尉は、「第九中隊！ 突撃前へー」と、絶叫しながら地に伏す我が散兵の間を駆け抜けた。

兵は一斉に立ち上がり、手榴弾を投げ、銃剣を翳し、喚声をあげて敵陣に殺到した。だが、敵は突入する我が兵に、自動小銃の一斉射を浴びせ、薙ぎ倒してしまう。

「突撃を歩兵の本領とし、敵前に死するを、武人の本懐」とする日本軍では、近代戦に対する研究を怠り、ジャングル戦に絶対必要な自動小銃を欲する兵の声は、馬耳東風の聞き流し。自動小銃を「米国ギャング」の汚らわしい「持ち物」という認識しかなかったと思われる。

また、経済的には、我が三八銃一梃で、敵が持つ水道管に手を加えたくらいの自動小銃ならば、優に二十梃は作ることができると思う。

敵の顔がそこにあるとなれば、遮二無二にでも突入し、死をもって任務を全うするのみ。

火閃が弾け、熱風と土砂が地中より吹き上げる。と同時に村上少尉はパッタリと倒れた。押さえた腹から両の手に生温かい腸が掌一杯に食み出していた。当番兵が足を引っ張って窪地に下げたが、肩で息をし、薄目を開け、何か言わんとしたが、声にはならなかった。

おびただしい損害を出して攻撃は頓挫した。

いったん敵前を離脱し、山陰の攻撃発起点に退り、夜を待って夜襲を敢行し、せめて戦友の屍体や重傷者の収容に当たることにした。

グルンボ糧秣拠点・仮包帯所

半円型に布陣した各隊の中央に大隊本部があり、その北三百メートル地点に糧秣拠点がある。歓喜嶺南麓方向に銃砲声と突撃喊声が盛ん。やがて、負傷者が続々と退ってきた。内科医丸尾軍医の弾傷治療も、手際が良くなった。

村上少尉が急造の担架で後送されてきた。丸尾軍医が薬嚢を掴んで駆け出した。ほどなく首を垂れて帰ってきた軍医は、頭を振り、「内蔵露出で後二、三時間」とのこと。水を求める少尉の声が痛々しい。

「村上少尉殿！　村上さん！　気をしっかり持って」と叫んだが、助かる見込みのない人に呼びかける哀惜と空しさばかりが胸を締めつける。

その間にも、第二中隊正面ではまだ彼我の撃闘が続き、銃砲声が盛んに聞こえる。

第一中隊も、トンプから攻め登る敵をそのつど撃退、駄馬道を防禦、確保している。

四囲喧噪つづく中に衛生隊参着、重傷患者の担送を開始した。第一・第二中隊の負傷兵も集まってきた。独歩患者に後退食料を支給し、三、四人一組に、駄馬道を退るよう指示する。

下半身血塗れの兵は、手榴弾で急所をやられ、「竿も玉も」削ぎ取られているという。気の毒に堪えない。丸尾軍医が手早く止血処置をしたが、担架が取れるとよいがと、祈るのみ。「気をしっかり持つんだぞ。歓喜嶺はすぐそこだ」と、励ましの言葉と乾パンなどを余分に、そっと雑嚢に入れてやる。

第九中隊は兵力小数で夜襲困難、攻撃は中止となる。このままでは駄馬道も遮断が懸念されるので、支隊長は予備の第三中隊を後衛として、第一大隊の歓喜嶺後退を急ぐように命じた。

大隊は敵前に戦友の屍を残し、急ぎ後退せねばならぬ切迫した状況となった。

敵はトンプ飛行場の拡張、ラム河畔道の車両運行状況からして、歓喜嶺攻撃のために資材集積、兵力の集結を急いでいるようである。

ゆえに、敵の本格攻撃開始までに「歓喜嶺の堅陣構築」を急がねばならなくなった。

第二大隊危うし・シガレの戦い

十月五日、ラム河対岸の豪軍約一個中隊は、トンプに向かう別働の自軍に呼応し、急ぎラム河を渡河、トンプ飛行場警備の高砂義勇隊一個分隊と衝突し、同隊は善戦空しく後退した。

これを追尾来攻の敵は、焼山陣地を占領したので、陣地構築中の屏風山が危なくなった。この敵撃攘の命令が若葉村の香川第二大隊に下った。大隊は直ちに出撃、七日夕、「シガレ」の敵に対し、薄暮攻撃で敵陣に殺到した。

敵第一・第二線は突破したが、砲煙弾雨に降り頻る豪雨、昼を欺く照明弾に、攻撃は頓挫したまま黎明を迎えた。眼前に敵主陣地がある。

大隊長、香川昭二少佐（少一三）は、即座に攻撃続行を決意、依然降り頻る雨の中を大喊声をあげて突撃を重ね、敵主陣地の一角を占領したものの、占領と同時に包囲され、迫撃砲の集中砲火を浴びて損害が続出した。

攻撃失敗を早く報告せねばと大隊長は焦るが、通信分隊が全滅して連絡手段はない。このままでは数刻にして全滅は必定である。

大隊長は、いったん後退することとし、各隊一丸となって敵の包囲を突破することを命じた。が、敵は増し、斥候還らず、包囲はいよいよ堅し。

その頃、支隊長は第二大隊の無線に応答がなく、銃声の衰えに「不吉の予感」を覚え、激戦中の川東第一大隊に対し、その一部を以て、第二大隊との連絡及び救出を命じた。

第一大隊長は、予備の酒井第四中隊長にその任務を課し、その後にムゴの第三中隊をグルンボへ、ムゴには高砂義勇隊を残置した。

第四中隊長酒井亨中尉（士五四）は命下るや、密林中に第二大隊を求め、勇躍進発した。十月十三日、包囲中の敵に接触、直ちに攻撃を開始、翌払暁もさらに攻撃を続行、包囲下の第二大隊も内より呼応して攻撃、敵の動揺を衝き、ようやく重囲を突破、救出に成功した。

第四中隊の無線が、「我、救出に成功せり」。折り返し支隊より返電あり。「第二大隊は本夜中に歓喜嶺に急行、配置に就け」と。

大隊は翌朝、歓喜嶺に達し、配置を完了した。

この日から大隊は約百日間、鬼神も顔を背けんばかりの激烈な防衛戦を耐え抜くのである。

屏風山の死闘・増田分隊

歓喜嶺では独工第三聯隊が、香川第二大隊のシガレ帰還を待ち、ともに主陣地の構築を急いだ。中でも中核の屏風山には、第二大隊の指揮下の第十一中隊が屏風山の守備に就いた。

第十一中隊は和田中隊長を失い、第一大隊付の村上広英中尉（士五五）が補任された。

屏風山は、歓喜嶺鞍部東側に端を発し、南南東に約三キロも伸びる鼻状の山塊で、その傾斜は約四十五度の急峻、両側は文字通り屏風の如き絶壁の草山である。稜線上は概ね二〜三メートル、末端は段差二メートルで、フレシャボ川に消えている。

この川岸より見上げる高さは四、五百メートルで、稜線上の小さな平地に村上第十一中隊は数段に布陣し、増田分隊はその最先端に壕を掘った。古賀一三上等兵（佐賀・三田川）は増田分隊に属し、第一線の蛸壺内にいた。

敵は友軍の撤退に追尾して歓喜嶺へと迫るが、山麓入江村で下条作業中隊品川分隊に阻止され、連日攻め倦んでいた。

「かくなる上は屏風山直攻」とばかりに砲爆撃を強化するが、その間、我は待避壕へ。砲爆撃が止むと、戦闘用蛸壺に急ぎ立ち戻り、敵歩兵の攻撃を待ち受ける毎日であった。

稜線上の我が山砲・速射砲が時折、敵の幕舎や前進陣地を砲撃し、溜飲を下げていたが、数千発の「返礼射撃」を受けるので、砲陣地も予備陣地を設け、一定の射撃後は、分秒を競って予備陣地に移動するのである。

すなわち、制空権のない悲しさ、一発の弾丸すらまともに射てない惨めな対陣である。敵は空輸補給で、あたかも節分の豆撒きよろしく、銃砲爆弾は空を覆い、「仕掛け花火」の如く、我は幼児の手になる「線香花火」の如し。これでは勝負にもならず、我が銃砲声には、なぜか悲哀さえ感じるようになった。

敵は谷を隔てた草山に幾十もの幕舎を設け、夕食後は電灯を灯し、映画・音楽に興じるが、我が夜襲には極度に警戒が厳しく、台地の周囲は鉄条網で囲い、マイクを樹間に設けていて、さすがの高砂義勇兵も歯が立たない。

稜線の先端部に陣する葉山小隊は、もっとも損害が多く、残兵十四、五名となっていた。砲撃が止み、自動小銃の連射音に壕より見下ろせば、敵約三十が稜線を登ってくる。充分に引きつけての我が一斉射に、白人将校以下が倒れ、屍体を残して退却していった。ほどなく定石通りの砲撃が始まる。山は鳴動し、一切の「生」を拒むが如き凄惨さである。

続いて歩兵の攻撃が執拗になされたが、夕方には戦いを止め、宿営幕舎へ退いていく。暮色迫る頃、今日の激戦に散った戦友の弔いを始める。赤い夕日を背に二、三の兵が、冷たくなった戦友の手首を切り落とす。そこには、眠る如き安らかな「戦友の顔」があった。

少しの米を遺体に抱かせ、本人の蛸壺壕に埋める。手首は炊飯時に荼毘に付し、空缶に納め、野花とともに墓前に供えて戦友集う。

「付け剣!」、低いが力強い号令で、「捧げー銃！」の礼を以て、その栄誉を讃え葬った。

今日も定石通りの攻撃に始まり、ついに手榴弾戦となった。その時、古賀上等兵は鉄棒で殴られた感がし、壕中に崩れ落ちた。肩に手をやると、ベットリと血が付く。

激戦中の小隊に止血を手伝う兵はいない。「ここで朽ち果てるのか……」と、観念した時、銃声が止み、敵は退却し始めた。

「古賀！　大丈夫か！」と、分隊長が壕に跳び込み、抱き上げ、小隊長は「砲撃のないうちに早く退れ」という。

指揮班→マダン→ハンサ→パラオ→マニラを経て、内地の陸軍病院に着いたのは、昭和十九年五月であった。

「あの屏風山で別れた戦友は、その後の戦闘で皆、戦死してしまった。早い時期に負傷したことが幸運だったとはいえ、『済まぬ！　済まぬ』の思いで、毎日の念仏を今も絶やさない」という（古賀一三氏の聞き書き）。

入江村陣地・品川分隊奮戦

要衝、歓喜嶺守備の前進陣地の屏風山陣地とともに、歓喜嶺登山口を扼する陣地を入江村といい、下条喜代巳中尉（特）の率いる作業中隊（歩兵聯隊内で工兵的役割をする）が守備に就いていた。

敵は撤退する第一大隊を追尾来攻し、品川陣地に衝突した。

下条陣地はフレシャブ川上流右岸、歓喜嶺登山口にあり、その突角陣地を守備するのが品川伍長の率いる一個分隊である。

品川陣地は、フレシャブ川右岸の落差二メートルの疏林傾斜地にあり、その対岸の奥三十メートルの茂みに敵影ありて、今にも来襲の兆しがある。

対岸から迫撃砲の第一弾が飛来し、続いて狭い分隊陣地が集中砲火を浴びる。ついで自動小銃を乱射しながら、敵二十が渡河を始めた。

好機到来、「射て！」と、品川伍長、渾身の号令が飛ぶ。敵は水中で撃たれて流され、傷ついて対岸に這い上がり、逃散していった。

分隊への補給は途絶し、撤退兵が捨てていった食糧・弾薬を拾って戦力とする乞食戦法である。食も弾もない裸陣地を守るのは、ただ兵の士気のみである。

ついで中隊陣地が迫撃砲の猛攻撃を受け始めた。敵は早朝より迫撃砲と重機で猛射後、五〜六十が渡河を始めた。

「好機到来！　撃って、撃って撃ちまくれ」と、品川分隊長は壕より身を乗り出し、「軽機！　左の蝟集（いしゅう）している敵を狙え！　弾が高い！　よく狙え！」と、声を限りに指揮を執っている。敵は川中に倒れてもがく者、流れる者、我が方川岸に這い上がった敵は、三八銃に撃たれ、川に飛び込み逃散した。

「今だ！　射ちまくれ」と叫べば、「残弾なし」の声に、我が身を刻（きざ）む思いがする。弾さえあればの無念さに、「聯隊は何をしている。兵を見殺しにする気か」との怒りが込み上げてくる。

二十二日夜、少しの補給で兵は元気づいた。夜空に尾を引く曳光弾が、芋虫のように寝ている兵たちを照らし出す。「明日も頼むぞ」と祈り、歩哨交代を見届け、分隊長は我が壕縁で横になり、明日の防禦線を思索し、眠りに就いた。

二十三日早朝、敵の猛砲爆撃が後方台地の下条陣地に集中、大攻勢の前兆を思わせる。

歓喜嶺全戦線が無為に砲爆撃を受けている。品川分隊陣地も、迫撃砲の弾幕下に入った。

対岸の敵指揮官が手振りで前進を命じると、敵は渡河を開始した。

「よく狙え！　落ち着いて撃て！」と品川分隊長の雄叫びに、兵の勇猛心が沸騰し、一斉に顔を出して撃ちだした。渡河中の敵は自動小銃を乱射し、我に迫る。猪俣上等兵が、迫撃砲の直撃で散華した。

品川分隊長は我を忘れ、壕を乗り出し、声を限りに指揮を執っていた。

その時、「グァン」と、丸太での強打を感じた。途端、左腕から血が流れ出すが、痛みは感じない。巻脚絆で腕から肩を縛り上げる。戦闘今や酣、壕左側に迫撃砲弾が炸裂し、左顔面が痺れ、口中からどっと血が溢れ出るが、激戦の最中で敵の侵入を阻止するために精一杯、仮包帯の暇もない。

グァーン、またも閃光を感じた瞬間、後頭部に強打を感じ、ぐらっと壕底に崩れ落ちた。流れる血潮は喉、首筋、二の腕、肩から噴き出している。早く止血をせねばと、心は焦れど身は壕の中、片方の巻脚絆を解き、片端を咥え、傷口に巻き始めると、幸いにも自動小銃の銃声は遠くなり、敵は退却を始めた。

声が出ぬため、手真似で点呼をとる。「戦死二、重傷品川分隊長一、軽傷三」の損害を出したが、強襲の敵をよく撃退した。ただ「ウォ……、ウォ……」と言いながら、分隊員の手を握り、肩をたたいてその労をねぎらった。

「戦闘状況報告のため帰隊せよ」との伝令持参の命令を受領、後事を先任兵長に託し、伝令に支えられ、百メートル後方、坂の上の中隊に着き、下条中隊長に戦死二名を出したことを、手振り身振りで謝り、戦況を報告した。

「分隊の奮戦は見ていたぞ。よく戦った。早く歓喜嶺に退り、軍医の手当てを受けよ。回復したら還ってこい」と、その労をねぎらった。

夜の坂道、小銃を捨て、這うようにして「死」よりも辛い「生」への坂道を登った。

歓喜嶺鞍部で夜が明けた。出血多量で喉が無性に乾く。靴跡に溜まった泥水を夢中で飲み、大隊本部に到着した。その後、品川軍曹は内地送還となり、ふたたび中隊に戻ることはなく、終戦を迎えた（この項、品川治男氏の聞き書き）。

歓喜嶺の配備なる・香川第二大隊

敵が我がマダン基地を衝くには、部隊行動可能なボガジン渓谷の関門、歓喜嶺を突破するしか術（すべ）がない。仮にも、この関門が失陥すれば敵は、我が作戦道を逆用し、一挙にボガジン海岸まで進出し、グンビ岬の米軍と連携し、中野集団を包囲、殲滅したであろう。そうなると、第十八軍そのものが全滅することになる。

したがって、この関門のうち、最重要の歓喜嶺守備の大任は、歩七八聯隊生（は）え抜きの香川少佐指揮の第二大隊が、担当することになった。

支隊長中井少将は、後輩の陸士大隊長でない少候大隊長を選んだ慧眼（けいがん）には、畏敬の念を禁じ得ない。

各中隊と工兵は、全力で陣地構築を急いだ。各隊の歓喜嶺一帯配備を確認した川東第一大隊は、グルンボを撤退、ヨコピーに集結した。

要衝屏風山に第十一中隊が配備に就くや否や、日量一万発の猛攻撃に曝され、激戦続く中に昭和十九年の元旦を迎えたが、征旅一年、誰がこの飢餓と酷戦を予想したであろうか……。

各陣地には、昨十二月八日、第一大隊がケセワ夜襲で鹵獲した甘味品少々を付けたものの、ひもじい（三分の一定量）思いの正月であった。だが、正月とて敵は容赦なく猛砲爆撃を繰り返す。総攻撃が間近に迫ってきたらしい。

香川大隊長病臥・後任矢野大尉着任

疲労とマラリア熱で壕内で横臥していた香川大隊長は、意識混濁を自覚するに及び、後退療養を承知した。

この報に接した中井支隊長は、「この最重要陣地の指揮官こそ『真の軍人』でしか勤まらぬ」と判断、「戦術に長け、部下の信任厚く、かつ豪胆の士」でなければならぬ。この条件に適う人物こそ、歩兵団副官矢野格治（少一六）しかいなかった。矢野大尉の前任部隊は、現に歓喜嶺を死守している歩七八の第三機関銃中隊長であった。

矢野大尉は、十二月三十一日、第二大隊長の補任の命令を受けるや、直ちにクワトウの支隊司令部に出発。聯隊本部にて大隊長補任を申告、ぬかるみの急坂を歓喜嶺へと急いだ。

昭和十九年一月二日十四時、大隊本部到着、意識朦朧の香川少佐から引き継ぎもできぬまま、ただちに大隊長の指揮権を継承した。

ところが同日、米第三十二師団がサイドルに上陸、中野集団の退路を遮断した。歓喜嶺攻撃中の豪第七師団は上陸米軍と連携、歓喜嶺一帯の我が陣地に一日一万発の砲弾を浴びせ、陣地突破を試みたが、我に撃退された。

連日の猛攻撃に倒れた兵の補充はなく、屏風山第十一中隊は戦死四十数名、負傷者多数を出し、疲労極限にありと判断、一月十日、第十一中隊を片山第六中隊と交代、予備とした。

血風！　屏風山

片山第六中隊が配備に就いてから一週間、連日の猛攻にもいっこうに怯まぬ日本軍に苛立った敵は、狭くて長い屏風山の稜線を猛爆し、トンプの重砲も、歓喜嶺一帯に連続砲撃する。その炸裂する砲弾は地軸を揺るがし、林縁の敵野砲・重迫・軽迫も一斉に併射する。

砲声殷々として雲を呼び
砲弾天空より降りて我を襲う
閃光爆竹に似て地上に踊り
灼熱熱風を誘いて頭上に舞う

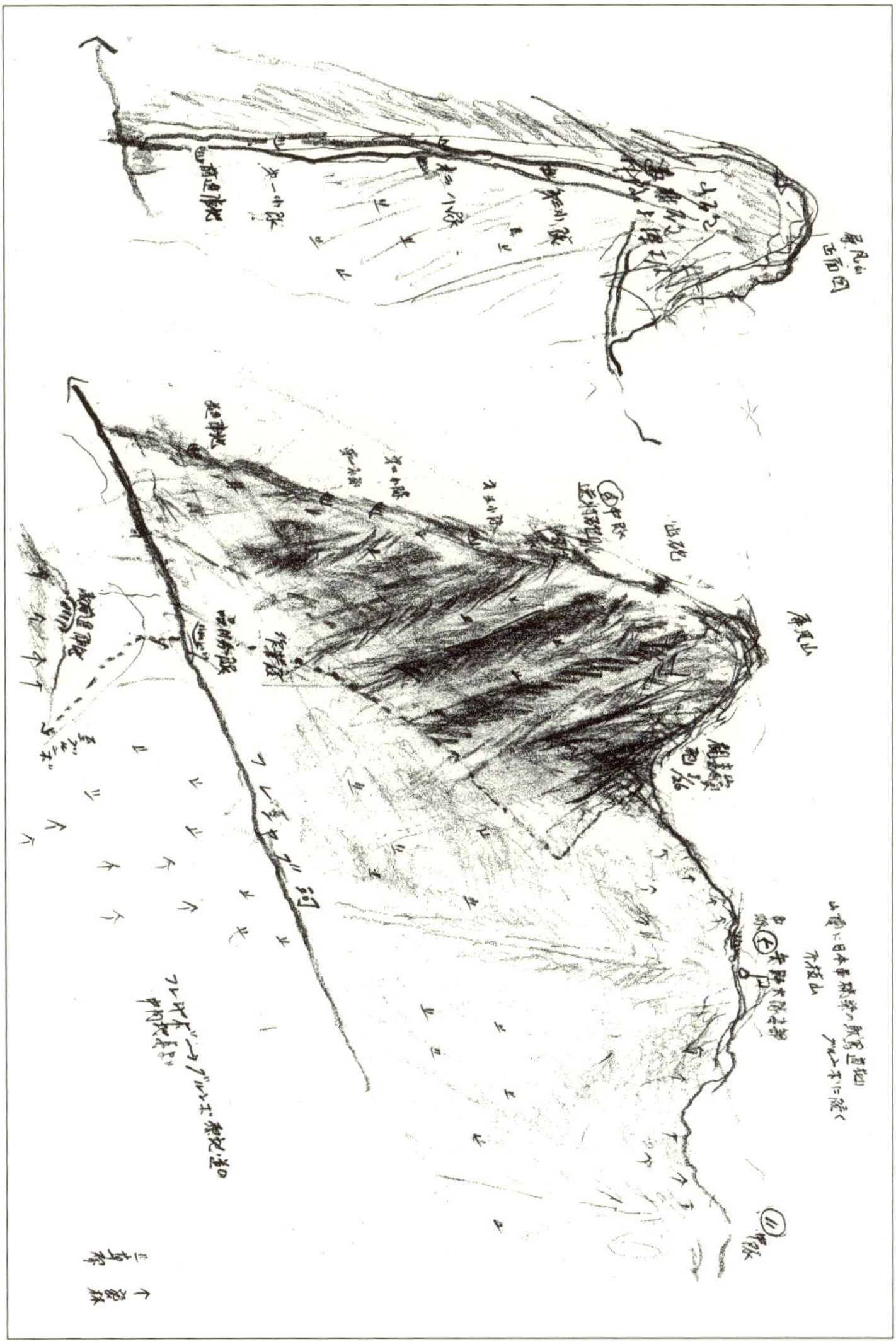

激烈砲弾幾万発
巨弾空を覆いて天日暗し
運命知るはただ神仏
天を仰ぎただ僥倖を祈る

一月二十日六時、トンプにエンジン音がすると、早くも現われた敵機は、屏風山の稜線をすれすれに駆け登り、空爆・銃撃を繰り返す。

敵機が去ると、大小の砲弾が稜線や鞍部に降り注ぎ、息つく暇もない銃爆撃の猛攻は続く。屏風山は山頂付近で不抜山と鞍部で連なり、下条陣地への連絡路起点をなしている。

十時、その鞍部に陣する砲二六の山砲陣地が、背後の急坂から奇襲攻撃を受けた。敵は正面攻撃を加えながら、背後に在る無防備の絶壁を登り、我が陣中枢の鞍部に急襲をかけた。

馬場少尉指揮の山砲も、護衛の歩兵小隊長山下正一少尉（士五六）も最前線に出て応戦したが、所詮は「蟷螂(とうろう)の斧」、空しく自動小銃の餌食となった。

「馬場小隊は只今激戦中」との電話連絡を受けた大隊長は、本部近傍の中尾第五中隊主力と、西村繁（T15務）指揮の大隊本部の兵二十名で、馬場砲兵小隊の救出に向かわせたが、猛烈な火力のために砲兵陣地に達せずして救出ならず、また連絡路を失った入江村も孤立した。

十二時、屏風山突端陣地は奪取された。この陣地の失陥は歓喜嶺の崩壊に連なり、またこの失陥は、現在フニステール山脈を縦断し、疲労困憊の身に鞭打ち、マダンに向け撤退中の中野集団一万余の退路を断つことになり、ひいては第十八軍の潰滅をも意味する。したがって、その撤退完了までは、いかにしてもこの関門を守り通さねばならぬのである。ゆえに、大隊長は山砲から擲弾筒に至るまでの全火力を挙げて突端陣地を制圧させ、そこに第六中隊を突入させ、奪回に成功した。しかし、倒れた守兵の補充をする兵の余裕はなく、敵はふたたび突入、稜線中腹の主陣地に迫ってきた。

連射報小隊長浦山少尉（15幹）は、主陣地に危機迫るや「付近の兵を集め、主陣地にて激戦中、なお中隊長戦死」と、大隊長に電話報告してきた。敵はもう主陣地まで迫っている。

十四時、不抜山の砲兵陣地は、直ちに失陥の屏風山主陣地を砲撃開始、必中弾を注いだ。不意に日本軍の集中砲撃に狼狽した敵は、日本軍残置蛸壺に逃げ込んだところを、浦山少尉指揮の残兵に逆襲され、慌てて逃げていった。

敵は直ちに返礼の砲撃を開始した。壕中の兵は直撃弾に散り、負傷の兵は谷に転落した。軽飛行機が霧状の尾を引いて稜線に飛ぶ。さてはガス散布か……と思いきや、それはガソリンであった。

稜線の突端からボッと火の手が上がり、炎は山頂目指して駆け登り、全山が火焰に包まれた。陣地に残る少数の我が兵は、炎に追われて東側斜面の急坂を転げ落ちていった。

銃声は絶え、屏風山の第六中隊は全滅した。が、中隊長の姿は誰も見た者がいなかった。

その頃、筆者はバーの拠点で、歓喜嶺とミンデリ二方面への食糧輸送に従事していた。負傷して歓喜嶺から後退する兵らが語る第六中隊全滅の戦況を、暗然たる気持ちで聞いていた。

「小隊長以下、陣地奪回に何回も突撃したが、片山中隊長の姿を見た者は誰もいなかった。歓喜嶺も長くは持つまい」といって、乾パンを受領し、悄然と丸腰で去っていった。

片山中尉は、一体どこで何をし、どんな戦死をしたのか一切が不明である。屯営時代は肩を怒らせ、辺りを睥睨し、威勢天を突き、兵を塵芥のように接したあの勢いは、弾丸の下で萎え、縮んでしまったのか……？

軍人の真価は、弾雨の下で決定づけられる。「石はいかほど磨いても、玉にはならない」

難攻不落と思われた屏風山は遂に落ちた。先に歓喜嶺鞍部を失い、屏風山も失う。今後、不抜山の孤塁を守って負託に応えることができようか……。大隊長は苦悩した。

「今から俺が逆襲部隊を率い、歓喜嶺西側高地を確保する。俺の死後は大畑大尉（砲二六・一中長）が指揮をとれ。松岡中尉、直ちに準備せよ」と、この闘魂、小池第三大隊長に比ぶべきものなし。

しかし、今突撃して大隊長を死なすことはできない。当の大畑大尉ほか西村中尉、松岡中尉（副官）が必死で留意を促した。

大隊長は歓喜嶺・不抜山を中核として、最後の一兵までも死守する決意を固めた。快晴の空に、屛風山・歓喜嶺鞍部に散った勇士を哀れむかのように、涙雨は大雨に変わった。

石川少尉の大隊砲は、その大雨の中を陣地移動中に砲撃を受け、樹上で炸裂する破片は頭上より降り注ぐ。ぬかるむ道に砲を担ぐ兵は、至近弾でも砲を投げ出せず、遂に隈沢上等兵は腹部に砲弾を受け、苦しみながら戦死した。

戦術価値のなくなった入江村から下条中尉を後退させ、歓喜嶺付近に布陣せしめた。歓喜嶺の一角は崩れ、矢野第二大隊の残兵百名で不抜山を中核に、強豪豪軍の侵攻を支える戦力には極端に不足している。だが聯隊には、これに補充する余力は一兵もいない。

電話線は切れ、聯隊本部も各隊も連絡がとれず、二十一日、大隊長は屛風山失陥と新配備報告のため、西村中尉を聯隊長のもとに派遣した。

その日夕刻、大隊副官松岡漢一中尉（14幹）は頭上炸裂の砲弾により、一言も発せず大隊長の腕の中で静かに息絶えた。後任副官に石川熊男少尉（15幹）が任命された。

その頃、敵は日量一万発を射ち込むので、我が損害は続出、ために輜重兵も戦闘配備に就いた。また、敵弾は不抜山を越え、後方連絡路一帯に落下、中には時限爆弾が混じっていて不意に炸裂し、連絡兵や水汲み兵が戦死した。

歓喜嶺と、これに連なる不抜山を守るは健兵百名、傷病患者あわせても約二百五十名。敵の威力偵察は随所に出没し、聯隊本部に連絡に出た西村中尉（T15・務）は、十日間も帰らない。

温厚な矢野大隊長も苛立って、「頼経！　西村中尉がまだ帰らんので、お前が聯隊本部に行って、『現状では一両日しか確保できない。最後の突撃許可を乞う』といってこい」と下命した。

書記の頼経曹長は聯隊本部に着き、聯隊長に大隊の戦況報告と突撃許可を求めた。

「わかっとる。今朝、軍の撤退命令がきたので、支隊命令を発する。矢野大隊長に手交せよ。なお兵七、八名を付けるので、乾パンその他を持ち帰れ」と命じた。

翌二月一日朝、輜重兵を率いて帰途の密林を息を潜め、急坂を登り、大隊本部の歩哨線に辿り着いた時、緊張の緩みと疲労とで、その場に倒れ込んでしまった。

「石川！　このままでは全滅する。座視するより突撃して国家の礎（いしずえ）にならん」と大隊長はいう。そんな折、西村中尉が十六日ぶりに帰還、その持参軍命令は、「持久ニ徹シ軽挙ナ出撃ハ戒メ善戦セヨ」とある。この命令受領日は二月七日で、翌八日朝、頼経曹長が帰還携行した命令は、明らかに撤退命令であった。

大隊長は撤退時の混乱回避のため、各隊長に「大隊は今夜、打って一丸となり、夜襲を敢行する。負傷者といえども、立って参加せよ」と命じたものの、陣地で自決する者の心情を思うと、胸が引き裂かれる想いであったという。

朧（おぼろ）な月影の中、陣地撤収が始まった。

大隊の先導は頼経曹長。尖兵は第五中隊に各隊が続き、後衛に第十一中隊を配して脱出を開始した。重火器は破壊し、重傷者を陣地に残しての脱出行で、五年前の北支戦線では考えもつかなかった撤退措置であった。

このことは、長く大隊長の心に「己が罪」として重く押しかかり、頑として歓喜嶺を語ろうとしなかった。

大隊が動き出した。旧陣地から手榴弾炸裂音が胸を突き、耳を劈く。これは負傷し、残置される不運を嘆く恨みの絶叫であった。

ヨコピー道は敵の手中にあった。部隊は密林の急坂に進路を取る。闇中、兵が背に付けた夜光虫の微光を頼りに進む。途中、渓谷に転落する兵も出て、退却行は難渋を極めた。九日の夜が明けた。坂を下り、ヨコピー現地道で各隊を掌握した大隊長は、「よかった。よかった！」と、ようやくその顔に明るさが差した。

二月九日朝、岩崎収容隊に収容されて聯隊本部に到着、直ちに新陣地の配備に就いた。

二月二十一日、矢野大隊長、歩兵団復帰。矢野大隊長は赴任以来激戦四十日、中野集団収容作戦を成功に導いた多くの部下と別れ、今まさに大隊を去らんとす。兵は惜別の情禁じ得ずして涙し、大隊長は目頭を熱くする。入院下番の香川少佐が大隊長に復帰した。

留守の間、大隊の名誉を発揚した前任矢野大隊長に深甚なる謝意を述べ、新旧大隊長は並び、整列した将兵とともに歓喜嶺に向かい、同地に散華した部下や戦友の英霊に「捧げ銃」の礼を以って、その戦功と栄誉を讃えるとともに、御霊の安らからんことを祈った。

矢野氏は戦後、歓喜嶺を語ることを頑なに拒んだ。

「大隊長である自分を信じ、自己のすべてを擲(なげう)って、陣地の墓場に散っていった。若き兵やその家族に想いを致す時、愛惜の情、切々と胸に迫り、興奮して何も語れない……」と、戦後永らく黙秘していたとのことである。

　長かった歓喜嶺戦が終わり、香川第二大隊は南山嶺へ後退、豪軍の猛攻を支えていた。

　二月二十一日、第一大隊は海岸方面の中野集団最後尾梯団の通過を確認し、一部を遅留兵収容に当て、主力はエリマに集結した。

　三月二日、ガリ転進部隊の収容が終わり、南山嶺・マドレイ守備を第四十一師団と交代した第二大隊基幹の諸隊は、ヤウラに集結した。あれほど夢見た「歓喜嶺越え」の進撃は脆(もろ)くも潰(つい)え、基地マダンすらも危殆(きたい)に瀕している。

　敵は南山嶺に迫り、今またボンジン・エリマを衝かんとする勢いである。思えば龍山の屯営を意気揚々、征途についた時、誰が今日の悲哀を予見したであろうか……。

　戦友の眠るラム草原や歓喜嶺一帯の山々に、また血と汗で購(あがな)った作戦道に惜別の情を禁じ得ず、しばし佇(たたず)んで涙した第二大隊は、集結地エリマに向け、ヤウラの山を下っていった。

フィンシュハーヘンの激闘

艦砲射撃始まる

軍はブナ戦線への米軍出現で、敵の本格反攻を察知すべきところ、ただの局地反攻と認識する愚鈍さでサラモア戦に臨んだために、すべてが後手となり、「フィンシハーヘン（以下フィンシと称す）も危ない」と、遅まきながら悟るにいたった。

そこでボガジン渓谷で道路作業中の歩八〇聯隊に対し、「フィンシに急行し、ラエとの連絡」を命じた。同聯隊の第二・第三大隊は遙か四百キロの彼方、フィンシ目指して進発した（第一大隊はサラモアで激戦中）。

その頃、予想戦場を離れること八百キロ、ウエワイ周辺に展開していた飛行第六・第七の両師団は、戦場惚けした参謀の慢心による油断から、「虎の子」百余機の飛行機を、無惨にも地上で爆破されたがために、戦場上空はもちろん、後方輸送路までも制空権を奪われ、部隊行動から海上舟艇輸送に至るまで危険となった。

したがって、歩八〇も狭い現地道の夜間行軍を余儀なくされ、道路工事で衰弱した体力に行軍疲労が累加し、落伍者が続出したが、これにはかまわずナバリバで大発に分乗、フィンシに急行した。

九月三日夜半、突然、夜空を焦がす艦砲射撃が始まり、四日の夜が明けると、ラエ東方三十キロの「ポポイ」沖に敵艦船が海を圧して蝟集し、艦砲の猛射・猛爆を繰り返した後、ブソ川左岸に上陸を開始した。

その対策もつかぬ翌五日、今度はラエ西方四十キロのナサブに米落下傘部隊が降下、続いて豪第七師団が続々と空輪増強された。ここに、ラエは東西より退路を断たれた。この事態に軍は狼狽し、第二十師団に出撃を命じた。

師団はこれを受け大要、次の命令を発した。
一、師団は直ちに道路作業を中止して出撃する。
二、歩七八は歩兵団長指揮の下、ラム草原をカイヤピットに突進すべし。
三、歩七九は予（高級指揮官の自称）が直率し、フィンシの要地を占領する。
先発の歩八〇主力がロガエン・モンギー河谷に布陣し、九月十六日、第五十一師団はサラワケット越えの途についていた。

愚行の陸軍

要衝フィンシの警備指揮官に、軍はたまたま当地にいた戦闘指揮未熟な船舶団長の山田少将を任命したが、敵がポポイに上陸するや茫然自失して、ラエに前送不能となった食糧・弾薬の措置には考えも及ばず、我先にと逃避し、後日上陸の敵に全戦闘機材を焼却されてしまった。

同少将に食糧等移送の着想があれば、フィンシ〜サッテルベルグ高地（サ高地）間に白人構築の自動車道があり、自動車輸送が可能である。自動車がなければ、マダンから大発艇で緊急輸送すればよい。敵のフィンシ上陸まで、まだ十八日間もあったのに……。ブナ・サラモア戦でも海岸に戦闘資材を集積していて、敵上陸軍に焼却された苦しい戦訓は、この凡将には何の教訓にもなっていなかった。

このフィンシ戦で、サ高地に「食と弾」があったら、負けることはなかったであろうに。まったく勝機を逸してしまったのである。

愚かなるかな我が空軍

昭和十八年六月、飛行第六・第七の両師団を隷下に第四航空軍が発足して二ヵ月、制空権奪回の願いも空しく、八月十六日夜、十七、十八日の執拗な敵の対地攻撃で潰滅した。発足後二、三回出撃しただけで、この大損害、この責任の所在はうやむやのうちに霧散した。この爆撃による我が保有機は八十機に減じ、以後、各地の地上攻防戦や輸送揚陸に対地協力はなく、絶えず「負」の戦闘を強いられた。

同軍参謀高木作之中佐は、「警戒方面外の山側から低空で侵入してきた」という。敵は全方位三百六十度、高度自在に来襲することは兵も知る常識である。この常識も弁えぬエリート意識の「誇り高き木偶の将」の「無策」が、この大損害をもたらした原因である。

しかも敵機来襲の情報は、二十分も前に得ていたが、「部下の報告が遅れ。応戦が後手になった」と、自己弁護には呆れる次第である。二百数十機の飛行機を有しながら、空中待機も、空中戦にも飛び立ちもせず。地上で「据物切り」同様に撃破されてしまったのである。

第二十師団の出撃

師団は出撃命令を受けたものの、道路工事による体力低下で、準備はなかなか進まず、先遣の歩七九竹鼻第二大隊が集結地バーを出発したのは、七日後の九月十二日であった。

その頃、ラエの中野集団は敵侵入を防ぎつつ峻険サラワケットに向け撤収しつつあった。次に敵が狙う戦略要地はフィンシであろうことは、容易に考えられるところである。

軍は第二十師団に対し速進催促をするが、道路工事の疲労に加え、三十キロの完全軍装、加えてボカジン以東は狭い現地の一本道で、おまけに大小何十もの河川があり、歩度を促進する条件は何一つ見当らない。

ここにきて、軍は歩兵を道路工事に酷使し、体力を消耗させたことの誤りに始めて気づいた。この工事に歩兵を使わなくとも、南海支隊がグアム島占領時、現に飛行場補修に捕虜を使役しようとしたところ、捕虜は「三人で三日もあれば完成する」という。

半信半疑でやらせたところ、自軍のブルドーザーや他の土木重機を使用し、見事に完成させ、日本軍を感嘆せしめた。南海支隊は第十八軍の隷下ではないか……。

軍はこの貴重な体験には目もくれず、手（人夫）も足（土木機材）もない達磨（だるま）の工兵隊司令部のみを送り込み、三分の一減食の歩兵を人夫代わりに酷使しておいて、「いざ！」という時に機敏な動作ができるはずがない。

道路作業は鹵獲（ろかく）機械に任せ、戦闘部隊は要点に配置していれば、フィンシにおいて、あんな惨めな負け方はしなかったであろう。

ともあれ、戦闘梯団の歩七九の最後尾の速射砲中隊がバーを出発したのは、さらに一週間後の九月一八日であった。まだ、その後に砲兵・工兵・輜重・衛生と続くので、海岸現地道は、さながら蟻の行列を想わせる感があった。

豪軍、フィンシ・カテナ浜に上陸

歩八〇沢村第九中隊のソング・シキ両川間の監視哨が、海上の異変に気づいた。間もなく始まった敵艦砲射撃は三十分で止み、一斉に上陸を開始したが、我が全火力の斉射に敵は多くの屍体を残し、舟艇で退却した。

この戦闘で配属の歩二三八速射砲二門が活躍し、その数隻を撃破した。これに懲（こ）りた豪軍は、今度は大型LSTを先頭に、機関砲を連射しながら、多くの舟艇をもって上陸してきた。

この戦闘で頼みの速射砲・重機関銃は全滅、軽機関銃と擲弾筒で応戦したが、しょせんは「蟷螂の斧」、長時間抗すべもなく、カテカ予備陣地に後退しながら、追尾攻撃を擲弾筒の活躍により食い止めた。

サ高地で、中隊の苦戦を知った第二小隊長矢野曹長は、小隊を率いてカテカに駆けつけた。中隊長はこの矢野小隊に、要衝四ヵ所に潜伏斥候の配置を命じた。さっそく、シキ川斥候より、「敵はシキ川沿いに密林を伐採しながら前進中」との報告があった。

沢村中隊長は、「敵はカテカ台地の退路遮断の企図あり」と判断、七百メートル後方の沢村山陣地へ撤退を命じた。

二十二日夕、珍しくも三機の友軍機が飛来、ヘルスパ方面に急降下爆撃を一回おこなったが、あまりにも凄まじい対空砲火になす術を知らず、北方海上の上空に遁走した。

その頃、先遣の竹鼻大隊はシオ付近を、聯隊本部はまだミンデリー付近を、聯隊砲や速射砲はまだずっと後方を行軍中であった。

遅々たる行軍に軍が苛立っている折も折、敵の上陸で周章狼狽し、すっかり頭にきて、敵の上陸予測を誤った己の不手際は棚に揚げ、師団将兵の「弛み」として行軍を叱咤督励した。

しかし、兵は減食で衰えた身に、重い装具・火器を担いでの行軍で、歩度が伸びるはずがない。切羽詰まった軍は、大発二十隻を配備した。

出撃命令と同時に舟艇機動をしていれば、敵に先んじて予想戦場に布陣、水際で殲滅したであろうものをと、悔やまれてならない。行軍は初めから難渋した。

九月二十日、敵はラエ飛行場の修復を完了。またブス河河口に魚雷基地を新設、昼は上空監視や銃爆撃を繰り返し、夜は魚雷艇で我が大発の運行を妨害した。

緊急配備の大発二十隻は、山砲から重機に至る重火器部隊に配属され、歩兵は乗艇を夢見ながら、闇夜の海岸を必死で歩き続けた。

「コラ！　頑張らんか！　フィンシじゃ、土方せんでもよかとぞ！　サア！　頑張って歩こうぜ」と、九州弁で部下を叱咤する分隊長自身が、何かに縋りたいほど、疲労は極限の状態にあった。

召集兵の多くはバタバタと落伍するが、彼らを抱えて歩く時間も体力もない。

中隊長は健兵のみを掌握し、先を急いだ。先遣の竹鼻第二大隊が苦難の果てに三分の二行程のシオに到着した時、「非常！　非常！」と叫ぶ声が、朝焼け空の密林に谺した。

「将校集合！」を、伝令が走りながら伝える。「フィンシに敵が上陸したぞ！」。

敵は、日本軍がいかほど、どこに集結し、どこへ移動しているかを、密偵が山中から海岸を俯瞰して、逐一、豪情報部に無線報告をしており、我は敵の掌中にあるも同然、常に先を越され、後手の辛酸を舐めることになる。ポポイも「この手法」で敵に上陸を許した。

このことは後日、実施される杉野中隊の逆上陸時にも、同じ手法で我が舟艇行動を掌握、海岸に設えた邀撃陣地に杉野中隊は突入した。

このように再三、再四、同様な筒抜け事象が続発しているのに、いっこうに疑うこともせず、形骸化した「作戦要務令」にしがみつき、応用の効かぬ「石頭」の参謀や高級将校を上官に持つ兵こそ「災難」である。

目的地フィンシには、歩八〇沢村中隊が敵上陸軍を迎え激戦中、さあ戦場に急ごう。

九月二十二日、沢村中隊は早暁よりカテカ浜で激戦中。歩八〇第二大隊、ロガエンよりサ高地着。

二十四日、歩八〇主力、モンギーよりサ高地到着。船舶団主力、サ高地へ移動。歩七九第二大隊七百名がシオに到着。

二十七日、歩七九本部、シオ付近に到着。歩八〇第三大隊、ジベバネンの敵を攻撃。

三十日、歩八〇第三大隊、ヘルスバの敵攻撃。シオ集結の師団兵力は二千三百五十四名。片桐師団長、山路を踏破、サ高地急進。

十月七日、歩七九竹鼻第二大隊、サ高地に到着。

十一日、師団戦闘司令所、サ高地に到着。

十三日、歩七九聯隊本部、サ高地に到着。

同地の各部隊は万歳三唱し、聯隊旗を迎えた。「これで勝った。豪軍を一蹴できるぞ」と。

その頃、野砲兵第二十六聯隊（以後、砲二六と称す）の長友久義中尉率いる第四中隊は、舟艇機動でシアルムで下船、カラサ道の断崖を越え、草原の台地に出たところで大隊長田代少佐に邂逅（かいこう）、「長友、萩の両中隊は、海岸道をワレオに向かえ」とのこと。

夕暮れを待って出発したものの、砲車は砂地にめり込み、珊瑚礁の道はガタガタで、なかなか進まない。遠くフィンシの方から微かな砲声が聞こえ、長友中隊長の心は焦るが、大小河川で砲の分解・組み立てを繰り返しながら渡渉し、先を急いだ。雨の中、兵はエッサ、エッサの掛け声で砲を引く。その声も次第に細くなり、遂には黙り込んでしまう。

道は険阻にして　砲架進まず
砲声殷々(いんいん)として　我を呼ぶ
急げば兵を殺し　休めば戦機を逸す
戦力を保持して　如何でか戦場へ臨まん

雨がしとしとと降る闇の中、草の上に腰を下ろして長友隊長は熟慮の上、砲一門を残置し、他の一門は谷間に隠した。

マサエン河を渡ると、また命令がきた。
「前方ボンガには敵侵入しあり。長友隊はマサエン河左岸を上流に前進、ワレオに向かえ」に、兵はぼやきながら引き返す。

マサエン河支流にある三十メートルの崖を、分解した砲及び弾薬を葛で結んで吊り上げ、砲一門と弾薬九十八発を持ってワレオに到着した。ここはもう、戦場である。砲声は殷々として轟(とどろ)き、先着の歩八〇が敵を攻撃中である。この時、戦場に到着した山砲は八門で、まことに寂しい限りである（この項、長友大尉著『死の間隙』を略記。文中の詩は筆者）。

アント岬の攻防

十月十四日、攻撃主力である歩七九聯隊長林田金城大佐（士二五）はサッテベルグ高地（通称名サ高地）に到着、十月七日に先着の第二大隊長竹鼻嘉則少佐（士四七）の案内で、バランコ台地から予定戦場を俯瞰した。だが、一帯は密林に覆われ、「敵情まったく不能」のまま、戦いに臨まんとしているのである。

竹鼻大隊は十月七日、サ高地到着以来、どこで何をしていたのか、聯隊史には何の記述もない。ということは、書けなかったのであろうと思われる。

戦いの前に「為すべき」ことには手も付けず、焼肉パーティーに「刻」を浪費したのである。これでは、聯隊長を何も見えないところへ案内する以外に説明ができなかったのであろう。

敵は上陸してすでに三週間、橋頭堡は拡充されているはずである。したがって、綿密な偵察が要求される時、竹鼻大隊長はなぜかこれを怠った。

敵情について、敵上陸時、水際邀撃戦経験の歩八〇沢村中隊長への敵情聴取も怠った。これでは、戦わずして負けたも同様である。

十月十五日、この日までに集結した兵力は、主戦力の歩兵がたったの四百数十名であった。海軍守備の飛行場は上陸日に失陥した。

敵はサ高地に至る自動車道上のジベバネンを、また現地道上のクマワを並列して攻撃中であり、このままでは攻撃どころか、守勢すらも困難となりつつあった。

だが、明十六日十六時、攻撃前進と決した。

攻撃計画

師団は、サ高地に将校を集め、直ちに師団命令を発した。その攻撃計画の概要は次の通り。

一、歩八〇は一部でクマワを確保し、主力でジベバネンの敵を西面攻撃。
二、歩七九は十六日薄暮よりアント岬に攻撃前進し、則背より北面して敵を急襲。
三、砲二六の山砲一門は、十六日十四時以降、ボンガ付近よりソング河口付近を射撃。
四、舟艇突入隊のソング河岸突入は午前二時。

この状況下で、なお「敵の備え全からざるうちに」攻撃せんと、空念仏を唱えていた。

敵は上陸以来三週間、海水浴でもしていたとでも師団参謀は判断したのであろうか？　いな、敵兵五千は橋頭堡を強化し、我が疲兵四百余名の突入を待ち構えていたのである。

飛行場を奪取した敵はさらに南下して、我が海軍四百の頑強な抵抗に遭遇し、二個大隊を増強しての本格攻撃で我を退け、貨物廠を焼いて、食糧その他の戦闘資材を灰にした。

これにより各隊は戦闘開始前より食糧難で、畑の芋を掘り、現地人を敵性化させた。

前述のように山田少将が逃げるに忙しく、食糧移送を怠ったために、兵は初めから飢えて戦った。

九月二十三日、サ高地に到着した歩八〇聯隊長三宅貞彦大佐は、高木第三大隊にヘルスバ攻撃を下命。同大隊は前進中に敵陣発見、二日間も続攻したが不成功に終わり、同地路上で対峙となった。

「敵機は常時、戦場上空にありて我を攻撃すれど、我が機影、終日目にすることなし」

しかし敵上陸日、戦爆三十九機の出動をみたが、「戦場上空天候不順」とて基地へ帰投。海軍も同様、ラバウルから飛来した戦爆四十六機は、帰航中の敵空船を攻撃して「我が事なれり」とラバウルに帰投した。

また、敵上陸が早暁にもかかわらず、我が機の出撃が午後とは不可解で、「飛行隊にやる気があるのか？」と、兵の不信は増すばかり。

陸海軍参謀の戦術思想は硬直化して現実に即応できず、兵から「飛行マーク」は赤トンボに替えよと、揶揄（やゆ）されるまでに成り下がった。

腰砕け航空隊は頼るに足らず、第二十師団はその栄誉にかけて頑敵撃滅に奮起した。

攻撃前進

十六日、師団各隊は十四時、攻撃準備位置に着いた。軍の輿望（よぼう）を担い、十六時、攻撃前進を開始した。

師団が配布予定の鹵獲地図はいまだ届かず、盲目同然のまま、二時間かけて約一キロ歩いて日没となった。このまま進めれば二時には予定戦場に着き、作戦通り杉野挺身隊と水陸両方面からの挟撃で、敵殲滅も可能であったはず、それが偵察と訓練不足から一場の夢と化した。

竹鼻大隊が密林を抜け、草地に出たのは明け方の五時頃で、十三時間も要し、聯隊主力に至っては二十時間も要した正午頃、ようやく竹鼻大隊の右後方に集結した。ために杉野挺身隊は無為に潰え去り、師団の攻撃作戦は根底より崩壊してしまった。

その原因は、密林の夜間訓練不足にある。もちろん竹鼻大隊が事前に密林内偵察もせず、将校を集めて焼肉パーティーに現を抜かしていたことは不問としても、その報告を鵜呑みにした師団に、時間的錯誤を与えたと筆者は愚考する。

この暗夜の密林四キロの踏破を、十時間と計測したのは誰か……？

聯隊史は何も語らないが、密林突破時間の誤算は偵察行動がなかったことに起因する。

当の竹鼻少佐のとった行動を、砲二六・長友中尉の著書より窺うと、

「……前進中に命令がきて、『竹鼻大隊に直協し、ワレオ～ボンガ道を前進せよ』と命ぜられる。

サ高地方面よりワレオに引き返す大隊に、部落入口で竹鼻大隊長に『直協』の申告した後、一足先に百メートル前進、前方を偵察、大隊長に報告に行ったところ、将校を集めて焼肉パーティーの最中であった。だが『一口どうだ……』の一声もなかったが、大隊は、ここワレオ部落より山を下り、戦場に向かうと言う。

砲を下げ、二キロ前方のボンガ道付近を偵察、大隊長に報告したところ、『大胆な中隊長じゃのう』と、誉めるとも貶すともつかぬ一言であった」

このように、偵察を軽視する人物を歩兵大隊長に補任したために、フィンシ戦に負けたのだ。

攻撃開始

この戦場は、歩八〇の沢村中隊が、豪上陸軍を相手に邀撃戦を展開したところである。通常の指揮官ならば、この貴重な情報を収集調査研究し、聯隊長を迎えたであろう。

ところが情報は聞かず、自ら戦場の偵察もせず、暗夜の密林踏破に「時」を失い、フィンシ作戦全般に齟齬をもたらした彼が惨敗の原因を作ったのである。

聯隊は海岸より四キロ地点を攻撃発起点とした、と聯隊史にあるが、長友記からすると、竹鼻大隊はワレオより山を下ったと推定され、竹鼻台もその進路上にある。

予期せぬ巨大倒木(偵察しなかったため)、急坂、渓谷の連続で部隊は進まず、時は刻々と迫り、敵状不明のまま海岸方面より激しい銃声がしてくる。杉野挺身隊の突入である。

「急げ！　進め！　十中隊を見殺しにするな」と、聯隊長は叱咤するが、部隊は闇の中でただ蠢くばかりである。ほどなく銃声は絶え、杉野挺身隊は全滅したと思われる。

前進中、竹鼻大隊の尖兵が敵斥候と衝突、その敵を追って払暁五時、林縁の草地に出た。

参謀の「企図秘匿」は、敵が仕掛けた集音器で見破られ、我が動静は筒抜けであったが、

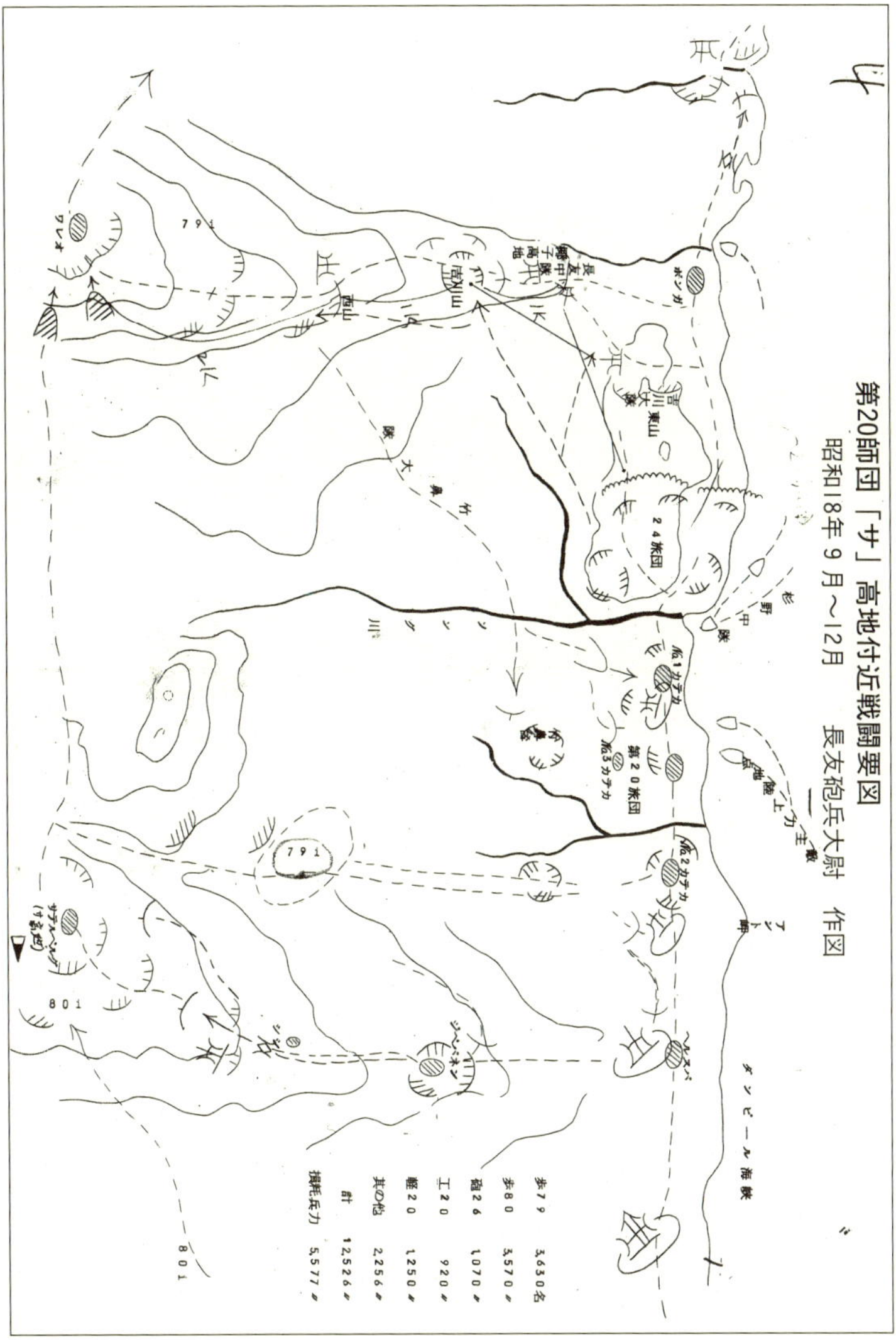
第20師団「サ」高地付近戦闘要図
昭和18年9月〜12月　長友砲兵大尉　作図
歩79　3,630名
歩80　3,570〃
砲26　1,070〃
工20　920〃
輜20　1,250〃
其の他　2,256〃
計　12,526〃
損耗兵力　5,577〃

密林内の味方との同士撃ちを避けるため、迫撃砲の使用を禁止していたことは、我に幸いした。

竹鼻大隊長の攻撃命令拒否

夜明け、林縁に出て前面の草原に敵陣を発見した竹鼻大隊長は、突然停止し、座して動かず、七時間も遅れて到着した聯隊長は、これを知って激怒し、通信中隊長最勝寺公俊中尉(士五四)をして「攻撃促進」を厳命した。

竹鼻大隊長は、「爾後の攻撃を検討準備中で、敵状・地形も捜索中」との報告であった。だが、最勝寺中尉が聯隊本部帰着後も、竹鼻大隊の方から銃声はなく、動く気配もない。

しかし、いかに激怒しても、聯隊長には攻撃命令を拒否する部下を解任する権限もない。堪(たま)りかねた聯隊長は、斥候に出発せんとする第九中隊の小西博文少尉(務)に、「第二大隊はなぜに攻撃せんのかと言え!」と、厳命した。

竹鼻大隊に着くと、大隊長は厳しい表情で前面を凝視しているので、副官に、小声で聯隊長命令を伝えると、耳ざとく聞きとった大隊長は、小西少尉を呼びつけ、いきなり「何を言うか!」と突き飛ばした、と小西少尉は聯隊史に述懐している。

先刻、同じ命令を伝えた最勝寺中尉には、陸士出身の後輩なるがゆえに状況説明まで付けている。だのに小西少尉が特務将校なるがゆえに、兵隊並みの取り扱いで、突き飛ばす暴挙を加えている。かくの如き屈辱を、小西少尉はよく堪え抜いたと思う。

「陸士将校に非ずんば将校に非ず」との、彼らの思い上がりが、この一事で顕現されている。だが、この直後の戦闘で、小西少尉の中隊長代理としての指揮ぶりを、竹鼻大隊長や他の陸士将校の指揮ぶりと比べれば、その巧拙が判然と目立つのである。

直属上官の命令伝達将校に手を当てる行為は、その命令者である上官に手を当てた（上官侮辱）ことになる。また、命令を伝えられても、頑として動かず（抗命）、遂に聯隊や師団・軍の作戦までも挫折せしめる結果となった。

このような上官侮辱や抗命等を糾断する陸軍刑法は、陸士将校に及ばないのか……と、疑問を持つのは、独り筆者だけではあるまいと思う。

また、聯隊史にいう如く、各級指揮官に「確信の持てるまで」攻撃実行可否の裁量があれば、組織的戦闘は成り立たない。

いわんや「何といわれようとも……」のくだりでは、もはや軍人としての「資質」を疑うものである。この「命令拒否場面」を尖兵中隊長であった福家中尉が、何かと言い繕いをすればするほど、竹鼻少佐の行動は不可解となり、結局は敵前において怯んだとしか言いようがない。

この場面を、軍参謀の堀江正夫少佐（士五〇、元参議員議員）は、その著『留魂の詩』の中で、「竹鼻第二大隊は敵と交戦し、やや混乱した」と竹鼻少佐を庇い、「命令拒否」の事実を隠蔽しているが、交戦した事実はまったくなく、事実に反する。

また、軍参謀田中兼五郎少佐は、「終日、敵陣地をいかに攻撃するかにつき腐心していた」と、さり気なく誤魔化して陸士将校の行為隠蔽に己が腐心している。二十二時間も腐心するとは、攻撃意欲が霧散していた証拠である。これだから軍幹部の戦記は信用できない。

竹鼻大隊長が攻撃を逡巡している間に、右側に隣接し、海岸まで三百メートルの密林内に展開していた第九中隊が敵陣攻撃にかかった。

この薄暮攻撃の喊声を聞いても、竹鼻少佐はまったく動かず、その夜の午前三時、突如、「新聯隊命令に不審の点あり」とし、大隊本部を後に、聯隊本部に向かった。

しかし、その命令の有無・質問の内容は、その掌に当たる副官ですら知らされていない。いわんや敵前での命令にいちいち質問していては、戦闘になるはずがない。

日本軍では、軍人勅諭に「上官の命を承(うけたまわ)ること、実は朕(ちん)が命を承る義なりと心得よ」とあり、国軍の存立の骨幹をなしている。

「俺は陸士大隊長だから、先輩の聯隊長への違勅質問も命令拒否も許される」という思い上がりと甘えの精神が、たび重なる「攻撃促進命令」を突き返す仕草となったと思われる。

聯隊本部へは田中曹長と伝令を伴い、闇夜の道を急いだ。闇夜の密林からバリバリバリと撃ち込んでくる弾丸に、先導の田中曹長が倒れ、続いて大隊長が倒れた。伝令は匍匐(ほふく)で後退、大隊本部に事の次第を報告した。

直ちに救助に向かったが、猛射を浴び失敗。

この日十八日朝、追及してきた第八中隊が大隊長の救出に出撃したが、敵は頑強に抵抗し、戦死数名を出して遺体収容は失敗した。

一方、十七日夕、竹鼻大隊長に突き飛ばされた小西少尉は、兵を率いて斜面を下り、さらに斜面を登り、稜線の茂みから四つん這いになって十メートルほど進んだところで、敵歩哨の射撃を受けた。すなわち、この線まで敵はいなかったのである。

一体、竹鼻少佐は何に怯えて攻撃を止めたのか、まったく不明のまま十八日の夜が明けたが、大隊長も第八中隊長も帰らず、第二機関銃中隊長金田正夫大尉（少一八）が大隊長代理となって、新聯隊命令？　に従い、ソング河口に前進を命じた。

竹鼻大隊長がここに居座ってより、二十四時間以上を空費していた（この二十四時間が勝敗を決定づけた）。

「よし！　すぐに前進だ」と、右手に林内草原が見えるところまで進むと、バリバリバリの一撃に先導の高田少尉は倒れた。尖兵中隊長福家中尉は、直ちに草原の敵に攻撃前進を開始、弾雨の中を二、三十メートル進むと、敵の射撃はぴたりと止んだ。福家中尉は草原に伏して、二百メートル前方の林縁を見据えたまま前進しない。

竹鼻大隊長同様、今度は中隊長が動かない。「福家中尉！　どうした！」と大声をかけながら、前方を凝視している福家中尉の傍（そば）に伏した。

「敵はまだ退いてはいません。あの林縁が怪しいと思います」と、福家中尉。「否、いたとしても撃破前進せねばならぬ」、金田大尉が自説を曲げない。その心情は……、

一、第三大隊は、海岸道で激戦中である。
二、今、第二大隊が敵を避けての迂回は時間を失し、後日不名誉の誹りを免れない。
三、十七日早暁来、聯隊長命令に抗し、攻撃前進を忌避した大隊の名誉を挽回する。
四、第三大隊に比べ第二大隊は、いまだ戦闘もせず、ただ林内を徘徊したに過ぎない。
五、竹鼻大隊長の行動に賛意の持てなかった金田大尉は、今度こそ自分の指揮で眼前の敵を撃破し、海岸道に出る決心をした。

であったと筆者は愚考する。

だが、「武学十年の研鑽」に誇りと自信を持つ福家中尉は、「否、林緑部が危ない。部隊を退げ、林緑沿いに敵の背後に出ましょう」。「否、もう大丈夫、心配ない」と金田大尉。止むなく福家中隊が疎開前進を始めると、バリバリと撃ってきた。兵に続いて金田大隊長代理が前進しようとした瞬間、一弾が大尉の額を貫通、「ガクン」と前のめりに戦死した。

金田大尉が大隊長代理であった間は一時間あまり、今少しの間、大隊長でいたら、サラモアの神野大隊長や歓喜嶺の香川・矢野大隊長のように、少候出身大隊長として抜群の戦功を期待できたのに、まことに残念でならない。

これら少候将校は、陸士将校から軽視されながら、「軍人の真価は戦場に在り」との信念で、日夜研鑽に励んだ大隊長であった。

次の大隊長代理福家中尉は自説に従い、兵をまとめてソング河口へ向かった。大隊は死傷者を抱えた密林内で、敵重機に追われるうちに十八日の夕暮れが迫ってきた。前後は敵、死傷者を安全地帯に退げねばと、大隊は西に向け、離脱を図った。

本日朝（六時頃）、福家大隊長代理となって約十二時間、その行程約一キロ、死傷者担送し、密林行程としても、あまりにも遅すぎる。

それにしても、攻撃前進中の大隊が、患者を安全地帯に退るのに、大隊ごと退るとは聞いたこともない。通常、患者は衛生兵を付けて後方に退け、大隊は依然として前進し、敵を攻撃するのが常道である。どうも、この大隊は遅滞行進・攻撃逡巡の竹鼻教訓を遵守し、兵力温存に力点があるように思われる。

大隊は密林中の小高いところに円陣型に集結した。十月十九日早朝、高田貫一准尉（五中・三小隊長）は将校斥候を命じられ、猿渡真一軍曹（熊本県益城群松町）率いる分隊とともに、薄暮迫る頃、斥候に出た。

早朝被命の斥候が、密林行程の偵察に、なぜ薄暮に出発したのか、その意味がまったく不明である。また、現在地に退避して二十四時間、敵退路遮断の好機を自ら放棄した、その意味もまったく不明である。

少兵力の第三大隊は海岸道を遮断、激戦を展開中というのに……、まことに歯痒い限りである。

前記高田斥候隊は、ソング河右岸を一キロほど下ったところで、猿渡軍曹は百メートル前方偵察を被命、小杉一等兵を伴い現地道を五十メートルほど進むと、敵の前哨空陣地に出た。さらに二十メートル進んだところで、缶詰地雷の針金に足を引っ掛けて被爆、右眼球突出、その他数ヵ所に重傷を負って意識を失い、小西一等兵も足をやられた。

負傷後、二人は高田斥候長に救出され、以後、聯隊本部仮包帯所→野戦病院→兵站病院→内地病院へと後送されて帰還したが、戦友の誰彼を心に描き「南無阿弥陀仏」で過ごす毎日であったという（歩七九聯隊史・参考）。

豪軍はスカーレット橋頭堡を始め、海岸一帯で守勢にあり、密林側の配置兵は手薄のはずにつき、十八日朝の草原戦で負傷した兵に衛生兵を付けて後送し、福家大隊は海岸橋頭堡に向け、第三大隊並みの力攻を敢行していれば、豪軍記録（聯隊史記載）にあるように、敵豪第九師団を潰滅させたであろうに……。

第二大隊長の攻撃精神欠如を悔やむばかりである（筆者）。

十月十九日早朝、鈴木四郎少佐（士五二）が大隊長として、聯隊本部より着任した。さっそく、福家中尉は、武学十年の蘊蓄（うんちく）を披歴して同意を得、二十日の攻撃準備をした。

ここで鈴木大隊長は、なぜか攻撃命令の確認を怠り（攻撃命令は持続中で直ちに攻撃すべきである）、消極的な福家案を採用し、二十日の攻撃準備を許可した（攻撃命令下の十九日まで攻撃準備がなかったことを証明している）。このためにさらに一日を空費し、敵に態勢立て直しの貴重な「時間」を与えてしまった。第三大隊苦戦の銃砲声が聞こえているのに……。

十月二十日の夜が明けた。兵は払暁を期して攻撃前進とばかり思いきや、大隊長の攻撃命令なき（この大隊長も頭がどうかしている）を理由に、ずるずると攻撃延期となって、またまた一日を空費した

一体、大隊長はどこで何をしていたのか？　本来ならば、十八日夕の円陣中央にいなければならない。昨十八日夕より大隊は動かず、なぜにソング河口への攻撃を敢行しないのか！　攻撃命令はまだ生きているというのに……。

この「何もせん大隊長」は、大隊の攻撃任務や攻撃目標のあるのをご存じないのか？

右条々皆、不可解で、怯懦（きょうだ）としか断じ得ない。

こうなればもはや、「命令拒否」である。その点、第三大隊長内田忠顕少佐（士四三）の攻撃精神からみて、非常に見劣りがする。

その頃、第三大隊は、海岸道において再三にわたる敵の逆襲を撃退、激闘中というのに、鈴木大隊は内田大隊を見殺しにする気か！

二十日正午を過ぎても、鈴木大隊は動かない。

だが、兵たちは、夜襲突撃に備え、「死」を覚悟して分隊長のもとに集まり、結束を固めている。夜になっても攻撃命令は出ない。兵たちでさえ不可解に思ってきた矢先に、深夜電令があり、「攻撃を中止し、急遽、カテカ北側にある聯隊主力位置に集結せよ」といってきた。

攻撃中でもない大隊に「攻撃中止」とは珍妙な命令だが、聯隊本部が鈴木大隊の現状を

いかに把握していなかったかの証明である。

十月二十一日、聯隊本部で鈴木第二大隊は、キシ川左岸より海岸道を、南下する敵の撃滅を命ぜられたが、二キロを小一日もかけるとは、故意に前進を遅らせたと疑われても仕方があるまい。

敵弾幕下？　匍匐で敵陣に近づくと、熊笹の藪があり、止むなく？　そこに蛸壺を掘って一夜を過ごした。渓谷を隔てた右岸は第三大隊の陣地があり、各中隊が海岸道を遮断しているため、南北の敵から挾撃を受けて激戦中である。

それが判っていて、熊笹の向こうに敵がいるとして、攻撃を止めるとはいかなる神経の持ち主か？　敵がいればこその攻撃でないか……。またもや貴重な勝機を逸してしまった。

それを「蛸壺を掘って損害を避け、策を案ずるも妙案なく……」と、福家中尉の記述はあるが、これが武学十年を誇る陸士出身第一線指揮官のすることだろうか……？

命令はあくまで攻撃である。穴の中で事態を案ずる暇はないはずである。

それは、戦場恐怖症がもたらす幻想である。現に、二十二日夕刻から翌早朝にかけて笹藪に「人」の気配を感じ、手榴弾を投擲し、よくよく見ると、それは海岸方面から笹藪に迷い込んだ第六中隊の連絡兵であった。

笹音がしても、手榴弾が炸裂しても、前方に何の反応もなかったことは、笹藪の向こうに敵はいなかったことを如実に証明している。

十月二十五日、この蛸壺に潜むこと五日間（竹鼻大隊長が攻撃を拒否してより九日間）、福家中尉は、どんな思いで第三大隊の激戦を傍観していたのであろうか……？　攻撃命令はまだ生きているのに……。二十五日昼過ぎ、彼が心中待っていたであろう、聯隊長の命令がきた。

「聯隊は今夕、敵より離脱し後図を策す。第一線両大隊は十六時離脱開始、ジベバネン西南側に集結すべし。ただし福家中隊は現在地に留まり、聯隊主力の離脱を隠蔽援護したる後、二十時以降に撤退すべし」とある。

十六時、各隊は離脱開始、敵の盲射に多少の損害が出たが、渓谷沿いに退っていった。

二十時、福家中隊も退却していった。

これを師団長から褒められたと自称するが、戦場では常時戦機に頬冠りし、アント岬攻撃の全期九日間を、無為に過ごし、「フィンシ戦」惨敗の原因を作ったこの中隊長を賞するとは、師団長の目は節穴か？

それとも、陸士同窓会的心情に汚染された近視眼的誇大功績評価であろうか……？　とすれば、日本陸軍の汚辱弱体化の根源も、ここにあったのかと、筆者は愚考する。

『武学十年、我れ土遁の術を修めたり』

カテカ西方台地の激闘

十月十六日、サ高地で内田大隊長が掌握したのは、甲谷俊弼中尉（士五四）の第九中隊のみで、他の中隊は一、二日の行程遅れをしていた。

前記の通り、竹鼻大隊が予定時間に遅れること三時間、聯隊本部は約十時間も戦場到着が遅れた。

小西少尉が、竹鼻大隊長に突き飛ばされた後、本務の敵状偵察を終えて中隊に帰ると、中隊長は、「復命はいらん。今からカテカの敵を薄暮攻撃する。急げ！」と急き立てる。

攻撃前進、行くほどに高さ八メートルほどの岩崖に突き当たり、四つん這いでによじ登る。登り詰めたところは、やや前方傾斜の平地である。

小西第一小隊第一線、第三小隊第二線、第二小隊は右斜面に展開すると同時に、自動小銃五、六梃が火を吹く。

「撃て！」と中隊長が叫ぶ。小西少尉は、実戦の経験から「今は撃つ時ではない」と思った。が、中隊長の号令で、小隊の兵は一斉に撃ち始めた。敵もこれに応じ、重機の連射を浴びせてきた。我は全身暴露で不利、散兵線では負傷兵の呻く声に重機弾が集中する。その時、小西少尉は左上膊部に負傷した。

弾雨の中、怒号叫喚、前線は膠着状態、こんな時こそ重機が欲しい。が、その機関銃中隊も、「大隊は激戦中、戦線に急行せよ」との催促は受けていたが、重い重機搬送の強行軍一ヵ月余、心身ともに疲れ果てた兵の歩度はなかなか伸びず、中隊長の心は焦るばかりである。

戦い酣の折、「中隊長戦死、小西少尉殿！　中隊の指揮を執ってください！」と、兵が呼ぶ。これを受けて、「中隊の指揮は小西少尉が執る！　第二小隊右から廻って突っ込め！」と、自らも第一・三小隊を率い、敵陣に突入した。

激闘は朝まで続き、敵陣を奪取した。

海岸近くで頭を前に、抜刀のまま戦死している甲谷中尉の姿に内田大隊長は合掌した。

夜襲は成功したが、多くの死傷者を出した。

ここは、敵工兵大隊本部の下、三個中隊が盤踞（ばんきょ）して、聯隊本部との連絡を遮断していた。

なお、大隊長は戦場到着の第十一中隊を掌握、「貨車の高地」の占領を命じた。

その後、第九中隊との連絡が取れず、密林内を探して彷徨するうちに第十二中隊将校斥候と邂逅し、ほっと一安堵した。

フィンシ戦の天王山というのに、第二大隊長は命令を拒んで攻撃せず、第三大隊長は部隊に「ハグレ」て指揮が執れず、いずれも敵殲滅の好機を逸してしまった。

長友第十二中隊は十月十七日夕、サ高地着、翌十八日、聯隊本部を経てカテカに向かう途中の夜十時、敵の集音器砲撃を受けて誘導者戦死のため同夜半過ぎ、再び誘導者を得て本部に至り、大隊長の指揮下に入った。

十九日未明、攻撃命令受領、右第一線第九中隊、左第一線第十二中隊、夜明けとともに攻撃開始、五、六分で海岸自動車道に出た。右アント岬、左スカーレット橋頭堡に至る。

第十二中隊は、右の林田川に二個分隊を配置した。すでに夜明けに近い。遂に敵を分断した。

中隊はアント岬に前進中、前方、内田川突角陣地より敵重機が、我に猛射を浴びせる。

その時、轟々たるエンジン音に辺りは騒然となったが、敵を救出にきた魚雷艇であった。中隊は態勢を整え、井上第二小隊を突角陣地に、平金第三小隊を海岸椰子林で、アント岬の敵舟艇到着場が俯瞰できる丘の敵陣跡に布陣、射撃によってこれを妨害した。

小西第九中隊も、海岸自動車道を左折した。一帯に杉野艇身隊の遺留品らしき物が散乱している中を、展望のきく砂浜に出た。

前方二百メートルに偵察兵三名を出す。異状なしの合図あり。橋谷一等兵が連絡に戻る途中に足を撃たれ、引きずりながら駆け込んでくる。

敵は砂浜左側に平行して連なる低い台地にいるので、残りの二名も呼び戻し、その台地の攻撃方法を案じる。我が第三大隊によって二分されたソング河南岸の豪軍一個旅団は、アント岬よりフィンシ方面に、舟艇により、続々と退却中である。

十月二十日、長友第十二中隊は海岸道の陣地強化、夜襲準備に忙殺の夕刻、「敵は我が背後の『貨車の高地』に侵入、第十一中隊を攻撃中なり。第十二中隊は一個小隊の応援を派遣せよ」の命あり。中隊は岩鶴樹少尉（15幹）の第一小隊を派遣、激戦の末にこれを撃退した。

十月二十一日、第二小隊の突角陣地に対し、敵は猛攻を加えたが、小隊長井上正人少尉（15幹）はよく耐え、砲撃の緩む夕刻、内田川橋梁の線に後退布陣し、敵を迎えた。

第三小隊長平金義彦見習士官（16幹）は、椰子林陣地来襲の敵と交戦、数刻にして撃退したが砲撃は止まず、若干の死傷者を出すに至った。

第三大隊長は戦況報告のため、大隊付宇野正一中尉（士五五）を聯隊本部に派遣したところ、第九中隊長に任命されて帰隊したが、力んで前線巡視中、敵に狙撃され、あえなく戦死した。

敵は我が大隊の背後に侵入し、包囲しつつある。これでは海岸道の確保も困難である。田中第八中隊が、この敵を攻撃中に脱出しなければ、大隊は全滅の危殆に瀕することになる。

十月二十二日夜明け、海岸道の第十二中隊に、中隊程度の敵が自動小銃を乱射し、手榴弾を投げながら、ジリジリと迫ってくる。我は小銃と軽機を斉射し、手榴弾を投げて勇戦敢闘、七時頃、撃退することができた。

十月二十三日、大隊本部より命令あり、「今夕を期して聯隊本部位置に集結すべし」と。夜九時、大隊本部位置に集結、敵陣直下、闇夜の河床道を前進、聯隊本部位置に到着した。

杉野第十中隊、敵前逆上陸を決行

フィンシに前進途上の「シオ」に到着した小野師団参謀長は、陸海同時突入を策し、この使命を第十中隊長杉野一幸中尉（士五五）に命じた。攻撃まで二週間、歩工起居訓練をともにし、練成を重ねた。

十月十六日夕刻、杉野中隊長は突入隊百八十四名を三隊に分かち、舟艇三隻に分乗してシオ海岸を発進、荒れ模様の海を一路南下した。黒い密林が眼前に迫り、舟艇が達着した瞬間、猛烈な集中砲火で火の海となった中を、中隊長を先頭に舟艇より飛び出した。

中隊長は肩に負傷したが、砂浜の死角に取り付き、手榴弾の一斉投擲（とうてき）で喚声をあげ、林縁の敵陣に突入した。各隊は暗黒の密林内で決死敢闘、敵四百三十余名を屠（ほふ）り、高射砲・野砲七、機関砲・機関銃五、弾薬・糧秣集積所五及び司令部等を爆砕して敵を震駭（しんがい）せしめた。

これに対し、我が方の損害は戦死七十二名、負傷十八名、無傷九十四名であった。

第八中隊・カテカ台上に消ゆ

竹鼻大隊長の遺体収容の失敗は前述の通り。

二十日、カテカ台上に侵入した敵に、聯隊本部と第三大隊の連絡路が遮断され、その敵撃攘（げきじょう）の聯隊命令で第八中隊が攻撃したが戦線は膠着、出て行く下士官斥候は誰も帰らず、敵状不明のまま、中隊長田中巍中尉（少一八）は聯隊長に呼ばれた。

十月二十三日の薄暮攻撃命令を受けて帰隊した田中中隊長は、「負傷しても後退を許さず、片手片足になっても突っ込め」と訓辞した。

その日の夕方、友軍の砲撃が始まり、中隊は密林を攻撃前進したが、敵の砲撃はもの凄く、伏する兵の前後左右に落下する。

酒井光三は右腕右足を負傷し、楠見曹長は両大腿部貫通、傷の手当中に中隊長が、「楠見、傷はいかに……」との声、酒井光三も仮包帯後、這って前進していくと、窪地に曹長がいて、「しばらくここで待機せよ」と言われて横になったまま眠ってしまった。夜が明けると、密林は丸坊主、傍らには負傷兵十名あまりが集まっていた。

中隊の元気者は皆、突撃して誰も帰らず、第八中隊は、師団予備の第二小隊のみとなった。その後「負傷者は退れ」の命により、後退した暗い谷川両側の山では、他中隊が戦闘中で、谷川落下の砲弾でまた右足軽傷、夜明け「負傷者は退れ」の聯隊長の声。

右手を吊り、左手に杖、右足を引き摺りながら、三日ほど歩いてマサンコの野戦病院に着き、注射一本を受けたが、米一粒も貰えず、約十名単位で後退を促された。カノミ・マダン・ウエワク・パラオを経て十九年一月、大阪金岡病院に着いた。

当時、師団予備であった岡川忠夫准尉の率いる第二小隊も、その後の戦闘で全滅した（この項、聯隊史―酒井光三氏回想文略記）。

サッテルベルグ高地（サ高地）を死守せよ

九月四日、ポポイ岬に敵が上陸を開始するや、フィンシにいた山田少将は、逸速くサッテベルグ高地に遁走した。

当地警備の歩八〇は、もっぱらポポイ上陸の敵に備えていたが、別働の敵が遙か後方アント岬に上陸したので、九月二十七日、急遽、サ高地に集結した。上陸の敵は飛行場を占領し、既設の自動車道をサ高地へと進撃を開始した。我は夜襲や小戦闘を繰り返し、敵の前進を抑制しつつ、師団の訓令に基づき、師団主力の到着を待った。

十月十六日、聯隊（二個大隊）は師団の統一攻撃に合わせ、第三大隊はヘルスバ自動車道をジベバネンへ、第二大隊は現地道を北方よりジベバネンの背後に迫ったが、竹藪や椰子林林縁に鉄条網を設置するなどの堅陣で、部落内には椰子葉を敷き、集音器で日本軍の足音を捉えて火網を浴びせ、夜襲突撃を頓挫せしめた。

部落には十七・十八日と反復攻撃を続行、第八中隊は竹藪の中で手榴弾戦を交えたが成功せず、中隊長相原中尉、速射砲中隊長本間中尉戦死、部落北方に位置していた聯隊本部も重迫の集中砲火を浴び、いずれも攻撃は頓挫し、戦線は膠着状態となった。

十一月三日、攻撃を中止、サ高地確保被命。このサ高地は、師団の第二次フィンシ奪回戦に、絶対確保が必要な要衝の地であった。

フィンシ地区・第二期作戦

十月二十六日、師団長は歩七九第一大隊をシキ川右岸椰子林高地に配置、同大隊は猛攻の敵をよく支えたが、大隊長高橋丑太郎少佐（少一二）・第二中隊長小川瑞穂大尉（特⑧）、大隊副官吉岡義江少尉（15幹）は、集中砲火を浴び戦死した。

十月三十一日、サ高地に到着した安達軍司令官に師団長は戦況報告後、「食も弾もなく、これ以上の攻撃は将兵にはできかねる」と申し出た（当時、師団兵力は五割）にもかかわらず、軍司令官は「フィンシ奪回」を厳命した。

その帰途、安達軍司令官は、マサンコの野戦病院前を通った時、泥濘（でいねい）の中に数百名の負傷者が身を横たえ、食も薬もなく、血膿とウジにまみれて苦痛に呻吟する将兵を一顧だにもせず、右酷命を下した。その急ぎ去り行く軍司令官を、負傷将兵はどんな想いで見送ったであろうか。

これでも後輩は彼を聖将と仰ぐのか……！

これが、彼の言う「愛の統率」の実体なのか！

一方、サ高地死守命令を受けた歩兵第八十聯隊長三宅大佐は十一月四日、佐伯山正面に第二大隊長菖蒲嘉八少佐の率いる三個中隊をもって占領、第三大隊長高木中佐は、三宅台、三宅台西端クマワの陣地に各中隊を、サ高地周辺の複郭陣地に歩・工の各一個中隊を配置した。

部隊は連続激闘二ヵ月、戦力は三分の一に減少していたが、当該地の死守決意は固かった。

十一月八日以降、高木第三大隊の各中隊正面に対する敵の攻撃は本格的となった。

十一月十七日、三宅台に初めて戦車が出現、肉迫攻撃で擱座させたが、眼前で鉄のトーチカとなり、かえって戦死者を増加させた。

第十一中隊は、三宅台南側斜面を進撃する敵と混戦、大いなる損害を受けた。第十中隊クマワ陣地の川崎小隊は玉砕した。

十九日、三宅台を守る第十二中隊に対し、敵は五十門を超える各級砲で、三方より六時間にも及ぶ砲爆撃を繰り返し、戦車・火炎放射器をも動員して猛撃を加えてきた。だが、中隊は陣地争奪戦の死闘を続けた。

一方、サラワケットを越え、十月十日、ナバリバにて師団に復帰し、当地の警備に当たっていた第一大隊に、十一月三日、神野少佐の後任として吉川大尉を迎え、十八日、聯隊長の指揮下に復帰した。

十一月二十二日、吉川大隊の二個中隊は師団管理部長藤井中佐の指揮に入り、西山の敵を攻撃、二十三日、その一角を奪取したが、その後の攻撃は力及ばずして進展せず。

第二大隊は佐伯山付近に後退、第三大隊が守るサラワケット高地の戦線は寸断されたが、我もまた陣前逆襲を繰り返して夜に至り、命によりサマンコ→フィオ→吊橋方面に撤退した。

これにより、サラワケット高地の失陥で、師団の第二期攻撃はいつとはなしに中止となった。

中野集団収容作戦

第二次攻撃・ソング河北岸の戦闘

さて、カテカより撤退した歩七九聯隊は、ソング河口に前進中の十一月二十一日夕、奇襲谷・南山経て前進した。翌二十二日午前、必勝川まで進出したが、東西の敵より挟撃を受け、同日夜、撤退した。

二十二日、歩二三八田代大隊は、海岸道と南山敵陣の間隙を突破し、ソング河口の敵大隊本部陣地に達したが、貧弱な火力のために正面攻撃ができず、夕闇とともに北方に後退した。

二十八日、吉川山～ワレオ道の敵を撃退、三十日、敵は戦車を伴って来襲した。これを歩七九の伍長中満安政氏は回想する（聯隊史要約）。

海岸から緩い傾斜の草原を経た森林の崖上に陣地を構築、戦車進入可能部前面に戦車壕、その後方に蛸壺、我が後方三十メートルに速射砲、左翼に山砲一門を配した第十一中隊の陣容であるが、食糧すでになく弾丸乏し。

十二月二日、草原の緩い坂を登りくる戦車に、山砲が射撃開始するも、たちまち弾丸は撃ち尽くし、早々に分解して後退した。戦果のほどは不明。

戦車は戦車壕にて立ち往生、そこを速射砲が連続二、三十発の命中弾を浴びせたが、戦車はビクともしない。ようやくキャタピラーに命中して停止、戦車兵も随伴の歩兵も退却したので戦車に近づくと、鋼板が少し捲（まく）れただけ。上蓋を明け、手榴弾二、三発投げ込んで機関を破壊する。敵が残骸戦車に戻ってきたので、これを撃攘せねばと、「残骸地点まで突進」を命じて走り出すと、自動小銃の斉射で胸部を撃たれた。

兵の応急手当を受けて中隊本部まで退き、注射一本の後、患者は自力で後退させられた。

「師団はサマエン河北岸に転進、次期攻撃の準備をする」と、軍に打電したところ、安達軍司令官は、「断固、玉砕するまで攻撃を続行せよ」と厳命した。師団の戦力は三千、対する敵は二万、その比は七対一の劣勢であった。

海岸方面の戦況

十一月二十九日、グシカを放棄した田代大隊は、カルエング河で敵の追撃隊と一戦後に後退、ゆえに後方が脅威となった第二十師団は、第三期作戦を打ち切り、歩七九を村上川南岸高地に、歩八〇をワレオ東北三キロ地点に後退せしめた。以後、追撃の敵豪軍を防戦しながら、歩々後退する第四期作戦となった。

この頃になると、師団に攻撃力はなく、晨に敵を迎え、夜陰に退く遅滞作戦に終始した。

十二月七日、田代大隊は鈴川に圧迫された。歩七九第十二中隊は鈴川の敵攻撃に失敗、北岸に後退して奮戦し、二月十二日まで鈴川北側高地を確保し得た。

しかし、敵はさらに後方の杉川の線に進出、歩二三八熊谷中隊を攻撃し始めたので、歩七九第十二中隊をこれに当てた。その頃、歩兵中隊の平均人員は二十三名。

十二月十二日朝、杉川河口の熊谷中隊（歩二三八）・穂積小隊陣地に来襲した敵を邀撃、全員玉砕した。同朝七時、戦車三台と二百の敵が中隊主陣地に来攻、下士官兵十二名で肉迫攻撃し、一台を擱座させたが、全員壮烈な戦死を遂げた。

十七日、ラコナの田代大隊は、昨日来の猛攻を支えていたが、戦車五台に抵抗の術なく、若干の兵が海へ脱出し、田代大隊は玉砕した。

十八日、ラコナを失った第二十師団は、サマエン河渡河時の敵を一撃する命令を発した。この頃、歩兵の応役兵力は五百であったが、歩七九鈴木大隊は攻撃開始、だが戦果は不明。師団後衛の歩八〇高木大隊は、よく敵を排し、一月七日までその大任を果たした。

ところが一月二日、敵米軍一個師団がシオとマダンの中間のグンビ岬に上陸した。

この事態に、軍は第二十師団を第五十一師団長の指揮下に入れ、グンビ岬の米軍を回避し、マダン集結を命じ、安達軍司令官自らは一万三千余の部下を敵包囲下に放置、潜水艦でマダンに向け、水中を遁走した。

ここに、ダンピール海峡封鎖の夢は消え、第二十師団は六割の犠牲に加え、今また、疲労困憊の身に鞭打って、フニステールの山また山を越え、マダンに後退するのである。

ケセワ作戦・緊迫の戦局と攻撃準備

ラム草原一帯から侵攻する豪軍に対し、我が第二大隊は、歓喜嶺で連日激闘の繰り返し、第三大隊は、五一〇高地でラム草原警戒中、第一大隊は、支隊直轄で次期作戦準備中であった。

トンプの豪軍は、一部をケセワに進出させ、マダンの背面を衝かんとしているようである。

これを危惧した中井少将は、第一・第三大隊をもってこの敵に一撃を加え、東進の企図を挫き、かつトンプの敵を牽制せんと決した。作戦期間はマダン防衛も考え二週間とした。

敵はすでに双葉山南麓アスアスとホリバ山に陣地を構築、東進の拠点としていた。

日高第三中隊は、ホリバ攻撃任務にあり、中島初巳分隊長（佐賀・神崎郡）は敵陣直下の草藪まで進み、敵動哨の小便を頭から浴びながら、その動向をつぶさに観察を続けた。

彼は戦をしに生まれたような男で、戦闘に勇み、斥候を楽しむ忍者もどきの名手である。

ある日、二名の兵と偵察帰りの彼に筆者は出会った。捻り鉢巻に豪軍上衣、日本の軍袴に巻脚絆なしの裸足姿。これが正規の日本兵かと驚くばかり。だが、それにはもっともな理由があった。

捻り鉢巻は帰途、日本軍歩哨が一見して友軍と判るように、豪軍上衣は敵に接近時に役立ち、裸足は足跡を現地人と紛らわすためというが、まさにチンドン屋の行列のようであった。

ホリバ山の周囲は急峻で、頂上は円形の台地になっている。敵は、日本軍のラム草原湧出監視と、前進陣地の役目を果たしていた。

トンプを基地とする豪軍は約二千、重砲五門・山砲十数門・迫撃砲三十数門を有し、十月には一個大隊がケセワ・ホリバ・オンゴールを攻撃し、基地マダンを窺う気勢を示した。トンプ飛行場より連日敵機の空襲があり、ここにも一撃し、その意図牽制の意もあった。

攻撃前進・闇の荒野に大喊声

各部隊は昭和十八年十二月五日、それぞれに定められた攻撃準備位置に着いた。

十二月七日暗夜、夜光腐木を背に後続者の目印とし、草原に出た。隠密裡にナンバー2ケセワの北側に進出、高砂兵の敵幕舎爆破を待った。

十二月八日三時、闇の草原に火柱が上がる。「攻撃前進！ 全員突入せよ」の大隊命令が下る。

各中隊長は「突撃ー！ 進めー」と、闇を劈く声に、兵たちはいっせいに身を起こし、喊声を上げて、燃え盛る敵幕舎目指して雪崩れ込んだ。

敵の自動小銃発射光目がけ、兵は腰だめに軽機を撃ちまくる。その後を、銃剣をかざし、兵たちが一気に敵陣を突破してゆく。

兵たちの足が止まった。夜が明けぬうちに鹵獲した敵の武器弾薬や食糧の後送の必要がある。東の空が白みかかった。

「時間がない。獲るのはもう止めよ。夜が明けたら砲弾の雨が降ってくるぞ。前方二百メートルに早く壕を掘れ！」。分隊長の大声が、夜明けの空に爽やかに響く。

夜が明けた。トンプの野砲・重砲が射ち始めた。砲声は殷々として轟き、敵機は頭上に乱舞するが、開戦記念日にふさわしい勝利の朝であった（聯隊史略記）。

小池第三隊

第三大隊も同日午前三時、ソウシの敵陣に突入、続いてコロナの敵陣を突破し、コロバ後方に進出、主力はナンバー2ケセワ南方の密林内で、歩二三九が追撃してくるはずの敵を待ち続けたが、歩二三九第二大隊は八日未明、ケトバへ前進中、無名川の増水で渡河できず、午前十時、ケトバを白昼攻撃、多くの損害を出して敵を突破、敵は退却を始めた。

ところが、側面攻撃の小池大隊は、眼前を退却する敵を見ぬふりし、敵一個中隊を獲り逃がし、トンプ飛行場攻撃を挫折せしめた。

小池大隊長曰く、「歩二三九との横の連絡は適宜、支隊長が執るものと思い、自分から積極的に連絡を執る着想がなかった」と、当然のことのように嘯くが、ここでも先輩に頼る「陸士同窓会的甘え」の心情が露出している。

ホリバ山攻撃の日高第三中隊

午前三時、中島初巳軍曹の一個分隊は、当人が敵哨兵の小便を浴びた地点まで忍び寄る。暗夜に火柱が見え、鈍い爆発音が聞こえた。

「さァ！　中島行くぞ！」と、日高大尉。「さァー突撃だ！　俺に付いてこい」と、中島軍曹はスックと立ち上がり、台上に駆け登った。

「軽機！　腰溜めで撃ちまくれ！」「コラ！　早く登れんか！」と手を取り、分隊一丸となって敵陣へ突き込んだ。

ホリバ山は伏せた擂鉢（すりばち）伏の山容で、その頂上平坦部の外縁壕で約一個中隊が守っている。寝込みを襲われた敵は仰天し、裸で逃げる。

戦闘は中島分隊のみで終わり、鹵獲品は自動小銃十梃、同弾丸二万八千発、食糧・被服多数を各小隊に配分、中隊は装備を一新した。

夜明け、偵察時に戦死した吉崎軍曹の遺体を北側斜面で発見、丘上中央に埋葬し、中隊長が叫ぶ「捧げ銃」の礼により彼を葬送した。

八時、中隊は大隊本部の饅頭山（草山）へ急いだ。途中、前方の草山に銃声がした。「駆け足！」と叫び、中島軍曹は真っ先に駆け下り、敵に接近するなり、一気に自動小銃を撃ちかけた。想いもよらぬ日本軍の自動小銃に仰天し、敵は包囲を解いて遁走した。

救出されたのは、下士侯同期の松山武弘軍曹（韓国・劉奇華・韓国陸軍少将）の分隊で、同分隊は当地に留まり、日高中隊は、大隊本部へ急いだ。

八日未明、一気にナンバー2ケセワを占領した川東大隊は、饅頭山に布陣、第四中隊と高砂義勇隊をトンプ方面の敵捜索に当たらせた。

八日は反撃なし。九日、敵の攻撃が勢いづいた。

饅頭山には大隊本部と重機陣があり、敵の砲爆撃が絶え間なく続いた。これに我が重機が対空射撃により二機を撃墜したが、弾丸一万発を費やしたため、爾後の戦闘を考慮し、中止した。

アスアス攻撃任務の藤元第七中隊は、七日夕、第一大隊の後から草原に出て進むうち、闇の夜空に丘陵の椰子が黒々と目に映った。

「アスアスだ！」。中隊は隠密裡に敵陣直下に迫り、しばし待つ。

三時、大音響とともに大きな火柱が上がった。中隊長藤元大尉は軍刀一閃、「突っ込め」と、自ら先頭を駆け、三方面より銃剣をかざして突き進めば、四、五十名の敵は周章狼狽、何もかも捨て、我先に逃げ去った。ここでも多くの武器弾薬・食糧を鹵獲した。

饅頭山の大隊本部陣地に隣接の重機関銃陣地を狙い、重機や迫撃砲の弾丸が降り注ぐ。

小雨の朝、草山の陣頭にて左手に軍刀、右手に双眼鏡を持ち、将校マントを朝風に靡(なび)かせながら、眼下の戦場を睥睨(へいげい)する川東大隊長は、馬上姿ではないが、ナポレオンのアルプス越えを髣髴(ほうふつ)とさせる情景であったと、傍らに控えていた通信分隊長田平政敏軍曹はいう。

この大隊長は、陸士将校らしからぬ豪快で細事にかかわらず、部下を慈しむ指揮官で、戦いの三年間、このような陸士指揮官を見たことがなく、典型的な薩摩軍人である。ちなみに、その名は「少佐・川東守敏」、その人である。

それがため常に歩兵団長・中井少将の信頼も厚く、困難な戦闘にはかならず起用され、見事にこれを成し遂げていった。

坂東川戦後、中井少将は中将に昇進された時、天保銭組（陸大卒）でない彼を、正規の師団参謀に抜擢し、終戦まで、よく師団長補弼の任を全うした。

十二月十三日、ナンバー3ケセワに敵影なく、十二月十四日、戦闘は終了、十五日中、敵陣監視、翌十六日、歩七八本部はヨコピーへ、第一・第三大隊はヤウラに集結、爾後の作戦準備に忙殺された。

この作戦の戦果は、「遺棄屍体百を下らず。敵の飛行機、撃墜二機。鹵獲、軽迫撃砲十、弾薬・食料十五トン。我が損害、戦死六十四名、戦傷五十名」

敵は戦闘終了後、いちじるしく消極的となり、ケセワはもちろん、歓喜嶺の攻撃も緩慢となった。

この戦闘で、筆者は足に浅手の負傷をした。

戦いは終わった。撤収する本隊に先立ち負傷兵が退ってきた。丸尾軍医の仮包帯所が忙しくなり、隣の我が糧秣交付所も忙しくなった。

大雨の中に佐々木主計が帰られ、「俺たちはヤウラに至り、大隊の宿営準備に当たる。

急げ。行李班長は後続の大隊副官の指示を受けよ」と告げ、雨の上がった暗い草原を、経理室三名はヤウラへの道を急いだ。

出撃

ケセワ作戦終了後、九一〇高地付近に尾花第十二中隊を、ホリバ山に日高第三中隊を配し、川東第一大隊と小池第三大隊はヤウラに集結、ここで第一回の補充員を受け入れた。歓喜嶺からの砲声は、殷々として絶えることはなく続いている。

幾日かを経た正月元旦、森永板チョコの四、五倍も厚い戦利品の米国製デカチョコが二枚と携行食一個が分配され、兵の顔に喜色が蘇（よみがえ）った。

豪軍は武器食糧のすべてが米軍支給である。歓喜嶺の第二大隊にも配分された。このような中でも、第一・第三大隊は密林訓練に精を出していた。

昭和十九年一月一日、各隊北向きに整列し、祖国日本の繁栄を「捧げ銃」の礼で祈念した。解散後、各分隊ごとに腕を振るった正月のご馳走で、陣中の「正月気分」を味わった。

その頃、米第三十二師団は、我が第二十・五十一の両師団一万三千が四十キロの長蛇で後退中を、サイドル（ガリとマダンの中間）で退路を遮断、二日、中井支隊にその悲報が飛び込んだ。

「敵米軍一個師団、サイドルに上陸中」との報に中井支隊長は、収容出撃の準備を命じた。

八号作戦

昭和十九年正月は、アメ公給与で、ささやかながら砲声下で正月の祝事をすることができた。

栗原曹長は、前月「曹長」に昇進したばかり、彼のよいところは、どんな苦境でも決して挫けず、常に明るく兵を励ます暖かい心の持ち主である。

一月二日早朝、「非常、非常」の声で飛び起き、大隊長のもとへ走った彼は、本部より帰るなり、「ボガジン東百キロのサイドルに米軍一個師団が上陸中、皆、出撃準備にかかれ！」という。部隊は騒然となり、兵たちに緊張が走った。

その頃、軍司令官はシオの第二十師団を訪れ、「師団は戦意が不足している。玉砕を前提で戦え！　云々」と、片桐師団長を叱責した。

弾も食も与えず、素手で戦えというのか！　敵は、サイドルで仕かけた網に、日本軍二個師団を追い込んで一網打尽に殲滅、残るマダン以西の日本軍掃討を目論んでいる。

中井支隊の出撃準備は完了したが、命令がない。

軍司令官留守では、参謀長といえども、緊急命令一つ出せない独裁の仕組みになっている。野戦肌の中井少将は、逸る心をじっと押さえ、ジリジリしながら軍命令を待った。

同日、軍司令官はシオにあったが、前方サイドルに「敵上陸中」との報に驚愕し、方面軍は「シオ付近持久解除」を命じ、第二十・五十一の両師団を直ちにマダンに下げ、軍の態勢を建て直さんとした。

軍は、次回の敵上陸がマダンであろうと予想し、その混乱を想定して恐怖し、中井支隊への出撃命令下達すら忘却した節がある。また、この撤退作戦は「両師団は勝手に退れ」と、言わんばかりの無策ぶりであった。

当時、独裁の安達軍司令官はキヤリにあり、軍司令官不在では、マダンの参謀長といえども何もできず、指揮中枢は完全に麻痺していた。

転進部隊にもっとも必要なのは食糧である。

出撃する川東第一大隊は、戦場展開後の二月五日、大隊本部付古賀徹之中尉（14幹）以下四十名が、臂力搬送により食糧六百キロをヨガヨガに集積した。これは転進部隊一人当たり、僅か一合に過ぎなかった。

もし、軍が後方部隊を動員し、食糧の前送に当たっていたならば、糧秣交付所を更に前進させ、より多くの飢餓兵を救えたであろうと思われる。

中井支隊は戦闘部隊である。「兄弟聯隊の七九・八〇を救出せん」との一念に燃えて、戦闘に輸送に、八面六臂の活躍をしたのである。

一月四日、転進命令を受けた第二十師団は、

一、先遣隊、歩八〇・工二〇・通信はガリへ、

二、第一梯団、歩七九は先遣隊より二日遅れ、

三、第二梯団、輜重・衛生・防水・野戦病院の行軍序列を発表したが、歩八〇高来大隊四十名は、ケラノアで追撃豪軍と戦闘中である。

一月六日、戦線はダルマン河に移り、一月八日、高来大隊は敵の攻撃を撃退してダルマン河渡河、第五十一師団に収容された。

昨七日夜、食糧補給の目的でシオ沖に浮上した我が潜水艦は、敵魚雷艇の出現で急速潜航、八日、再浮上し揚陸完了、その帰航便に軍司令官一行を乗せ、マダンに向け潜航帰搭した。

軍司令官安達中将は、何一つ転進対策も講ぜず、一万三千の部下を捨て潜水艦に消えた。

一月十日、軍司令官は潜水艦でマダンに到着したが、すでに敵上陸以来九日間、強固な橋頭堡が完成して、我が転進部隊を待ちかまえているであろうに、いまだに何一つ命令は出ていない。

中井支隊長は、「事態は寸秒を争う」と判断、一月五日、直ちに指揮下部隊に出撃を命じた。

一方、マダンに到着した軍司令官は、一月十三日、遅まきながら「八号作戦」を発動したが、中井支隊はすでにアッサで配置に着いていた。

一月三日、川東第一大隊は、支隊の出撃命令を受けるや、ヤウラの宿営地を飛び出した。道はボガジン三叉路まで下り坂、部隊は歩度六キロの速さで駆け下り、バアーの拠点で弾薬・食糧を補給、翌四日夕、同地を発進した。

川東大隊長のもと、「アメ公なんぞに負けてたまるか!」の感で、志気は沖天(ちゅうてん)の勢いであった。

「白水軍曹はバアー糧秣集積所において、松本支隊及び中井支隊の二方面に対し補給に当たるべし」と、佐々木主計の命令を受ける。

ここバアーは朝夕敵の定時爆撃地で、その爆撃の合間をぬって、二十キロの俵を背にした担送隊を、海岸道ボングに送り出していた。

一方、エリマ→ヨコピ拠点間は、夜間自動車輸送が可能であり、担送は不要であった。

その後、大発がボング前方に着岸し、「そこを拠点に補給する」との連絡で、同方面の補給は中止し、空襲激化で自動車運行不能となった作戦道を、ヤウラまでの担送にきりかえた。

撤退路を死守せよ

逸(はや)る川東大隊は、ミンデリーまでの七十キロ間にある三十余の雨季増水河川を五、六名で肩を組んで渡河を強行していった。昼は敵機の跳梁、夜は河口に潜む魚雷艇に足音を悟られて乱射される。昼夜の別なく付きまとう敵を振り払いながら、必死の前進を続けた。

一月八日、シンゴールに到着、海岸の要点を占領、あわせて中野集団の転進路偵察に努めた。続く第三大隊は、一月十日に九一〇高地を進発、十七日、ミンデリーに到着、海岸防備と糧秣輸送の任に就いた。古川治少尉(15幹、福岡・甘木)を収容路の捜索整備に当たらせた。

一月十日、中井支隊長はアッサで部隊を掌握。同日、川東大隊長は中野集団撤退路上のイッサン・カブミに進出、酒井第四中隊及び高砂義勇隊を掌握した。

第一大隊副官財津祝中尉（14幹）は、将校斥候となり敵本部に潜入、宮本上等兵（韓国・龍仁郡・姜聲鎬）は地図等を盗み、帰隊した。この地図で敵部隊配置等が判明、支隊長以下の戦闘指揮に大いに貢献した。

中野集団が一月二十一日前後に、ガリを出発したとの報に接し、古賀徹一中尉（14幹・福岡・三池郡）を長に、四十名で糧秣輸送を開始した。

二月五日、ヨガヨガに米六百キロを集積し、転進将兵一人当たり米約一合を支給する準備をした。また、川東大隊本部所在のアイジョウにも糧秣交付所を開設した。

川東大隊は三個中隊（日高隊をホリバ山に残置）の少兵力で、六十キロに及ぶ広正面で敵と対峙し、戦闘を交えつつ転進部隊の収容に専念した。

一月下旬、敵の攻勢は強化され、迫撃砲を有する強力な部隊が、再三シボクに来攻した。ここは撤退路より敵方（海岸方向）七キロの地点にあり、ここを突破されると、撤退路をさらに南の山側に変更を要し、「海近し」と希望を抱いて歩き続けてきた将兵は、たちまちのうちに気力を失い、「行き倒れ」を増すことになってしまう。したがって、「絶対死守」を求められる要地である。

よって川東大隊長はシボクに為貝第一中隊を、シラニリン・シンダマに酒井第四中隊を配し、機関銃一個小隊及び高砂義勇隊を配属して、その地の死守を命じた。

特に高砂隊は海岸道の敵放列に潜入し、列砲を破壊し、幕舎を爆破すること十数回、遂に我が守備陣地への侵攻を断念せしめた。

カブミ吊橋守備の為貝第一中隊は、モットウ川の断崖沿いに移動、河口まで数段の縦深(じゅうしん)陣地を構え、強力な敵の攻撃に備えた。

シボクで撤退路の遮断に失敗した敵は、今度こそカブミに進出せんと、空地一体の猛攻をかけてきた。これに対し、我が軍は歩々後退しながら、重機二梃と大隊砲で断崖上から猛射を浴びせ、敵米軍をことごとく撃退した。

だが、敵砲迫の弾着は、遂にカブミ吊橋付近に落下し始めたので、高砂隊に命じ、サイン付近の渓谷に第二の吊橋を架けさせた。

川東大隊では広範囲の守備に兵力が不足していたので、栗原曹長を配属輜重の代用歩兵の隊長として為貝中隊と交代、大隊本部前方シボク川の崖上に陣地を構え、撤退路上に侵入せんとする敵をよく阻止した。

宮本上等兵（韓国・龍仁郡・姜聲鎬）は前述の通り、重要書類を盗み出し、殊勲甲に値する大功をたてた後、所属復帰後もふたたび栗原曹長の指揮下に入り、輜重兵らしからぬ射撃の腕前を発揮し、攻め来る敵を片っ端から撃ち倒した。小さな身体のどこに、これほどのパワーが湧き出るのかと、目を疑うばかりの大活躍であった。

このように、川東大隊が力戦奮闘する銃砲声を聞きながら、中野集団は悲惨な姿で、隊伍もとらず三々五々、通過してゆく。

去る一月二十五日、歩七九を後衛にガリを出発した日本兵一万三千は、約一ヵ月の山岳踏破により三千七百が山中に没した。

中野集団の疲兵が、イッサンの川東大隊本部前を放心したように通過してゆく。撤退兵迎えに、筆者はボガジン三叉路に出た。

眼前を通るのは、襤褸（ぼろ）を纏（まと）った裸足の集団が、杖に縋（すが）りながら銃も、剣も捨て、虚（うつ）ろな目をして通り過ぎてゆく。ただただ、その労苦に熱い謝意を感じるのみであった。

少し後から軍旗の旗竿を天秤棒式に担いだ軍曹が近づく。筆者が反射的に直立不動の姿勢で敬礼をしても、これまた、虚ろな目をしたまま、よたよたと過ぎてゆく。これを見て、日本軍崩壊の兆しを、朧（おぼろ）げながら感じた。

二十三日、モットウ川口左岸の森永大隊（歩二三九）に敵三百が来襲したが、これを撃退した。連日の雨に米軍の攻撃は鈍化したが、二十七、二十九日の減水時に、百二～三十の敵が渡河来襲、森永大隊は川岸の壕に身を潜め、敵が流れに入ったところを一斉射を浴びせ、両日とも殲滅（せんめつ）的打撃を与えた結果、その後の行動は消極的となった。

このように敵橋頭堡閉塞戦闘を継続しながら、二月二十一日、最後尾梯団である歩七九の収容をもって、一応の収容作戦を終了した。

だが疲労困憊（こんぱい）、飢餓による多数の落伍者・遅留兵を看捨（み）ての撤収は許されない。このため、三月二十四日まで酒井第四中隊と高砂隊をヨガヨガに留め、マトコを経てボングに至る道路の誘導に当たり、さらに東約十キロのタリクナンまで進出し、収容した落伍者・患者は四百三十名に達した。

これ以前、川東第一大隊の撤収に当たり、大隊本部の枝本曹長は、輜重の一隊を率い、カブミ吊橋切断の任務を帯びて出発した。

これに同行した電話架線撤収の通信分隊長田平政敏軍曹は、兵とともに吊橋前方の落伍兵を励ましながら橋を渡らせようと、橋の袂（たもと）まで支えてきたが、動けなくなった兵が二十名ほどいる。田平軍曹は輜重兵から集めた手榴弾を、これら落伍兵に渡して引き揚げた。枝本曹長が再度、大声で呼び掛けるが反応がなく、止むなく吊橋の籐蔓を軍刀で切断した。時に昭和十九年二月二十二日午後三時であった。

その後、谷の向こうに聞こえる手榴弾の炸裂音は、吊橋を渡れなかった落伍兵が、胸に抱く怨念の自爆音であった。

それを思うと、今なお胸を引き裂かれる想いがすると、田平正敏氏は嘆息する。

ガリに集結せよ

一月二日、「米軍サイドル上陸」の報により、第十八軍の戦略は根底より瓦壊した。

一月八日、歩八〇高来大隊は、追撃する敵をダルマン河左岸で大損害を与え撃退した。

十一日、カブガラ河の敵は我が抵抗で後退した。

十五日、シオの我が戦力を微弱と観て突撃してきた敵に大損害を与え、ことごく撃退した。以来、敵は集団がガリを出発し、フニステールの山脈に没するまで追撃はしなかった。

一方、歩七九は山地道を「篠竹の子」を齧（かじ）りながらカラサ着、少々の米と塩の配給を受け、さらに山路をレバカンダへと急いだ。

一月八日、昨日の糧抹補給も受けられぬまま、シオへ向け出発した第二十師団主力と司令部は、キヤリに到着と同時に命令あり、「ガリ付近で、中野集団のウルワ河以西地区集結を掩護せよ」と。

部隊はレバカンダで若干の食糧補給を受け、一月十一日、ガリに向け出発した。

転進中の難事は、不意に奔流となる河川の渡渉と、敵機の空襲、食料欠乏、連日の艦砲射撃で、これによく堪え、集結地ガリへと急いだ。

軍にとっては最大の難関フニステール越え・ガリ転進

各部隊はガリに集結し始めたが、食糧皆無で動きがとれない。軍の働きかけで十八日、三隻の潜水艦が食糧を積み、ガリ沖に浮上したが、敵機と魚雷艇の攻撃で急速潜行、うち一隻がその夜、浮上し、一日分の食糧揚陸に成功した。だが、他の二隻は沈没が憂慮された。

また、陸海航空隊の投下食糧に期待をしたが、「効少なく損多く」、自然沙汰止みとなった。

これでは再度、潜水艦揚陸必成を「神頼み」に、海軍に一層の協力を乞う始末である。

一月二十二日夜、一隻の潜水艦が浮上、第二十師団に一人平均米一升八合を支給することができ、師団はマダンを目指して動き出した。

第二十師団は、当初、甲路前進であったが、難路にしてかつ敵斥候出没の情報があり、急遽、乙路の第五十一師団に続くことになった。だが、師団の先頭はすでに甲路上にあったため、一週間もの廻り道して食糧・体力を空費した。

この転進を、砲兵長友大尉の手記から略記紹介する。


当初まとまっていた部隊行動は、ノボコキ付近から急峻な葛折り(つづらお)となり、落伍兵が出始めた。先の閊(つか)えを待つこと二日、三日目、ノボコを出発、葛折りを登るほどに氷雨が山を覆う。ここが最高峰四千メートルの難所のようだ。

我が砲兵聯隊は、この山頂で露営をするが、薪木は枯木も生木も苔に覆われて火は燃えず、冷気がゾクゾクと心身を襲う。路傍の抱合凍死体を横目で見ながら、部隊は黙々と進む。無情のようだが、己の身を運ぶのが精一杯である。

一山越すとまた一山、見下ろす谷はさらに深い。

数日目かに小農園に幕舎を張り、掘り残しの芋を求めて掘ると、たまたま大きな芋も収穫できた。

翌朝、前夜はよく食い、よく寝たので兵は元気がよい。それからまた数日間、山越えが続き、一人二人と長友隊の兵も減ってゆく。

谷の岩場に出た。谷の上へ直線の道がついていて、這い登るしか途はない。登り口には何千もの力杖が山積みに棄てられていた。坂を這い上がり、山頂のシンダマに夕刻、着く。

この先は下り坂、翌日午後、吊橋に着いた。葛の吊橋では順番を待つ兵が溢れていて、橋頭には銃を持った「憲兵」が統制に当たり、軍律を乱す者は即時銃殺する構えである。

ようやく橋を渡り終え、歩七八川東大隊の接待所で小芋一つずつの接待であったが、「ご苦労さん、ご苦労さん」の呼びかけが心に滲みた。

海岸に出て飲んだ椰子水は、日本で飲むサイダーより、何よりも美味いと思った。

だが、長友隊でも三十数名が永久に、この山から出てくることはなかった。

大敗走・西方への大移動

エリマ集結

中野集団の収容を終え、エリマ警備を命じられた川東大隊は二月二十二日、山地道を小池大隊は海岸道をエリマへと急いだ。また、軍直の松本支隊は三月二日、南山嶺一帯の守備を第四十一師団に引き継ぎ、バアーに集結した。

聯隊は各地区にて警備任務に就くと同時に、長期にわたる戦闘の疲れを癒し、軍事郵便も受領、受取人なき便りに損害の多きを知る。

また命あり、「ハンサ地区に敵上陸公算大なり、第二十師団は同地に急行すべし」と。

三月十二日、中井支隊の各隊は、それぞれの宿営地を出発、長途の行軍に移った。

ハンサ湾

今、マダン以東の軍主力後方が危険である。苦労して前進してきた道を戻るのである。

出発準備中に大隊本部から呼び出しがあり、「白水軍曹は舟艇便にてマダンに先行し、部隊の設営・補給の任に就け」との命令を受ける。

その頃、敵魚雷艇は白昼に沿岸に出没し、我が姿影を求めて迫撃砲や機関銃で来襲する。また、夜は沿岸を巡航し、行動中の我が大発を襲撃する。その危険度は陸路以上である。

航行中、艇長の機転で無事マダンに着いたが、連日の爆撃で昔日の景観はまったくなかった。兵站(へいたん)に出頭し、宿営地と指定されたゴム林も爆撃の対象で、危険がいっぱいである。

部隊が到着した。戦闘・輸送・行軍の連続で憔悴(しょうすい)し、生気をなくしている。だが、まだハンサまでの苦しい長途の行軍が待っている。

兵站から食糧受領し、部隊に補給の準備中、またまた「舟艇でハンサ先行」の命令を受領。

今度は数夜航程、「海上死」の予感が過(よ)ぎる。

舟艇は夜陰に乗じてマダンを出港、同行の設営要員六名、艇内両舷に分かれ、臨戦態勢を敷くが、浮袋一つない心細さ。

昼はマングローブ林に潜み、夜を待っての航行である。エンジンの音が馬鹿に大きく、航跡の夜光虫が自棄(やけ)に光っているかのように感じる緊張の刻一刻である。

深夜、軸先(へさき)で海上を見張っていた艇長が突如、「煙草喫(す)うな！　声出すな！　舷から顔出すな！」と、小声で命じながら、機関砲の覆いを手早くはずすと、くるりと砲門を敵方向に向けた。

「艇長！　敵はどこです？」と、先刻の注意を忘れ、舷に顔を出す。艇長が無言で指差す方向に黒い塊が見える。と、その塊が火を吹き、曳光弾が我が艇に集中し、頭上を掠める。「畜生！　舐められてたまるか！　サア来い！」と、敵魚雷艇の発射光目がけて射撃を開始した。

しばらく射撃戦が続いたが、突如、大きなエンジン音を残して、敵は闇に消え去った。「全速前進！」、よく通る声で号令が飛ぶ。

その夜明け、無事ハンサの桟橋に着岸した。別れに際し航行中の無事を謝し、何か記念品をと思ったが、贈る物とてあるはずがない。考えた末、曹長進級時にと大切にしまっていた「流れ星三つ」付いた曹長の階級章を、艇長たる船舶工兵の軍曹に贈り、互いの武運を祈った。

上陸後、直ちに兵站に出頭、諸打ち合わせを終わり、部隊到着まで兵站に滞在することにする。揚陸場には多くの「インド兵捕虜」が使役されている。休憩時、その中の軍曹が親しく話しかけてきた。「私、軍曹、貴方、軍曹、友だちね」。そして彼は、片言の日本語で身の上を話す。

彼はシンガポールで野菜屋を営んでいたが、日英開戦と同時に召集され、同地陥落で捕虜となったという。妻と子供二人が彼の還りを待っている由……。戦争は過酷なものである。

ここは湾口の岬で、海岸に沿い高射砲陣地があり、宿舎はその近くで、高床の立派なも

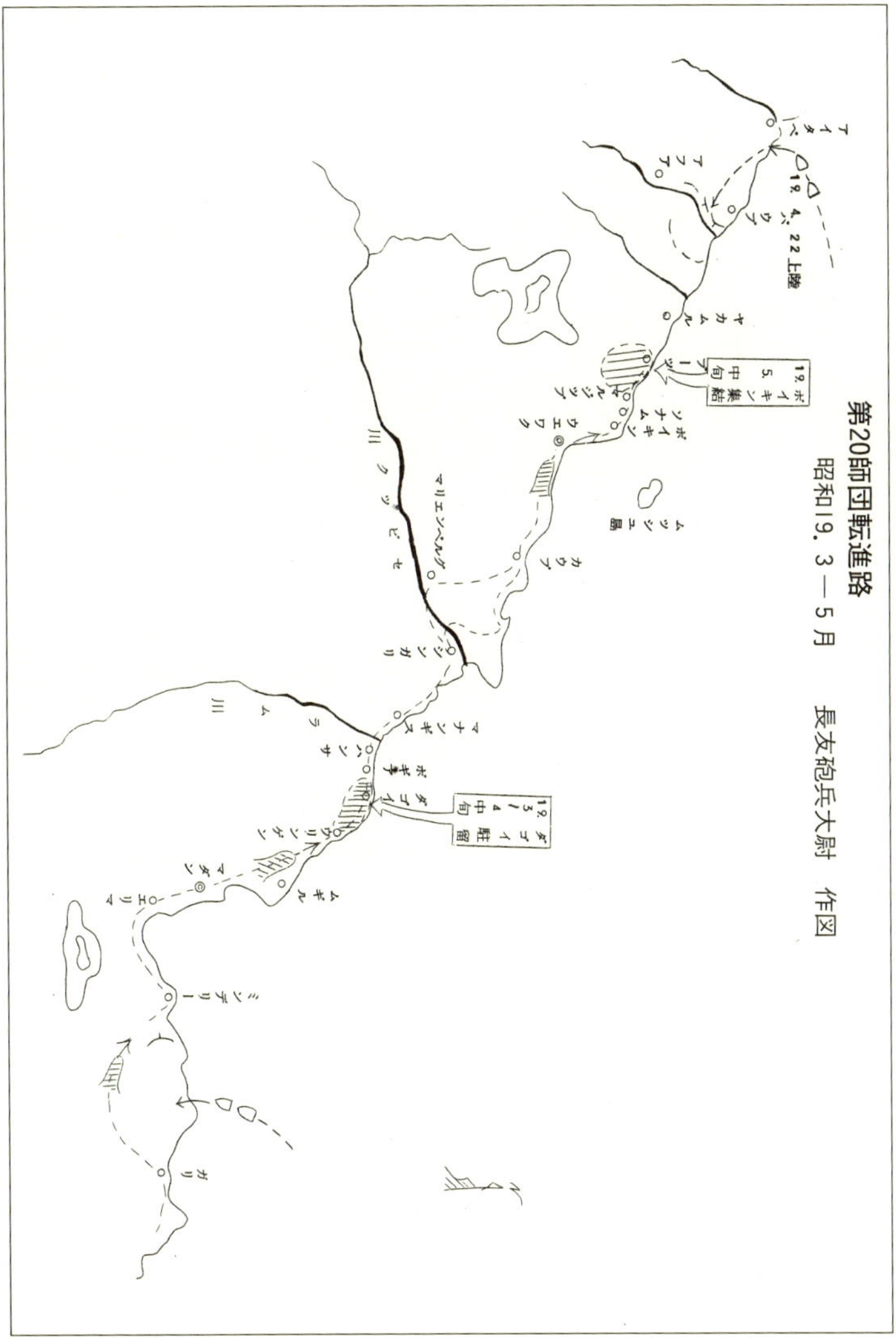
第20師団転進路
昭和19. 3－5月
長友砲兵大尉 作図

ので、前線の小屋掛けとは比すべきもない。舎前の防空壕も、前戦の蛸壺と違い、椰子の木組で造った頑丈な掩体壕（えんたいごう）である。

今日は三月十日、陸軍記念日で気も緩（ゆる）んだ折、ハンサ湾一帯に突如、サイレンが鳴り渡る。何事ならんと宿舎を飛び出すと、椰子林越しに敵駆逐艦が一隻、湾内に停泊し、砲塔を左右に振りながら、東はボギヤから西は飛行場まで、勝手気ままに撃ちまくっている。

敵艦が湾外に去ると、空襲が始まった。

掩体壕の銃眼より見れば、近くに陣する高射砲が対空戦を開始、連続射撃を始めた。基地の兵が皆、防空壕に退避する中、任務とはいえ敵機に身を曝（さら）し、猛銃爆撃に立ち向かう勇気に頭の下がる思いがする。

対空戦、酣（たけなわ）の頃、近くの高射砲陣地に直撃弾が命中した。銃眼より覗（のぞ）く目が炸裂閃光で一瞬、真っ白になり、身も壕も激しく揺れた。

敵機が去った後を見にゆくと、砲は壊れ、砲側の兵は一片の肉も残さず散華していた。

三月二十二日、本隊到着、主力はハンサ湾の東、ボギヤに、第一大隊は湾の西方の飛行場を中心にそれぞれ展開し、敵の上陸に備えた。

聯隊はこの地において補充員の受け入れ、兵器弾薬・糧秣を補給し、戦力の回復を図った。

指揮系統の変換

軍は一月、後方に拠点を移すべく準備中であったが、三月、ダンピール海峡の失陥で、第八方面軍との連絡が困難となったため、三月二十五日、第二方面軍の隷下に移された。

これに伴い、第二十師団はアイタペ地区防衛強化のため、急ぎ同地に集結完了を命じられた。

わが聯隊主力は昭和十九年四月十六日、各宿営地を出発、川東第一大隊は中井少将の指揮下で当地に留まり、軍の機動促進に当たった。

軍旗祭の四月十八日、軍旗はアイタペ転進中の同日、大隊本部前を通過、本部一同、舎前道路に整列、部隊敬礼をもって見送った。

戦局緊迫の折、何の「祝事」もできないが、大隊は宿営地にあり、兵站に強談判して入手した少々の甘味品で、心ばかりのお祝いをなす。大隊の任務は機動促進、部隊誘導に多忙な中、軍より驚天動地の重大情報が齎(もたら)された。

「敵米軍、アイタペ・ホーランジャに上陸中」

急げ！　敵はアイタペに在り

魔のセピック大湿地帯・中井機動促進隊

昭和十九年四月二十二日、「米軍が大船団でアイタペ・ホーランジャに上陸中」との飛報あり、またしても敵に先を越されてしまった。

第二十師団は、その行軍序列に従い四月十六日、歩七八主力と歩八〇を第一陣に、つぎつぎと宿営地を出発した。米軍上陸はその行軍途上で、司令部と歩七九は宿営地で、これを知った。

なお、歩七八小池第三大隊は四月六日、セピック河丙路啓開のため先発、川東第一大隊は機動促進隊として、師団最後尾のラム河渡河を見届けた四月二十八日午後、宿営地を出発、暮色迫る密林を抜け、葦が密生した湿地に出た。すると、何千万という蚋の大群が襲いかかってきた。

「先頭、歩度伸ばせ」と叫べど部隊は動かず、蚋は襲う。栗原曹長が、「手拭をかぶれ！ない者は褌をはずしてかぶれ」と叫ぶ。手拭いをかぶるも効き目なし。早く通り過ぎるよりほかに打つ手がない。

だが、先頭はラム河渡河中であり、順番がくるまで蚋に刺されているより仕方がない。やがて隊列は、葦原を抜け海岸に出た。順次、隊列が海に入り、河口を中心に半円形を作り、あな不思議、あの大河ラムの河尻は深さは腰までで、楽々と対岸に渡って行く。

この現象は、寄せる波と、河の流れが織り成す「力関係」が沖堆積を造成しているようだ。幾万の日本軍通過によく耐え、軍の徒渉移動を支えてくれた天の摂理に感謝するのみ。

「急げ！　急げ！　日が暮れるぞ！」と山本曹長。

渡り終わったところは小高い丘であったが、休憩は許されない。後から後から部隊がくる。一時間ほど歩いてやっと大休止となり、露営となった。もの凄い蚊の大軍が唸りを上

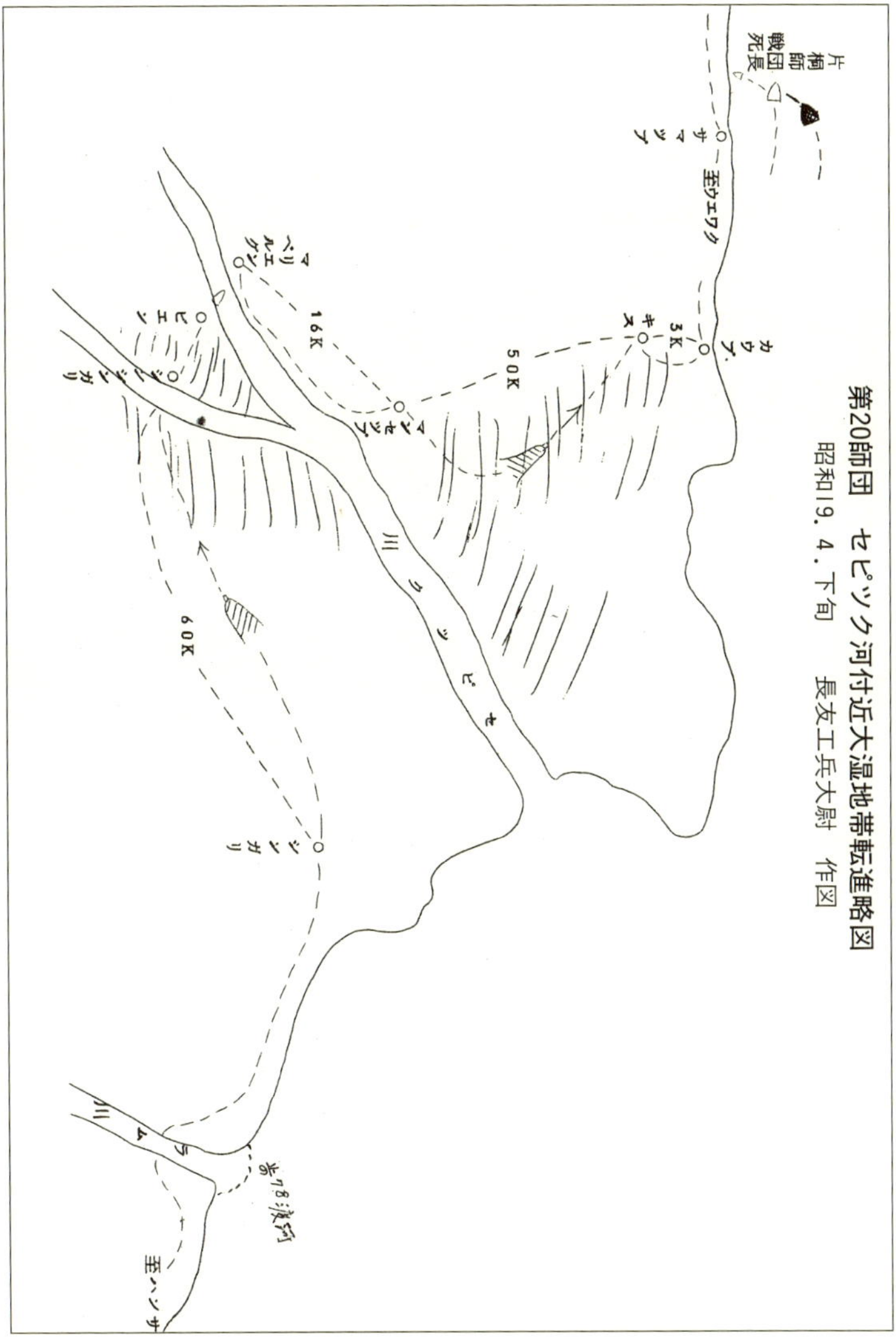

第20師団　セピック河付近大湿地帯転進略図
昭和19. 4. 下旬　長友工兵大尉　作図

げて襲いかってくる。これではマラリア発症疑いなし。

夜明けと同時に乾パンで朝食、直ちに行軍に移った。だらだら坂を下り、左手にサゴ椰子林に道を空けた部隊がいる。インド兵捕虜の一隊である。頭にターバン、八の字髭の指揮官は少佐である。色は黒いが気品のある顔立ち、立派な体軀の紳士である。

その後、彼らの消息は軍参謀の誰もが語ろうとはしないし、もちろん記録にもない。

アイタペは我が警備区、絶対に奪回をせねばならぬ地、ホーランジャは比島への戦略要地、米軍が要塞化し、その防衛先鋒はすでにウエワク西方百二十キロのウラウに達している。

この時、我が軍はまだセピック大湿地帯で蠢きながら、いたずらに戦機を逸してゆく。行くほどに沼か河か区別もつかぬ水辺で、高砂義勇隊の手になる蔦の吊橋に出た。橋の袂の工兵将校が一人ずつしか渡さない。すでに数万の兵が渡った後、橋は揺れて足許が定まらず、切れないことを神仏に祈りながら渡ったところは、また泥濘の地、難儀苦行の行進である。

全身泥塗れとなり、長時間を費やして工兵の分駐するワンガンの渡し場に到着した。

ここよりシンガリまで折畳み舟艇で、河とも湖ともつかぬ水上を高速で進むことしばし。まだ陸地も見えぬ水上で舟艇は停止した。両側はサゴ椰子やマングローブが茂る水路である。

「舟艇はここまで、後は水中を歩け。早く飛び込め」と、舟艇の工兵軍曹は叫ぶ。

水位は腰くらい、水路には蔦が張られ、その外側は「底なし沼」という。水中行軍に耐え切れず、自爆したバラバラ死体が点々と浮いていて、もの凄い死臭を放っている。

一日中水浸しで、体は芯から冷え、大小排泄も垂れ流し。動けなくなる者まで出始めた。苦境の時には冗談で兵を励ます栗原曹長も、黙りこくなった。タフな彼も疲れたようだ。

どこまで続くかと思われた水路も、暮色迫る頃には、ようやく椰子の葉茂る「地」が見えた。

「皆、頑張れ！　陸地が見えるぞ！　渡船場のシンガリだ。さァ頑張って行こうぜ」と、栗原曹長が口許の手ラッパで、振り返って叫ぶ。

長時間の水中行軍で皆、顔面蒼白、早く陸地に上がらねば水中で倒れてしまう。最大の難所を突破した。やっとの思いで、河畔に自生する椰子の岸辺に這い上がる。上がった兵たちは横になり、直ぐに眠りにつく。

突然、頭上の大声で目が覚めた。

「今夜はここで野営する。明早朝、セピックを渡河する。夕食後は早く眠れ」と、栗原曹長が指示する。

翌朝、夜の白む頃、大発に乗艇、栗原曹長が「絶対に立つな。船が転覆すれば、鰐の餌になるぞ」と兵に注意し、艇長に発進合図をする。

艇は全速で岸を遡廻（そかい）してから本流に乗り入れる。流れる大木などの障害物を巧みに避け、下流へと流されながら、対岸のビーンに着いた。

着岸と同時に飛び降り、部隊は前進開始。湿地や密林を抜けてマリエンベルク部落に到着、原住民の高床家屋で一泊することになった。

水でフヤケた米少々で粥を炊いて啜った。お陰で身体の温まる思いがする。

割り当て家屋の高床は大隊本部下士官、床下は兵の寝所と定められ、床下で蚊遣りに焚く薪が湿って燃えず、煙ばかりが多いが、それがまた蚊遣りに効果があった。

夕方、ガーゼ作りの一人用蚊帳を張って寝ていても、朝目覚めると、二、三十匹の蚊が真っ赤に、丸々と膨れて蚊帳にヘバり付いている。この時ばかりはマラリアの恐怖が過る。痛み痒みを堪えて、昨夜の残り粥を流し込む。

部隊は、朝霧の中をゆっくりと動きだした。

まだ泥濘の道が三十キロも続くという。それは地獄行きの宣告に等しいものだった。皆、疲れ果てて無言。いつ果てるとも知れぬ泥沼の細道を、一日中歩いてマンセップに到着、ここに露営することになった。

明日も密林の中の水路行進だそうだが、ここで動けなくなった兵が大勢いるという。

栗原曹長が大声で、「皆、疲れている。重症患者でも担送はできない。皆、這ってでも付いてこい。落伍はたちまち死に繋がるぞ」と。

今、敵斥候はマルジップ付近に出没しているが、ウェワク以西での戦闘部隊は、歩七八先発隊の小池第三大隊五十名だけである。

翌日も、部隊は黙々と泥土の道を進む。

兵は急げど　舟艇はなく
大河奔流　渡渉を阻む
果てなき泥土に　征路は続き
濡れ米噛(かじ)りて　疲労は募(つの)る
毒蚊跳梁　病兵溢れ
怨敵撃滅　聞くも空しき

さすがの栗原曹長も黙り込んだ。

行き着くところはウエワクか、はたまた地獄か……？

ようやく泥沼と訣別(けつべつ)したかと思いきや、今度は粘土質の、だらだら坂の上りが続く。こうなると隊列は乱れ、幹部は兵の掌握に難渋した。坂は遂に胸突八丁の急坂に差しかかった。部隊は急坂を一気に越すための小休止をする。

見上げれば、三、四十メートルはある急坂で、数万の将兵が通過した後で、足掛かりとてない。

栗原曹長がスックと立ち上がり、「これが最後の難関だ。この坂の向こうに海がある。絶対に落ちてはならん、四つん這いになって登れ！」と、指示して先頭になって登って行った。

坂の上からは海が見え、潮の香を運んでくる。ウエワクはもう近い。坂を下り、コープという部落に着いた。

それから、また何日か海岸道を歩いていると、誰かが「ここが師団司令部遭難の地、テレプ岬である」という。

第二十師団司令部遭難

兵が大河渡渉に呻吟する四月二十八日の夜、第二十師団司令部がハンサからウエワクに向け舟艇機動中、テレプ岬付近の海上において敵魚雷艇の襲撃を受け、片桐師団長・小野参謀長以下の首脳が全滅した。

その頃、田平軍曹は歩七八聯隊本部とともに、ここテレプ岬付近を通過中、我が聯隊出身の松下中尉がずぶ濡れ姿で、浜辺で座っているのを見つけ、「どうしましたか……？」と駆け寄ると、中尉は、「師団長以下、司令部幕僚全員が海上移動中に敵魚雷艇と交戦、師団長以下行方不明、または戦死した」とのこと。

松下中尉は無一物、田平軍曹はまだ飯の残っている飯盒を、そのまま中尉に差し上げた。田平軍曹はこの日を四月二十八日だったと、歩七八聯隊史に寄稿している。

奮起せよ！　敵は眼前にあり

われわれはこの先、どうなるのであろうか……？

師団司令部は今はなく、一途な精神的支柱が、音をたてて崩れてしまうような気がした。テレプ岬を過ぎ、上空遮蔽の密林で、ウエワク夜間通過の時間待ち大休止となった。そのとき、突如、銃声がして二、三の兵が走り出した。すると、また銃声がした。前途に失望した兵が、つぎつぎに自殺を始めたのである。遂にたまりかねた大隊長が、

「苦しいのは、お前たちばかりではない。皆でその苦しみを分かち合って、前進しよう。『敵は眼前に在り』、一人でも多くの敵を倒して、皆一緒に死のうではないか……」

と、切々と兵に訴えた。この訓辞にホロリとしたのも束の間、筆者の身体に悪寒が走った。マラリアの前兆である。あのセピックで雲霞の如き毒蚊に刺されて一週間、熱発する頃である。

「ここで野垂れ死にしてたまるか！　何とかウエワクに着くまでは倒れんぞ」と、衛生兵を呼んだ。衛生兵は、「大隊長用に取っていた一本を射ってあげます」と、臀部に大きな注射針を突き立てた。

その日の午後、行軍開始、夜中にウエワクを通過し、西方のボイキン・ブーツ経由、ダンダヤ西方三キロの師団司令部に向け急進するという。この間の距離は約八十キロという。闇のウエワクを急ぎ通過し、夜が白みかけた頃、左手の密林で大休止となった。

ここで最後の糧秣補給となり、各自持てるだけの米と、被服の交付を受ける。

噂によると、「敵の大船団が黒い塊となってウエワク沖を西に向かって行った」というし、「在ホーランジャ各部隊は全滅した」という。

「アイタベの部隊は西や東に逃げ散った」「敵はマッカーサー直卒の精鋭部隊らしい」など、乱れ飛ぶ情報の中で仮眠する者もいない。

夕刻、また行軍開始、我が体温三十七度五分、波の音を右手に聞きながら一心に歩く。傍らの栗原曹長が、「白水！　大丈夫か」と、心配顔で覗き込み、かけてくれる声すらも疎ましい。夜が明け、先方に椰子林が見えてくる。

「ボイキンだぞー」と、栗原曹長が叫ぶ。

「白水、お前はここの病院に残れ。早く癒くなって追及してこい。病気なんぞで死んでも、骨は拾うてやらんぞ」という。

「せめて、部隊が攻撃部署につくまで連れてって下さい」

「出発時、平熱であれば連れて行こう」と。

だが、夕方には三十八度の高熱となった。

丸尾軍医の「入院相当」の診断書を受け、ボイキン兵站病院に入院することとなった。

夕焼け空が映える中、黒いシルエットを残して部隊は消えて行く。一人残された寂寥感が犇々と胸に迫り、熱いものが込み上げてくる。これが戦友愛というものだろうか……。

「栗原曹長！　白水が追及するまで戦死しないで下さいよー」と、沈みゆく夕日に向かって涙ながらに叫んだ。

だが彼は、我が願いも空しく、坂東川畔に散った。

夕焼の空に
黒いシュリエットを残し
部隊は西に進んで行く。
独り取残された寂寥感が
ひしひしと胸に迫りくる。
「栗原曹長!!　死ぬなよー!!」と
沈みゆく夕日に向かって
涙ながらに叫んだ。

坂東川の決戦

戦闘態勢

戦雲迫る時、第二十師団は、再編成を迫られたが、孤立の軍は内部起用と決し、次の通り発令、アイタペ攻撃戦に臨まんとした。

第二十師団長心得、中井増太郎少将（第二十歩兵団長）。

第二十歩兵団長、三宅貞彦少将（歩兵第八〇聯隊長）。

歩兵第八十聯隊長、井手篤太郎大佐（ラバウル地区警備隊長）。

また、五月、ボイキン東方五キロに進出した軍司令部が猛爆に逢い、軍はアイタペ攻撃を前にして、軍と第二十・第四十一両師団中枢は全滅した。安達軍司令官は、それでも挫けず、攻撃開始を六月末とし、戦闘資材の前送を最優先に、所用の手配を構じた。

敵はボイキン西方六十キロのダンダヤにあり。軍はウエワク到着の歩七八小池大隊に下命。

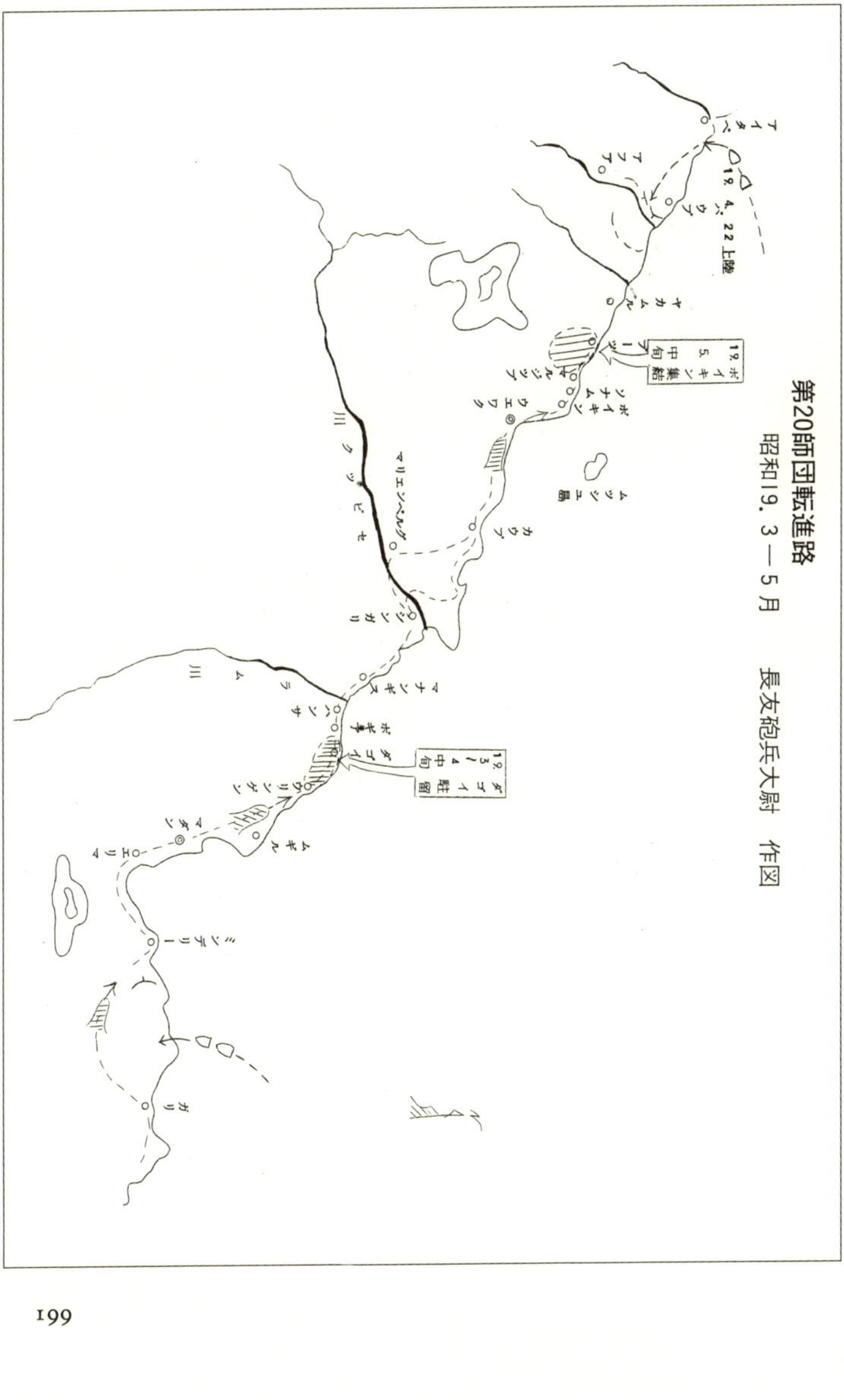
第20師団転進路
昭和19. 3－5月　長友砲兵大尉　作図

一、敵は早くもウラウ付近に進出せり。
二、小池大隊は西方マルジップ方面に急進、さらにウラウ方面の敵情を捜索せよ。

五月三日、同大隊はマルジップを確保し、翌四日、歩八〇主力も同所に到着した。

小池大隊は、前方に砲数門を有する約一個大隊の敵がウラウ付近に集結中なるを知り、さらにダンダヤに前進、約一個中隊の陣地跡を確認する。

ここはすでに敵中、彼我斥候の衝突もしばしばあり、なかんずく五月九日、敵の威力偵察隊を撃退した。

この頃には落伍者も逐次追及があり、四百名になったので、固有の編成に戻した。また、阿部大尉の指揮する第二十師団補充員二百名が、アイタペより脱出、小池大隊の戦線に到着、感激の対面をした。

ウラウの戦闘

五月十四日、迫撃砲を有する敵一個中隊が海岸道・アメリカ道の二正面から攻撃してきた。

これに対し、尾花武彦中尉（士五五）指揮の第十二中隊は、果敢なる攻撃でこれを撃退した。

「敵は幕舎を撤去中」との将校斥候の報告に、大隊長はウラウ川畔にあった第十・十一中隊に対し、直ちに攻撃前進を命じた。

両中隊は背後より猛攻、敵は陸海空より弾幕を構成しつつ大発三隻で兵を収容、我が猛射追撃を躱し、ヤカムル方面に退却した。大隊は兵器・弾薬・食料多数を鹵獲した。

この坂東川の前哨戦ともいうべきウラウの戦闘は、我が勝利のうちに終わったが、坂東川攻撃には、ヤカムルの敵排除がなお必要であった。

川東第一大隊の敵中捜索行

全線へ急進中の川東大隊は、五月十八日、ダンダヤ西方の師団司令部位置に到着した。大隊は五月二十五日、師団直轄となり、アイタベ付近の敵情・地形の捜索のため、敵中のチナベルに進出、捜索を終えて無事帰還した。

その概要は、
一、大隊は兵四百で山脚密林を伐開しながら前進、五月三十一日、坂東川川畔に進出せり。
二、この川畔には四、五百メートルごとに約一個小隊の警戒陣地ありしが警戒弛し。
三、大隊は、その間隙を渡河、江東川付近に潜入、ここを拠点に、チナベリ・アイタベ方面に斥候を派遣し、情報収集に努めたり。
四、江東川上流の敵を奇襲、その遺棄死体より去る一月、サイドルに上陸した米第三十二師団第百二十七連隊であることが判明した。川東大隊にとっては二度目の見参である。

五、現地は物資調達困難で、兵の衰弱極限にあり、六月十八日、命により本隊に復帰した。
この捜索行により、
一、捜索域内に、アイタペ転進者を認めず。
二、坂東川の敵兵力は、往きに比べ還りは、その兵力は倍増しあり。
本報告で、詳細な作戦地図が作成された。

本隊への追及

茜色(あかね)の夕焼け空に吸い込まれて征(い)った戦友に別れ、四十度の熱発を独り病床に伏す我が身の不甲斐なさに、自責の日々が続いた。

だが、静養の甲斐あって熱も下がり、歩行訓練をしていたある日、些細なことから病院ゴロと口論となり、「憲兵引き渡し」を宣すると、その一言で抵抗を止めた。およそ軍隊で一等兵が軍曹と口論するとは論外であり、軍法会議ものである。

十日ほどの入院で体調も回復した今、こんなところで寝ているわけにはいかない。院長に「自主退院」を願い出、原隊復帰の兵四名を連れて、本隊追及にかかった。

二日目、海岸と並行するダグワの飛行場の滑走路周辺には、梱包のままの飛行機部品や、日の丸も鮮やかな新型機が、敵の猛爆でスクラップになって転がっている。

三日目、ブーツ飛行場にかかる。ただただ敵機来襲なきことを念じながら、五十メートルおきに各個に前進する。

最後尾の我は病後の身、滑走路半ばにして海方より超低空の敵機襲撃に遭い、機銃掃射の閃光に傍らの爆弾穴に跳び込む。見上げれば、損壊飛行機に無数の落下傘爆弾をばら撒く様は、あたかも爆弾投下訓練のようである。

辺りに散乱する飛行機や部品梱包を、「据物切り」に供した航空部隊に強い怒りを覚えた。

今夜から夜間行軍に切り替える。海岸道は明るく歩きやすい。ある晩、畳半畳ほどの海亀の産卵に出会い、卵を砂から掘り出し採取する。

翌朝、海岸道に表示板があり、「これより左山地伐開道を前進せよ」とある。

伐開道をしばらく行ったところで小休止すると、一人の兵が「海岸に忘れ物」といって引き返したが、還った彼の雑嚢には、砂が一杯詰まっていた。この砂の意味は翌朝になって判明した。

彼は付近の小川で顔を荒い、例の砂を四方に振り撒き、北方を向いて柏手を打ち、祝詞を奏して今日一日の武運を祈った。

また、一人の兵は肩から大きな数珠を掛け、毎夕「般若心経」を唱え、仏の加護に縋っていた。だが、板東川戦後のボイキン集結時には、彼らの姿はなかった。

翌日、迷彩服の米兵の二遺体が転がっていた。

その日午後、ウラウ南方三キロ「龍山」付近の丘陵地帯で、起伏の多い丘陵の伐開道前方に部隊を見かけた。彼らは百キロもの砲身を担ぎ、また、砲架や車輪を肩にして営々と、雨に濡れた坂道を登ろうとしている。それは、野砲第二十六聯隊の勇士たちである。

この厳しい行軍状況を見ると、わずか軍刀と拳銃を纏（まと）っただけの行軍に、顎を出している我が身が恥しく、彼らが神々しくすら感じられる。

その隊列を追い越してゆくと、突然、その隊列から、「清ちゃん！」と呼ぶ声に驚いて目をやると、「清ちゃん！　ここだ」と呼ぶ声に、「やぁ！　政勝ちゃんじゃなかな……」と思わず叫ぶ。抱きつきたいほどの懐かしさがこみ上げてくる。だが、彼は大きな車輪を担いでいて、握手することもできない。

「元気でよかったなあ！　いつまでも元気にしときないや……」と、博多弁で言葉を交わすのが精一杯であった。彼、勝野兵長は同村出身で、学齢は一年先輩であるが、戦場での奇遇は時空を超えて、小学校時代に還った。

「頑張んないや！　死んじゃつまらんばい」と、彼の雑嚢に亀の卵を十個ほど入れて再会を約したが、その後、彼の姿を見ることはなかった。

数日の難行軍の末、やっとヤカムル南二キロの密林内にある聯隊本部に到着、細井高級主計に復帰申告をすますと、本隊は敵中偵察に出発した後であり、第一拠点配属となった。

ヤカムル第一拠点

第一拠点隊は山岸福次郎准尉の指揮下に、担送要員の輜重兵を主に約五十名を擁し、七拠点のうち第二拠点までの輸送を担当する。

山岸准尉は出陣当時、聯隊の最古参曹長で、下士官連中の親玉的存在であったが、その性、まことに温厚にして、大声で下士官兵を叱るでなく、兵や下士官に兄貴のように慕われていた。

それでいて実兵指揮に優れ、下級指揮官としては、申し分のない軍人であった。

私も、この人のもとで、死にもの狂いの「任務遂行」ができそうだと思った。

「白水軍曹、頼むぞ」の一言に暖かさを感じた。

ヤカムル前哨戦

ウラウの戦闘で快勝を得た第二十師団では、次なるヤカムル攻撃の部署を命じた。
一、指揮官、歩兵団長・三宅少将
二、攻撃部隊、歩七八香川第二大隊及び歩八〇主力（砲一門配属）
結局、ヤカムルは第二大隊が担当することになった。当時、歩七八第一大隊はチナベル捜索中であり、第三大隊はウラウ戦後の部隊整備中。

戦端は六月三日、第八中隊が玉川渡河点に出現した装甲車を攻撃撹座させたが、随伴の敵を海へ逃がしたことに発した。

同日、第八中隊を濾過した敵百が、行軍隊形で第七中隊正面に出現したので、中隊はこれに一斉射を浴びせ、多大の損害を与えた。

背後を断たれた敵は、迫撃砲二・重機四、五を有する五十の兵で、五回にわたり第七中隊正面に来攻したが、中隊はこれに多大の損害を与えて撃退した。

海岸方面の歩八〇正面の敵陣は、掩蓋（えんがい）・障害物で遮（さえぎ）られて戦況は進展せず。

歩八〇は海岸道のNo4ヤカムルには薄暮攻撃を敢行、特攻班が掩蓋銃座を爆破突入。敵はNo5ヤカムルに退却した。

ヤカムル攻撃

香川第二大隊は、折からの月明を利して、敵陣至近距離に展開した。

六月五日午前零時、攻撃開始、香川大隊は、たちまちのうちに第一線を突破した。

敵の主陣地は八ヵ所のトーチカを主体に火網が構成され、その射撃は猛烈をきわめた。

そのため攻撃は一時停滞をしたが、大隊の全重火器を投入、各隊の潜入爆破と相俟（あいま）って敵陣に突入、午前五時掃討終了、完全に奪取した。

その戦果は次の通り。

敵の遺棄屍体、五十余。鹵獲兵器、水冷重機・迫撃砲多数。我が方の損害、戦死傷者、約六十名。

以上が歩七八聯隊史の記述概要であるが、これでは戦場の臨場感が少しも出ていない。

そこで、この戦闘に大隊副官として参戦した石川熊男少尉の回想録から引用する。

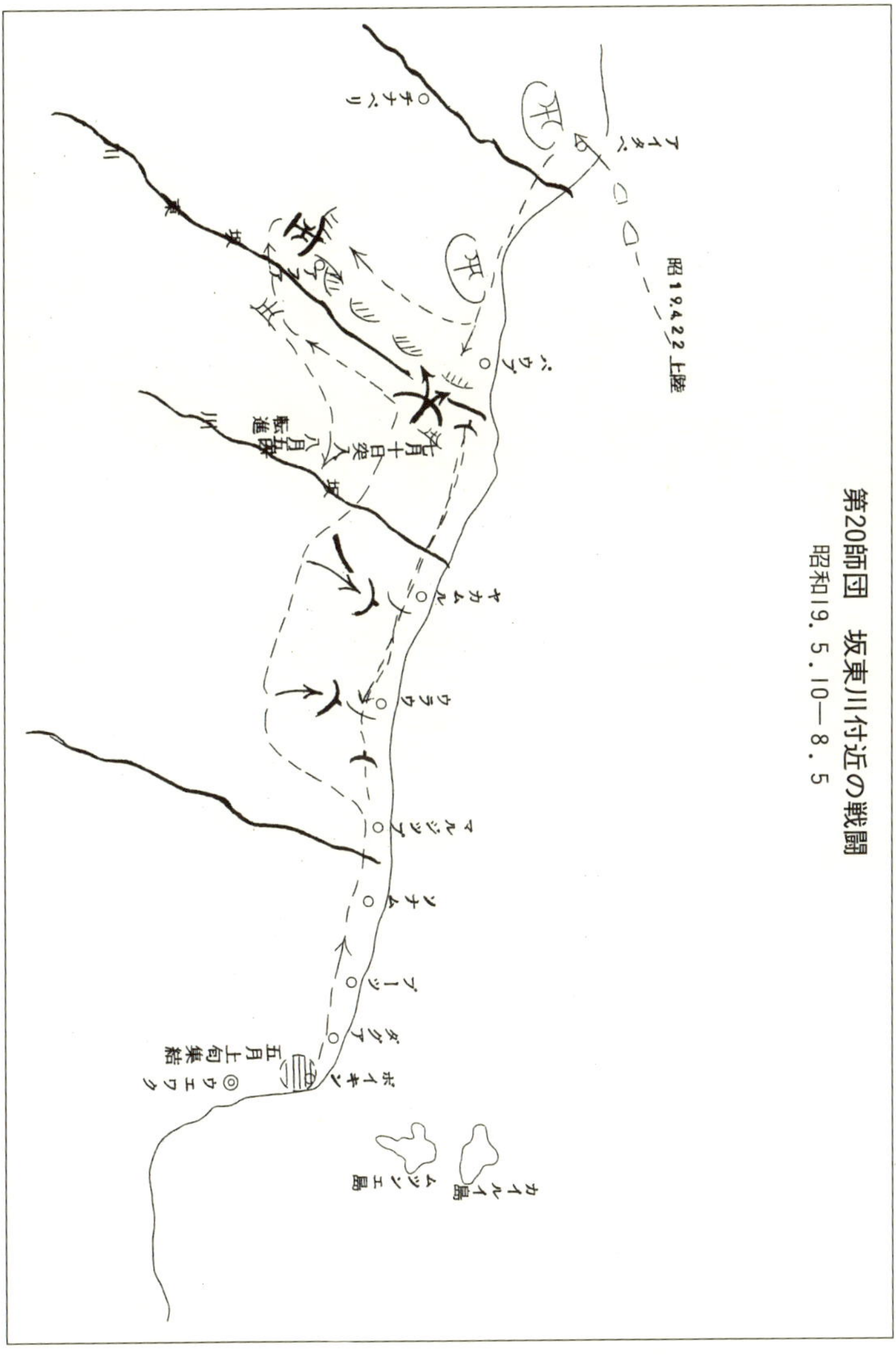
第20師団　坂東川付近の戦闘
昭和19.5.10—8.5
アイタペ
昭19.4.22上陸
チナペリ
坂東川
ヤカムル
ウラウ
マルジップ
ソナム
ブーツ
ダグア
ボイキン
ウエワク
五月上旬集結
カイリル島
ムッシュ島

大隊副官ヤカムル戦記

五月四日夕、各隊は隠密裡に敵に接近した。二十二時、月が出、月光に原住民集落が浮かぶ。月明かりで、各隊は敵陣至近の距離に間合いを詰めて展開した。

第七中隊と歩兵砲中隊は敵前百メートルまで進出し、さらに林縁の段差一メートルの自然土塁まで前進、待機した。その前方三十メートルに民家があり、その床下に敵トーチカ二基がある。

五日午前零時、重機が一斉に射撃を開始した。

指揮官の号令一下、大喊声が起こった。本来、夜襲時の発声は一切厳禁であるが、「生死の際」にそんな「決まり」は通用しない。大喊声で、「死」の恐怖心を吹き飛ばすのだ。

手榴弾や砲弾の炸烈音で、命令も聞こえない。

その時、砲煙弾雨の中を「大隊長！　大隊長！」と叫びながら、藤元第七中隊長が抜刀したまま、土塁下の大隊長のもとに近づいてくる。

「藤元大尉！　ここだ！」と香川大隊長。

「大隊長殿！　突撃成功、二個のトーチカを占領、只今、家屋床下の敵と対峙していま す」

敵弾の木々に当たり弾ける音と号令で、戦場全体が「ワーン」と唸っている。

敵は、ようやく背後の我が大隊に気づき、猛烈に反撃してくる。

藤元大尉は、なおも戦況報告を続けんとする。

藤元大尉は、その貴公子的容貌と穏和な性格の人格者で、とかく空威張りの多い陸士軍人の中で、異色中の異色的存在であった。

その洗練された容貌のどこに、あの勇猛果敢さが秘められているのかと、奇異にさえ感じられる。

過ぐる北支戦線では、数々の戦功をたて、金鵄勲章功四級の栄誉に浴している。だが、惜しむらくは、藤元大尉が幹候出身の特別志願将校であったがために、大隊長職は後任の陸士将校に先を越され、中隊の下士官兵は、この人事に同情したものである。

その陸士大隊長は、就任後の各戦闘で「消極的戦術」しか執らず、さしたる戦功も挙げず、うやむやのうちに復員した（この項、筆者）。

戦場はまだ砲煙弾雨の激戦下にあり、引き続き石川少尉の手記に戻ろう。

大隊長も大声で叫ぶ。

「ご苦労！　ご苦労！　危ない！　伏せろ」

敵重機の曳光弾が周囲の木々を引き裂く。それでも藤元大尉は依然、仁王立ちになったまま、なおも戦況を報告していたが、その身がぐらりと崩れるように倒れた。

「藤元大尉！　藤元大尉！」と呼びながら、傷ついた藤元大尉を土塁の陰に引き入れた。

「腹をやられました。駄目です。後を頼みます」と、呻（うめ）くように答える藤元大尉。

衛生兵が呼ばれ、応急の手当はしたものの、大尉の声は段々と細くなっていった。急造の担架の上、力のなくなった小さな声で、「大隊長！　後を頼みます……」。それが私（副官石川少尉）が聞いた最後の声であった。

そこへ片岡准尉の歩兵砲が前進してきた。

迸る（ほとばし）ように降り注ぐ曳光弾、猛射に怯む（ひる）兵、仁王立ちになって部下を叱咤激励する片岡准尉。その瞬間、准尉は踞り（うずくま）、悶え（もだ）始めた。

駆け寄って抱き起こす石川少尉。

「やられました。あとを頼みます」と、打ち伏した。直ちに桝谷軍曹に後送を命じる。

本来の部下を討ち取られ、憤怒に我を忘れたが、我が身は大隊副官、大隊長に戦況報告をと、戻る途中の重機陣地で、機関銃手が戦死した。

傍らの兵が「畜生！」というなり、戦友の死体を引き摺り（ず）下ろして、また撃ち出した。

「重機を下げろ。目標にされているぞ」というなり、その足を掴み、引き摺り下ろそうとすると、その兵もまたのけぞった。

三人目の射手が重機を掴もうとする。

「銃を下げろと言っているのが、解らんか！」と、怒鳴りながら、また引き摺りおろす。

負傷の分隊長に、「大丈夫か！」と呼べば、「敵重機の位置は判明しております。これを撲滅するまではここを離れません」という。

「ここでは分隊が全滅する。陣地を移動して敵を射て！」と、言い残して大隊長のもとに走った。

「石川！　土塁の陰では戦況は判らん。前に出るぞ」と、大隊長は焦る（ここが陸士大隊長とは違うところ、筆者）。

「ハイ！　七中隊占領のトーチカがあります」

「よし！　そこまで出るぞ！」と、走り込んだ。

敵は現地人家屋の床下壕からも射撃している。この間に、先刻の我が重機が移動を終え、射撃を開始したのを機に、第六・第八中隊が突入し、敵外郭陣地を奪取したとの報告に大隊長は喜んだ。

攻撃開始より二時間、戦線は膠着状態の戦線を黙々と見守っていた大隊長が、「おい！　副官、もう三時だぞ！」。

夜が明ければ、何一つ我に利するものはなく、ヤカムル奪取は不可能となる。何とか夜が明ける前に、部落床下の敵を撃滅せねばと、気が焦る。

その時、元の歩兵砲小隊長に還っていた。

「大隊長殿！　大隊砲でこの近くから射てば……」と、意見具申し、自らその指揮をとることを申し出で、桝谷軍曹が待つ凹地へと走った。

桝谷軍曹は、敵弾飛び交う浅い凹地でじっと耐え、砲身を撫し、焦る気持ちを抑え、「陣地進入」の号令を待ち焦がれていた。

そこへ元小隊長が弾雨を侵し、飛び込んできた。

「今までしなかったことをやるぞ！　皆、俺についてこい」と、土塁の切れ目に小隊を留め、「桝谷軍曹と砲手二名で、あのレモンの木の下に弾薬十〜十五発を運べ。終わったら砲を木の下に据え、一番手前の家屋が射てるように準備しておけ」と命じ、大隊長のもとに走った。

砲と家屋の距離は五十メートル、砲陣地は夜間とはいえ、敵に暴露しているし、前面には小銃中隊が展開していて、一手間違えば友軍に危害を与えかねない。だが、夜明けまでに戦機を摑むには、この方法よりほかにない。

砲の位置では桝谷軍曹が待ち兼ねていて、「早くやりましょう」と、急き立てる。

石川少尉は自ら砲腔を覗き、海面に投影する一番手前の家屋に照準を合わせ、「桝谷！二発目からは目見当で射ちまくれ」。

「零距離！　第一弾発射！　命中」と、桝谷軍曹。敵は思わぬ砲撃に驚き、海岸へ遁走した。

三番砲手の金本上等兵は、自分が射った零距離砲弾の破片で、壮烈な戦死を遂げた。

あらかじめ下命された通り、歩兵は最終弾に膚接し、喊声をあげて集落の敵陣に突入した。

ヤカムルは陥落、夜が白みかけた。陽が昇れば熾烈なる敵の砲撃は必至である。一刻も早く攻撃発起点に還らねばならぬ。

大隊長は各隊に撤退を下命した。

海上遠く敵魚雷艇の機関音がし、まもなく魚雷艇が撤退中の我に一斉射をかけてきた。進撃時の道標は砲撃でなくなり、やみくもに進むうちに、棘藪(とげやぶ)の中に迷い込んだ。追い撃ちの敵砲弾下、軍刀で棘(いばら)を切り開きながら進んだ。戎衣(じゅうい)は引き裂かれ、肌は切り、血潮を振り絞り、精根尽き果て、ようやく集結地に着くことができた。

豪胆無類の香川少佐は、常に第一線にあって大隊を指揮し、ヤカムル攻撃を成功させた。また、中隊の先頭に立って突撃を敢行、敵陣の一角に橋頭堡を確保し、戦局を有利に導いた藤元大尉・片岡准尉・桝谷軍曹ほか、各指揮官を信じ、祖国日本の不滅を信じ、ヤカムルに散華した戦友の顔が判然と浮かんでくる、と、石川少尉は結んでいる。

第七中隊・石黒政重分隊長の奮戦

石黒軍曹は出動直前に改編の騎兵聯隊より、出動三日前に第七中隊に配属になった。本来、豪胆にして身体頑健な彼は、他兵科出身を意識してか、常に東奔西走する中隊の先頭に立ち、本来の歩兵分隊長に劣らぬ指揮をしていたが、筆者に語ったヤカムル戦闘談は、左記の通りである。

一、まず敵弾量のあまりに多いことに驚愕(きょうがく)した。弾雨というよりスコール、いな、洪水を頭から浴びるようなもの、伏していても鉄帽を掠めて曳光弾がピシュ・ピシュと、飛んでゆく。とても頭を上げられる状況ではなかった。

二、兵は怖(お)じけて、頭を地面に擦(こす)りつけて射つので、弾丸はみな椰子の木の頂上へ飛んで行く。俺（石黒）は兵の鉄帽を叩いて、「弾が高い！　よく狙え！」と注意して這い廻った。

三、戦場全体が「ウワーン」という轟音で、小隊長の号令も聞き取れない。「狙え！」という俺の声が分隊の兵隊たちに届いているのだろうかと、ふと不安が横切った。弾丸はあらぬ方向に飛んでいる。

四、しかし、突撃になると椰子の葉を射っていた兵も、「突っ込め！」という俺の号令で身を起こし、一緒に突進してくれた。「本当に部下とは可愛いものだ」と、石黒軍曹はつくづくと述懐していた。

また、古賀・天の両軍曹も、突撃中に落下した手榴弾のために爆死したという。

こうしてヤカムルの攻撃戦は終わり、敵前進陣地は潰滅、いよいよ次なる坂東川の敵堅陣を突破し、アイタペ奪回作戦に移行することとなる。

ヤカムル第一拠点

軍は各聯隊ごとに食糧・弾薬の集積を命じた。

ウエワク→ブーツ間は近くまで舟艇、その後は師団輜重や軍直の特科部隊の兵が、ヤカムル南側密林内の第一拠点まで担送してくる。

雨の中、米には天幕を覆っても我は濡れ身の搬送である。密林道は降雨と兵の往来で泥濘となり、空身の歩行すら困難な中、熱発の兵も将校も、二十キロの米俵を背に、杖に縋っての搬送である。

疲労の兵は、米俵を背にし、泥中に顔を突き込み、息絶えている惨状が延々と続いている。

第二拠点は立石主計軍曹の担当で、ウラウ・ヤカムル戦で疲れている二・三大隊に米を食わせ、早く活力を養い、坂東川の渡河に備えなければならない。

ヤカムル戦の前日に、第七中隊の古賀・天の両軍曹が第一拠点に訪ねてきた。

「明日午後、ヤカムルに出撃するので別れにきた。もう会えぬかも知れぬ。ついては白水！　乾パンを少々分けてくれんか……、出撃に際して分隊の皆で乾パン一粒と水杯で、必勝を期して最後の乾杯をしたい」という。

彼らとは同じ中隊で育った分隊長、分隊の中には筆者と起居をともにした初年兵もいる。今から死地に征く彼らの心情は充分に解るが、いかんともし難い。したがって、筆者がボイキン兵站病院退院時に、受領した道中食の乾パン三個全部をそのまま、「これは俺の食糧だ。俺の分まで戦ってきてくれ」と雑嚢より取り出し手渡す。

「明日はとても生きては還れまい。これを俺の『形見の品』として受け取ってくれ。死に逝く身に時計いらん」と、天軍曹はいう。彼が入隊前の韓国龍山駅員時代から愛用のシーマーの懐中時計（戦前は高級品）である。

「馬鹿いえ！　『時』なくして何で戦闘ができるか！　俺はいらん、戦場に持って行け！」

「いや、今度の戦闘は中隊長以下、一丸となって突入するだけだ。時計は中隊長ので充分だ」

「解った。俺が預かる。還ったら返すぞ」というと、古賀・天の二人の戦友は姿勢を正し、微笑を湛え、互いに挙手の敬礼で別れた。

その夜深更、密林越しの海岸の銃砲声に一喜一憂しながら朝を迎えると、多数の舟艇機関音がして、一段と銃砲声が激しくなった。

敵弾は密林を飛び越えて、我が拠点頭上の大木で炸烈し、破片は頭から降り注ぐ。壕は、三十センチで湧水して役に立たず、残るは運を天に任せて、大木を盾に砲撃の沈静を待つのみ。

ヤカムル全域が静かになった夜明けの頃、苦痛に顔を歪め、杖に縋り、手を吊り、足を引き摺って後退してくる兵が多くなった。

「ご苦労であった。痛かっただろう……。これは途中の食糧だ。気を確かにもって退れよ」と、慰めの言葉をかけてやるのが、我ら後方勤務者の為し得る精一杯の奉公であった。

「班長殿！」と呼ぶ声に、ヒョイと顔を上げると、負傷者の中に筆者が第七中隊に起居していた頃の兵がいて、「中隊長殿は腹をやられ、後送途中に戦死されました」という。

「なにぃ……！」といったまま絶句した。

軍人精神を胸中深く秘めた藤元中隊長、陸士将校に優る洗練された軍人であった。

ニューギニア戦線の第二十師団に、藤元大尉ほどの指揮官を得ていたならば、も少しは見応えのある戦闘を展開したであろうと思われる。

その兵はさらに、「古賀・天の両分隊長も戦死されました。小指も遺品もとれませんでした。ただ、白水班長の好意で最後の宴ができたことを大変喜んで、戦闘に望まれました」と。

この報を聞いた時、ただただ暗然たる気持ちに襲われ、怒りが胸を突き上げてきた。

坂東川に戦機迫る

我が聯隊は、ラム河渡河以来、常に師団の第一線となり、ウラウを破り、ヤカムルを葬り、また、坂東川を越えて三十キロ、チナベルに至り、敵状捜索の第一大隊も無事帰還した。

川東第一大隊の帰還により、聯隊は戸里川集結地を、さらに西方十キロの米子川上流三キロの密林内に進め、旧集結地を患者収容所とした。

当時、師団の戦力は患者や落伍者を含め、歩七八聯隊・約千三百名、歩七九聯隊・約七百名、歩八〇聯隊・約千十名、砲二六聯隊・約九百九十名、工・輜・病・その他・二千六百十二名、合計、約六千六百十二名とあるが、その実戦力は約六十パーセント程度と推定される。

それに比べ敵米軍は、数回にわたりアイタペに上陸、六月二十八日現在、二・七個師団になっていた（戦後の米国資料による）。

眼前の敵は、サイドルに上陸、我が川東第一大隊と攻防戦を交えたあの米第三十二師団で二度目の見参である。

敵が戦闘体制を整える中、日本軍はいかなる戦備を整えていたであろうか……。

戦闘序列変更と大命（天皇の命令）違反

三月二十五日、先にダンピール海峡の失陥により、第十八軍を陸続きの西部ニューギニア第二方面軍（阿南大将）の指揮下に編入した。

ところが四月二十二日、米軍のアイタペ・ホーランジャ上陸により、第二方面軍の直接指揮をふたたび断たれたが、軍はアイタペ攻撃の執念に燃え、食糧・弾薬の前送に狂奔していた。

一方、大本営・南方総軍・第二方面軍の間で、第十八軍のアイタペ攻撃の是非につき協議があり（堀江軍参謀の証言）、六月十七日、南方軍総司令官寺内大将の隷下（れいか）に編入された。同時に今後の方針についての命令も受領した。

大陸命第一〇三〇号（六月十七日）

「一、第十八軍ヲ第二方面軍ノ戦闘序列ヨリ除キ、南方軍戦闘序列に編入ス（隷属移転・六月二十日零時）

二、南方軍総司令官ハ東部ニューギニア方面ニ在ル第十八軍ソノ他ノ諸部隊ヲシテ同方面ノ要域ニ於テ持久ヲ策シ以テ全般ノ作戦遂行ヲ容易ナラシムベシ

三、細項ニ関シテハ参謀総長ヲシテ指示セシム」

とある。大命とは、参謀総長が天皇に奏上、ご裁可を賜ったうえで、発せられる天皇の命令で、以後の軍隊行動は、この大命に基づくものでなければならない。したがって、その規範を逸脱することは、「大命違反」の大反逆罪であり、その糾弾こそ先決すべきである。

大方の戦記では、「これで第十八軍はアイタペ攻撃をすべきか否かを振り出しに戻った」としている。

このような言辞を弄して、天皇陛下の命令を反故にする輩の存在こそ、敗戦の最大原因である。

大命（天皇の命令）は「持久を策し」であって、自由裁量を安達中将に与えられたのもではない。隷下部隊を私兵化した安達中将以下各幕僚こそ、「まさに軍法会議もの」である。

日本軍には軍創建以来「軍人勅諭」があり、その中に「下級の者は上官の命を承ること、実は直ちに朕（天皇の自称）が命を承る義なりと心得よ」と、諭されている。

これは、元帥以下二等兵に至るまで、一様に遵守しなければならない絶対的規範である。

そもそも、安達中将にはアイタペの攻撃任務は与えられてはいない。与えられているのは「持久を策し、全般の作戦に寄与」であって、「アイタペ攻撃で全般作戦に寄与」ではない。命令に「選択」は許されない。

しかし、安達将軍は「死中に活を求め、『挙軍一体、乾坤一擲』を期して全力を傾注し、アイタベを攻撃する」ことに決し、全軍に布告した。

それは文語調で格調高く、教導学校か予科士官学校の国文教科書には最適であるが、いかにも軍人特有の実のない観念的美文である。

『……皇国の危急に殉じ、悠久の大義と無窮の国史に生きる道』を全うするよう将兵に求めた。

さらに、大命を無視しての布告文中に、安達将軍自らがコケにした天皇を勝手に担ぎ出し、『……上は無限の聖慮（天皇の心配）を安んじ奉り、下は股肱（天皇の臣下）の分を全うし、悔いを千載に残さざるように期すべし』と結んでいる。

安達中将は大命に抗し、兵を勝手に動員（私兵化）し、自己の時局観に酔い、兵を死地に投ずることなどまったく意に介せず、攻撃命令を発した。

この瞬間、天皇↓大本営↓南方軍総司令部↓第十八軍に連なる統帥系統の命令を、自ら断ち切り、自己の価値観・時局観により、恣意的に戦闘開始命令を発したのである。したがって、それ以後の安達二十三は、日本の陸軍中将に非ず、ただの軍閥『安達軍』の首領となったのである。

こうして、私兵化して隷下五万有余の将兵を「坂東川の決戦」に投入し、たった二十日間ばかりの戦闘で、坂東川の流れとともに消えた兵一万五千、密林の雨と泥寧に埋もれた一万五千の計三万の兵は、天皇陛下の御為、お国の御為と思い込み、逝ったのである。

もちろん筆者も同じ思いで、泥土の中を食糧・弾薬等を担いで這いずり廻り、前線への補給に当たったものである。

それが、天皇の偽命令であったとは露知らず、「尽忠報国」、これ一念に戦死した兵に、何をもって報いんとするものぞ……、兵こそ哀れなり。

それでも安達将軍を唆し、アイタベ攻撃に踏み切らせた第二方面軍阿南大将の足許はといえば……、六月十九日の日誌に、

「誰か輝（第二方面軍）の如き熱情と徳義とを以て第十八軍を救い得るものぞ」「予（偉い人の自称）は必ずホーランジャに進攻し、手を握るべきを予期せしものなり。統帥の妙何処にかある。戦道を解せざるもの皆然り」と（歩七八聯隊史より）。

独りよがりの大見栄を切ったが、六月十九日、その足許の西部ニューギニアの戦況はといえば、五月十七日＝米軍サルミ・クワデ島に上陸、五月二十七日＝米軍ビアク島に上陸、交戦中。

阿南大将恃みの第三十六師団主力は、五月十八日＝トム・アラレで敗戦、後退中。ホーランジャより西に奔った第十八軍関係者を「敗残兵」呼ばわりして侮蔑していた第三十六師団も、一撃のもとに撃破され、自らも「敗残軍」となった。

このように、自己の管轄戦区が四分五裂の惨状にある六月十九日に、よくも右記のような日誌が書けたもので、呆れ果てる次第である。

尊大なる軍人ボケの空虚な観念で立案する作戦計画に、秀逸なる策定ができるはずがない。

こんな状況で、安達将軍がアイタベ攻撃命令を発令した頃には、戦塵の「渦」はもはや西部ニューギニアを通過し、戦局は遠くフイリピン近傍の島々に移っていたのである。

坂東川総攻撃

七月三日、軍命令を受けた第二十師団長は、二十時、隷下各部隊に攻撃命令を下達した。
一、歩兵団長三宅少将指揮の歩七八及び歩八〇は並列し、重点を左翼の歩七八に保持、七月十日二十三時、攻撃を開始する。
二、歩七九は師団予備とする。
三、軍命令により発進の携行装備は左の通り。
1、弾薬、なし得る限り計画の一屯(トン)半
2、糧秣、師団第一線部隊、十五日分
イ、米二升五合、乾パン五日分
ロ、師団後方部隊、十日分
米一升五合・乾パン三日分各部隊
食塩一ヵ月分、三百グラム
3、衛生材料、各部隊、八月十五日迄分
4、第一線兵力、左の如し

第二十師団、約千五百
第四十一師団、約三千五百

攻撃前進

左翼
歩七八聯隊
一、右第一線、小池第三大隊
二、左第一線、川東第一大隊
三、聯隊本部・香川第二大隊・作業中隊・通信中隊・聯隊砲は第三大隊の後方膚接前進
聯隊は薄暮の集結地を出発、隠密裡に攻撃準備位置に至る。敵陣静寂、奇襲成功か？

定刻の二十三時、山砲の射撃開始と同時に、聯隊は一斉に渡河攻撃を開始した。

ところが対岸の敵陣は、間髪を入れずに豪雨のような砲撃と重火機の猛射を浴びせてきた。その集中弾は、密林中で渡河順番待ちの川東第一大隊の頭上で炸烈した。

右第一線の小池第三大隊と、これに続く香川第二大隊や直轄中隊は、敵の側防火線をものともせず、肉弾渡河を敢行、川中島に猛進した。ここで兵は、戦死した戦友の屍体を盾に射撃しながら、各個に前進、曳光弾の間隙を見て敵陣に突入、混戦のうちに翌未明、敵を駆逐、五〇高地で爾後の戦闘を準備した。

川東第一大隊・田平軍曹の坂東川戦

常に川東大隊長の側で連絡業務に当たっていた通信分隊長田平軍曹の言によれば、部隊は薄暮、一斉かつ静粛に行動を開始した。暗夜の密林を綱で手を縛り、辛苦の前進をした。

突然、停止した大隊長が、「ここで後続部隊を誘導せよ」と前方を向いたまま言った。大隊長の傍らにいた田平軍曹は、「俺が適任」と思った途端、栗原軍曹が、「栗原が誘導します」と名乗った。

月光に煌く坂東川、大隊長は川岸に位置し、第一中隊長に渡河攻撃を命じた。

その途端、敵の砲撃が始まった。砲弾は突撃待機で兵が密集している密林の樹上で炸裂する。破片は頭上から降り注ぎ、阿鼻叫喚の中にも、第一中隊の攻撃は続行された。

照明弾に煌く軍刀を高々と掲げ、小隊長志鶴公俊少尉（15幹）が「突撃に進め！　突撃！　突撃！」と、川面に飛沫を上げて突っ込んでゆく神々しい姿は、遂に還ってこなかった。

大隊長はなおも攻撃を続行すべく、第四中隊長酒井亭中尉（士五四）を呼んだ。大隊長の側にいた田平軍曹が場所を空けた。そこへ酒井中尉が這い寄った途端に臀部をやられた。

大隊長は自分の伏す窪地に引き入れ、軍医を呼んだが誰も来ない。すると、弾雨の中を大隊本部の仲衛生曹長が、薬嚢を引き摺りながら匍匐してきて、手早く大包帯で応急手当をし、後送した。

坂東川では依然、照明弾で昼のように明るい中を、日本軍の強行渡河は続く。敵の全火力が横殴りに射ち込まれてくる。

照らし出された川面には、「国に尽くせし兵士」たちがぷかぷかと流れてゆく。「これは酷い！」と、田平軍曹は思わず目を覆い、叫んだ。

静寂な夜明けを迎え、戦場では誰も放心して無言である。やがてデマが飛び交った。曰く「聯隊は全滅し、軍は総退却した」「否、仕組まれた兵隊の口減らし消耗戦だ」

そんな中、大隊長が掌握した兵は、たったの三十名足らずであった。

これでは豪気な大隊長もいかんともし難く、田平軍曹を師団に連絡に出す。彼はおびただしい死傷者の中に、あの元気者の栗原曹長が、頭の一部を砲弾で抉り取られ、痛々しく戦死しているのを片手拝みに遺骸に頭を垂れ、いかんともし難きもどかしさを胸に、さらに東に進むと、自動小銃の音がした。

警戒裡に進むと、架線中の通信福井正顕兵長が戦死している。夜襲明けの早朝には、早くも敵斥候が我が戦区に侵入していたと思われる。

なおも東に走り、三五高地の師団司令部に辿り着き、第一大隊の現状を参謀に報告すると、しばらくして「第一大隊は師団の直轄となり戦場を掃除すべし」との新命令を受けた。

田平軍曹が聯隊主力の動向を尋ねると、「聯隊は渡河に成功し、目下予定の行動を遂行中なり」と。

彼は転ぶように走り続け、第一大隊長に師団命令を復唱、聯隊主力の渡河成功を報告した。すると川東大隊長は突如、

「お前は第一大隊の配属を解く。速やかに聯隊本部に追及せよ。まことにご苦労であった」と。

一瞬、突き放されたような不快な気持ちになったが、思い直せば「戦場掃除」に通信隊は不要である。

生き残りの部下を連れ、坂東川渡河点に向かう。

十時頃、小枝を傘状に挿して渡河し、石ころだらけの川原に累々と伏す屍体の中を、片手拝みに過ぎると、数条の流れを経て土手上の敵掩蓋壕を見た。

低空の敵観測機に注意しながら進むと、糧秣受領の長崎太郎少尉（16幹）指揮の一行に出会い、渡河点を教え、聯隊本部の位置を聞き、十五時、到着した。

死線を超えて一気に気抜けした兵が腰をおろしている中を進み、聯隊長に第一大隊の状況を報告した。すると、先刻出会った糧秣受領の一隊が「敵と遭遇した」と、息せき切って帰ってきた。

渡河の翌十一日十四時頃には、早くも渡河点は敵は再侵入されており、田平軍曹は軍の将来に対して、暗澹たる思いを抱いた、という。

歩七八聯隊主力の戦闘状態

聯隊は薄暮、隠密裡に坂東川右岸の攻撃準備位置に着いた。対岸は静寂、奇襲は成功したかにみえた。

定刻、砲二六聯隊の山砲が射撃始め、歩兵部隊は一斉に渡河攻撃を開始した。ところが、敵はこの事あるを予知していたのか、即時、照明弾を打ち上げ、我が渡河部隊を照らし、豪雨のような銃砲撃を浴びせかけてくる。兵はバタバタと斃(たお)れて、流れてゆく。「止まるも死、行くも死」、いずれにしても死のみが待っている。それでも兵は進まねばならない。

各種砲弾が際限なく我が頭上に降り注ぐ、歩行も困難な川中で、横殴りの豪雨のように曳光弾が襲いかかってくる。

流れの中で斃れれば、川に流され、戦友の傍らで死ぬことすらできない。

一方、川原で斃れた兵は、弾除(よ)け土嚢代わりに、二度目の「お役」を果たしている。

真昼のような照明弾、豪雨の弾雨をものともせず、白兵戦で敵陣深く楔(くさび)を打ち込んだ。

聯隊主力は残敵を掃蕩(そうとう)し、部隊を整理して爾後の攻撃準備をした。

聯隊主力は強行渡河で約四十パーセント以上の損害を出したが、将兵の士気はまことに旺盛であった。

歩八〇聯隊の戦闘状況

渡河前までの状況は、前述の歩七八と概略同じであるので省略し、渡河攻撃の状況から見てみよう。

聯隊は師団の右第一戦、午後十一時、砲兵の一斉射で歩兵の強襲渡河が開始されたが、我が砲撃は続かず、自力で渡河攻撃に移った。

だが、敵の猛射で河岸も川原も、一瞬のうちに凄惨な修羅場と化した。聯隊はそれでも強襲を続行、約二時間後に西方密林内の敵陣に突入した。

七月十一日、夜明けを待って掃蕩を開始した。両聯隊の渡河成功の報に、師団では、歩七九を拘置し、チナベル攻撃の機至るを待っていた。

両聯隊とも状勢は順調に進むかにみえたが、深い密林内での部隊掌握の困難と、兵力損耗の甚大さで、付近の掃蕩が精一杯であった。

強行渡河の翌十一日、敵は渡河点を再占領し、さらに十二日、十三日に兵力を増強して坂東川地区に再進入、同地区の奪回を謀(はか)った。

敵に渡河点を扼(おさ)えられては、我は「餓死」する。したがって、絶対確保を要する地点である。また、上流アファの敵は陣地を強化している。

一方、海岸道の坂東川及び江連川河口付近には、各一個大隊が進出していたので決戦も予想される。

そこで、軍はチナベル進撃を中止、アファ奪取が先決として軍命令を発した。

「歩兵団長三宅少将は、歩七八・歩八〇を統一指揮し、アファの敵を攻撃せよ」と。

両聯隊は七月十四日、密林中を前進、アファのツル・サギ・ハトの敵陣地を十八日薄暮を期し、北面して攻撃を開始した(「聯隊史」要約)。

右翼・第四十一師団の総攻撃

歩兵第二三七聯隊の戦闘

第四十一師団がボイキンを出発し、アイタベに向かったのは六月十二日、第二十師団に遅れること約二ヵ月、ウラウ付近を通過中、突如、食糧・弾薬の担送命令を受けた。

本来、軍の輸送計画では、ウラウ付近まで舟艇輸送であったが、敵魚雷艇に妨害され、前線集積が遅れているので、第一線部隊に輸送を賦課(ふか)させようとするのだから、攻撃作戦に支障をきたすのは「当たり前」のことである。

攻撃開始の七月十日二十一時三十分、歩二三七主力が攻撃準備の最中に、左翼第二十師団の砲兵が二十分も早く(?)一斉射を開始したので、第一線の山下少佐率いる第一大隊は直ちに川岸に出て、手持ちの重火器の全力を発揮、一方的に敵陣を制圧したかに見えた。だが、十分も経たぬうちに敵砲撃が始まった。それは、密林内で攻撃準備中の歩二三七主力の頭上に流し込むように注がれた。

炸裂音は耳を劈(つんざ)き、破片は飛び交う。硝煙は密林に立ち込め、兵はつぎつぎと斃れてゆく。

そんな阿鼻叫喚の中、鉄の投網を突破して川面に出れば、真昼の如き照明弾下の日本軍に十字砲火が降り注ぐ。斃(たお)れし兵の血で真っ赤に染まった血河の中を、多くの兵が流れゆく。

血河を渡り、川中島に倒れれば、側防火器の弾雨に薙(な)ぎ倒されて屍体は山をなす。兵は戦友の屍をも盾にして戦った。

この損害にも怯(ひる)まず、対岸に突入した時には、敵は密林深く退却していた。

部隊はさらに前進、西方一キロ付近で部隊を整理し、残敵を追い、夕刻、坂西川畔に達した。

海岸方面・砲兵星野大隊の攻撃

攻撃主力の歩二三七が、攻撃準備不足のまま坂東川戦に参加したため、海岸道攻撃主力・星野砲兵少佐指揮の山砲四一第一大隊はもちろん、配属の歩二三七第六中隊及び機関銃中隊の一部も、ろくに攻撃準備ができぬまま、貧弱な装備で攻撃突入した。

十日夜は川口付近の敵を砲撃し、翌十一日夜、渡河、西進して坂西川川畔まで侵攻した。

聯隊右翼の第七中隊は、渡河成功後右折し、北面して攻撃前進し、星野大隊長の指揮下に入る予定のところ、渡河待機の間に敵の猛砲撃により大半の兵が斃れたので、聯隊長は「渡河後の右折」を中止し、主力とともに直進に変更した。

だが、渡河激戦の轟音でこの命令が届かず、右翼右端の光井少尉は、渡河戦で生き残った五名を率い、当初の命令通り渡河後に右折、海岸道に突進、坂西川河口アナモに進出、小戦闘を繰り返し勇戦、星野砲兵大隊の進出を待った。

その星野大隊は、坂東川河口を西一キロほど進んだところで、装甲車を伴った敵部隊を山砲・歩兵砲で先制攻撃、一時優勢であったが、敵の集中砲火を受けて砲は潰滅、大隊は玉砕した。

歩兵砲中隊の下士官伝令が敵中を潜行、聯隊長に戦況を報告したが、中隊はその間に久納中隊長以下全員、砲側に散った。また、星野大隊配属の歩二三七・第六中隊長中田中尉は、僅かな残兵を率い、敵中に突入玉砕した。

アナモに突出していた光井小隊は、海岸攻撃部隊の全滅も知らずにその進出を待ち続けたが、連絡がとれず、十五日、南下してようやく部隊主力に復帰した。

歩二三七聯隊山下第一大隊

大隊の攻撃目標は、昨夕全滅した星野大隊の旧陣地陣で、敵が占領後、補強したものである。陣前は小川と湿地があり、突入の障害となっている。

だが「突撃万能主義」の指揮官は、そんな湿地、小川など「物の数に非ず」と、強襲突撃を敢行したが、「兵理無視」のこの戦法が成功するはずがない。第一大隊はこの湿地に足を踏み入れた途端、猛烈な銃砲火を浴びて損害続出、やむなく一時後退して攻撃再興を策するより他には途がなかった。

十三日、師団参謀が聯隊長に「坂東川渡河点は二三九第三大隊で確保予定」と約した。

七月十五日夜、歩二三七は十三日の攻撃失敗を反省して、隠密渡渉、爆薬攻撃班も創設、第一大隊が坂東川河口、第二大隊が坂西川河口を攻撃目標とし、それぞれ満を持して敵陣に接近したが、銃砲撃の一斉射に加え、重砲の集中砲火を受けて攻撃は頓挫した。

十六日夜、渡河点一帯は敵に占領され、一兵の渡河も許されない厳戒ぶりである。「日本軍の糧道を断てば、この渡河点に後退する」と判断した敵は、隠密陣地を構え、日本軍を一網打尽に殲滅せんと待ち構えていた。

七月十七日、後送される負傷兵の一隊が、この渡河点に差しかかると、突如、十字砲火の斉射を浴び、若干の兵が聯隊本部に逃げ帰った。

聯隊長は、「歩二三九の一個大隊で渡河点確保を約した師団参謀は虚言を弄したのか！」と怒った。

当の原田第三大隊は十三日、渡河点に着き、渡河点奪回を阻止せんとする敵と勇戦敢闘したが、十七日、原田大隊長の戦死により戦力は急速に低下し、遂には撤退をした。このため、渡河点は再占領され、歩二三七は左岸の敵中に孤立することとなった。

戦況は海岸道攻撃どころか、渡河点打通が焦眉の急となった。

そこで七月十七日、夜襲を企図したが、彼我戦力に格段の差があり、夜襲は中止した。

だが、渡河点確保がなければ食料・弾薬が皆無となり、聯隊は「飢餓消滅」する。

そこで二十二日夜、全聯隊挙げて突撃につぐ突撃を重ねたが、照明弾下、清掃された射界に身を曝し、遮蔽物とてない敵陣前で、バタバタと斃れていった。

黎明に至るまで力攻は続いたが、各隊の損害が大きい中、第一大隊西川中隊のみは力戦敢闘、敵陣を分断、逐次敵の掩蓋陣地を攻略し、川原に達した。だが、いかせん後続の兵は続かず、敵の集中砲火浴びるなか、一歩も退かず、遂に正午頃、全員壮烈な玉砕を遂げた。

ここに坂東川打通はならず、敵包囲下にあって攻撃再興する戦力もなく、増強する四囲の敵を逃れ、山麓方面の第二十師団を求めて二十三日、南面して機動を開始した。

多くの戦友の遺骸を山野に晒(さら)したまま……。

渡河点を奪回せよ

第二十師団の戦闘

アファ・ツル陣地の攻撃

七月十四日、軍は坂東川渡河点が敵に再占領され、アファにも敵の残存を承知した。
一、坂東川渡河点の再開。
二、アファの敵を海岸方面に向け攻撃する。
三、海岸方面の戦闘に歩六六を参加せしめる。
以上の方針により、所用の命令を発した。

第二十師団の戦力がいちじるしく低下しているので、歩八〇を加え、歩兵団長・三宅少将統一指揮のもと、アファの敵を背後位より攻撃、撃破せよと命じた。

一方、チナベル方面へ進撃中の歩七八は、七月十四日、折り返しアファに敵を求めて密林中を前進、攻撃準備位置に着いた。

七月十八日、アファのツル・サギ・ハトの三塁に対し、右＝歩七八第三大隊、左＝歩八〇第二大隊で北面し、敵三百のツル高地を攻撃奪取したのも束ぬ間、敵は同陣地に再侵入、両大隊の攻撃に頑強に抵抗し固守した。

翌十九日、連日の雨に食糧は尽き、草根木皮を食むのみで、疲労は極限に達したが、攻撃を緩めることはなかった。

ツル陣地占領の報に、歩七八本部と香川第二大隊が坂東川畔を前進中、ツル陣地救援の敵と遭遇し、混戦となった。

聯隊長は直ちに戦線を整理し、ツル陣地の攻撃を再興したが、強化された敵陣は容易に抜けず、三十～五十メートルの至近距離で対峙し、再三攻撃するも損害ばかり多く、状況は好転しなかった。

歩八〇も事情は同じで、兵力の半分は食糧捜しで、戦力維持は不可能であった。

この戦闘状況を先出、田平軍曹は語る。

――十八日薄暮雨、我が重機の先制に敵も即応戦、田平通信分隊は第三大隊本部とともにドブ川を渡ったが、夜光虫が体に付着し、我が動向は丸見え、そこを狙って自動小銃を乱射してくる。日本軍の夜襲対策としては最良策である。

日本軍幹部には、こんな柔軟な発想を働かせる頭脳の持ち主はいない、と田平軍曹はいう。それでもツル陣地の攻撃は強行、奪取した。

夜が明けると、幕舎が二十ほどあって、兵たちは競って食糧漁りを始めた。我も敵屍体から靴を剝ぎ取り、我がボロ靴と履き替えた。

占領後の部隊整備中、早くも敵は再浸入を開始、この敵を再攻撃するも不成功に終わり、そのまま敵前四〜五十メートルで戦線は膠着した。

かくして坂東川戦は、占領地とてなく、海岸も渡河点も敵の手に陥ち、ただ坂東川左岸の密林を彷徨する飢餓集団になってしまった。


戦況は膠着のまま、第二段の戦闘は終わった。

万策尽きた安達将軍は、「アイタベ決戦」を放擲、「アファの敵殲滅戦」に変更、下命した。
一、第二十師団長はアファ及び五〇高地を奪取後、海岸方面に敵を圧倒し殲滅せよ。新たに第五十一師団歩六六聯隊を配属する。
二、第四十一師団長は第二十師団の攻撃に伴い坂東川を渡河、江東川の敵を撃滅すべし。
軍はいまだアイタベ攻略の夢を捨て切れず、「海岸の敵撃滅」などと不可能なことを並べ立て、なおも兵を死地に投ぜんとしている（筆者）。

岸方面で孤立していた歩二三七は、第二十師団を求めて密林中に敵を避け、北進した。途中、雑草を食み、負傷者を励まして前進し、単身でも歩行困難な泥濘を、飢えと疲労に苛まれながら、火砲を分解搬送し、ほとんど落伍者もなく八月一日、歩八〇との連絡に成功した。

なお、三宅部隊の総力戦でも敵堅塁は陥ちず、損害は累増し、戦闘員は減少するばかりであった。

第三段階の玉砕戦・第二十師団

七月二十一日、中井師団長は歩七九を掌握、十六時、ツル敵陣の攻撃を敢行した。右翼第一線歩七九鈴木第二大隊で攻撃開始、敵は直ちに猛砲撃で反撃、ために電話線は切れ、聯隊本部との連絡ならず、聯隊長は鈴木大隊の攻撃成功を待ち望んだ。ところが攻撃当初、大隊長は戦死、連絡の水町輝大尉（士五四）が完修の電話で大隊長戦死を報告すると、「大隊長代理となり、大隊の指揮を執れ」と命じられた。大隊がツル陣地背後まで進出すると、孤立した敵一個中隊を救援せんとする敵と混戦となり、逆に水町大隊が敵に包囲された。だが、聯隊主力の救援で二十二日、聯隊に復帰した。

一方、歩七八と歩八〇は、敵陣の一角に取り付き、死力を尽くして敵陣を蚕食（さんしょく）していった。

だが、食なく火器は損傷、弾丸窮乏して射機を逸す。傷病兵は陣内に溢れ、呻吟する。この惨状は目を覆うばかりである。

師団参謀高田少佐は、『歩七八史』に回想する。

敵飛弾の密林中で、三宅歩兵団長に「もう少し攻撃せよ」との師団長意図を伝えると、

「では、どうすればよいのだ」の逆質問である。

さらに歩七八に進むと、多くの負傷兵が退ってくる中、軍旗の側に胡座(あぐら)をかいて聯隊長はいたが、混戦状態で前方の戦況はまったく不明であった。敵は低空で物量投下、我は食なく、雨の中に負傷者多出、前線指揮官の心境いかばかり……。聯隊長はやるというが、具体策はなかった。

二十九日、歩七八では全力でツル陣地を奪取、その北のサギ陣地攻略にも成功した。兵力は極端に減少し、聯隊もいよいよ最後の「時」がきたと思われた頃、辛うじて戦力を維持していたのは、大内茂中尉（少二一）指揮の第七中隊だけであった。

大内中尉はヤカムル戦で散った藤元昇大尉や古賀、天の両分隊長らと同じ第七中隊出身で、志気は大いに揚がった。第七中隊は軍旗旗護に石黒軍曹の分隊を引き抜かれ、兵員は減少していたが、今、聯隊でまとまった戦力は、この中隊のみである。

大内中隊長は僅かな残兵を率い、聯隊期待の戦果を挙げ、兵とともに散っていった。

また、左翼歩八〇も七月十七日以降は食糧皆無、草根木皮を口にして露命を繋(つな)いだ。雨は連日降り続き、機動・戦闘に将兵の疲労は極限に達し、火砲・火器は全損し、小銃射つに弾丸乏し。戦況いよいよ悲運の様相迫れり。

我、軍旗を焼きて突撃せん

食なく、弾丸なく、ただ豪雨の如き敵弾幕を侵して敵陣に肉迫、手榴弾を投じて一歩も退かず、仇敵撃滅の一念で敵に迫った。
二十九日、軍はアファ攻撃命令を発した。
一、……軍の攻撃限度はここ数日に迫れり。
二、第二十師団はサギ陣地と集峰台の奪取。
三、第四十一師団は第二十師団の戦闘に参加、サギ陣地攻略と、ハト陣地以北の攻略準備。
四、両師団の攻期短少に鑑（かんが）み、弾薬爆薬を惜しみなく活用し、果敢なる攻撃を実施せよ。
歩七八正面の戦況打開に、三宅少将は歩八〇を合わせ指揮し、戦闘を継続したが、敵砲火に遮（さえぎ）られ、ハト陣地の攻略は遂に成功しなかった。

八月二日十六時、軍はさらに命令を発した。
一、敵はハト陣地を強化、新抵抗を企図せり。
二、軍はハト陣地攻略後、佐藤川に進出する。
三、歩七九は集峰台で我が西と北の援護、主力はハト陣地攻撃後、佐藤川へ進出せよ。
四、第四十一師団長はハト陣地を攻略すべし。
五、両師団の攻撃開始は二日薄暮とする。
この軍命令で三宅部隊は、敵陣突破を企図し、歩七八より川東大隊、約六十名。歩八〇より加藤大隊、約五十名。以上の両大隊（これが三宅部隊の全兵力）で、ハト陣地稜線まで進出することにした。

よって、聯隊の全戦力を川東大隊長のもとに集めたが、兵数は九十名にしか過ぎなかった。川東少佐はこの中から健兵六十名（といっても全員半病人）を選び、軍最後の突撃戦に臨まんとした。

川東少佐は、『歩七八聯隊史』に回想する（略記）。

この戦闘では射撃戦を避け、擲弾筒（てきだんとう）や歩兵砲は敵前二十メートルに推進、突撃寸前に零距離射撃で突撃した。

接敵は匍匐（ほふく）で前進、棒で木をつつき、バサバサと動かし、敵が射ってくるまで前進した。これは、敵も行進停止の状態で障害物もなく、陣前清掃もなかったのでうまくいった。

……と。

これに比べ、ハトの本陣地は低い台地、陣前清掃、鉄条網を張り巡らし、日本軍の来襲を待ち受けていた。

八月二日の薄暮、歩兵団の全兵力と、第四十一師団の残兵を含めた全軍一体での敵ハト陣地総攻撃は、成功しなかった。

この時、北方援護の歩七九は平穏であった。

この頃、歩七八の戦況はいかんともし難く、潰滅寸前の状態は第二十師団も同様であった。

聯隊の食糧はまったく尽き果て、木の芽・草の芽を食っていたある日、森博美少尉（15幹）指揮の糧秣輸送隊五、六名が、すでに右岸侵入した敵米軍を避け、「米と塩」を運んできた。それを手にした将兵は狂喜した。

聯隊は全中隊長戦死、兵力は三パーセントとなる中、川東決死隊の黎明攻撃失敗に落胆した聯隊長は、「軍旗奉焼、玉砕突撃」を上申したが、第二十師団長は、「待て！　自重せよ」……と、まさに聯隊の最後を髣髴させる悲壮な場面であった。

この時の戦況を、当時の聯隊旗手斎藤顕顯少尉（士五六）は、『歩七八聯隊史』に回想する。

――聯隊全員でハト陣地攻撃の際、聯隊本部が敵の集中砲撃を受け、凄惨な状況となった時、「軍旗の処置いかに」と聯隊長、「旗護兵毛利兵長の携行爆筒で共に爆砕します」と斎藤旗手。

この集中砲火の中、泰然たるべき聯隊長は、狼狽自失して軍旗の前をも憚らず逃げ廻り、斎藤少尉に「聯隊長殿！　軍旗の前ですぞ！」と、大声で窘められたのを見た旗護分隊石黒軍曹は、旗護兵全員が円陣を組んで軍旗を護っているのに、何と情けない聯隊長かと、彼に対する侮蔑の念を強くしたという。

第四十一師団の戦闘・歩二三八聯隊

さて、第四十一師団の戦闘状況はいかに……。

このうち、歩二三七緒戦の状況と、包囲を突破して歩八〇と連絡できたまでは前述したので、この項では残る歩二三八・二三九両聯隊の戦闘状況の概要を追ってみる。

七月二十九日、アファ攻撃命令で歩二三八は、マルジップで「焼米」一週間分用意した。本聯隊はラエ・サラモアで戦い、サラワケットやガリ転進をした一千二百の精鋭である。うち、加来第三大隊四百が七月三十一日薄暮、サギ陣地を攻撃、敵の抵抗を一蹴して占領した。

翌八月一日、ハト陣地黎明攻撃のため密林を移動中、朝を迎え、賀来大隊長が突撃命令を下さんとした時、我が斥候が銃撃を受けたのを契機に、加来大隊長を先頭に突撃戦となった。

ところが、敵は陣前清掃し、我が突撃を待ち構えての弾幕射撃に大隊長が斃（たお）れ、各中隊長も抜刀し、遮二無二に突入した。寝惚け眼の敵もすぐに立ち直り、重機も加えて猛射する中、突撃部隊はつぎつぎと斃れてゆく。

夜が明けても、突撃を止めることはできない。我が重機の射撃音が突撃をうながしている。

熾烈なる敵銃砲火の中、指揮官の戦死を告げる兵の絶叫が聞こえる。

加来大隊長の戦死後、直ちに石原中尉が大隊長代理となり、夜襲再興と決し、壕を掘り、刻を待つことにしたが、敵擲弾銃の集中射を頭から浴びて、石原大隊長代理は腕負傷、皆川中隊長は肩に重傷、敵前に散開の大隊は損害続出したので、左側三十メートルの密林に待避した。

一方、左翼の薄井・梶本の両中隊の一部が敵陣に突入、白兵戦に及んだが後が続かず、陣前で玉砕し、大隊の生存者数十名となった。

石原大隊長代理は、これら生存者を密林に集め、態勢の建て直しと、報告のため聯隊本部に至ったが、その夜、突撃失敗の自責に苛まれ、自決の途を選んだ。

こうして加来大隊約四百名は、二日間の戦闘で、負傷若干名を残して潰滅した。

事態を承知した山本聯隊長は、右岸に陣する西岡第二大隊にハト陣地の攻撃を命じた。

八月一日夜、大隊は坂東川を渡河、聯隊本部に至り、情報収集と攻撃準備を急いだ。

八月二日、西岡第二大隊は、ハト陣地を第三大隊の弔い合戦と位置づけ、夜襲を決行した。

大隊は全滅を賭して葡匐前進で敵陣に接近、二時、遂に敵陣に突入、暗い陣地で壮烈な白兵戦を展開、敵第一線陣地を占領した。

だが、いったん後退した敵は、勝手知りたる己の陣地、以前にもまして弾幕射撃を強化してきたが、大隊は一歩も退かず、大隊長以下戦死して残兵わずか九名は、暁を待たずして全滅した。

大隊は「午前二時攻撃開始」の命令だけで、斥候派遣の時間も与えられなかった。

山本聯隊長は陣中で病没、聯隊長代理今村少佐は生存者を集め、石躍集成大隊を編成、石躍大尉のもと、八月三日の夜襲を命じた。

敵は集音マイクで、我が動向を捉えての弾幕射撃に、死傷続出し、遂に攻撃を断念した。

また、歩二三九第二大隊は、昨日の歩二三八とともにハト陣地に突入し、全滅していった。

この聯隊（歩二三九）の第一・第三大隊は、後方警備として坂東川右岸にあり、後日、軍の撤退援護に全力で奮戦することになる（後述）。

大命違反と軍規紊乱（びんらん）

陸士同窓会

軍は、何のために前述の如き惨劇戦を、大命（天皇の命令）に反してまで強行し、若き命を無惨な「死の淵」に追いやったのであろうか？　あのアイタペ戦に、何の価値があったのであろうか？

七月六日、安達将軍が全軍に掲げた訓示は、時局を憂う論文としては上出来と認めるが、そのとらんとする行為はすでに「大命」に反しており、この訓示自体は、単なる安達二十三の個人的感情の発露にしか過ぎないことになる。

「止まるも死、進むも死」の状況下にあったことは、筆者も参戦者として同感であるが、さりとて一体、誰がかくの如き暗い戦況を作り出したのであろうか？

それは、ブナ・ギルワ作戦以来、安達二十三の強烈な個性による「撤退時期誤判」の累積が、今日の「地獄の戦況」を作り出したのである。すなわち、作戦齟齬（この戦闘は、とても作戦とは言い難し）によるものである。

その文は（一部抜粋・本分はカタ仮名）、左記の通り。

「若し夫れ当初より持久を主とせんか、(と、思慮すること自体がすでに大命を犯している)、終に軍の有する戦力を発揮し得ずして(安達将軍自身)悔を千載に遺すに至らんこと必せり。持久の如きは猛号作戦の孤遺をもって実施して足らんのみ。況んや西部ニューギニアに於て国軍主力(第二軍を指す)が死闘しある現下の急迫せる戦況下に於ておや」

この訓示本文は、美辞麗句を並べたてて悲壮感を煽り、観念的に自分(安達二十三)だけの意義を見出してこれに酔い、彼我戦力の客観的判断能力を失ったまま、五万の兵を道連れに戦いに臨んだのである。

その誤判の例として、「……敵は今アイタペ付近に好餌を呈しておる」と敵情を断定したが、六月末の坂東川付近の敵は三個連隊であったが、日本軍の攻勢を察知した敵は、三個師団の大兵団に急増されている。

これでは「好餌」どころか、安達軍の方が「飛んで火に入る夏の虫」の喩えの如く、二十四、五日間で一万五千の兵を失い、僅かにツル・サギの二塁を奪取したに過ぎない。

「敵を知らず、己も知らず」して戦に勝てるはずがないとは、二千数百年も昔に「孫子」は教えている。それでも戦いを挑むのは、彼個人のポイントの狂った使命感の故である。

彼の後輩たる陸士出身将校は「聖将」と彼を仰ぎ、軍の堀江少佐参謀は、「将軍の忠誠心は、この攻撃に凝縮した」と、アイタペ攻撃を高く評価しているが、兵は敢えて問う。「天皇の命に叛いて攻撃を断行し、陛下の赤子一万五千の兵を犠牲にしておいて、誰に対する忠誠心ぞ」と。自己の栄誉心と、自己発想の使命感、すなわち自己に対する忠誠心である。これでは二・二六事件の青年将校が持つ、自分勝手な忠誠心と何ら変わるところがない。

　また、驚くことに、坂東川強行突破したことに欣喜した大本営は、安達将軍が攻撃命令下達に際し、将兵に与えた訓示を天皇陛下に上奏する一方、安達将軍には激励電を送って曰く「……今や乾坤一擲の作戦を遂行せんとするに当たり、同軍将兵の勇戦敢闘を祈ると共に作戦目的達成に邁進せられ、聖旨に副い奉らんことを期待して止まず」と。

　とんでもない。聖旨はあくまでも「……持久を策し……」である。本来ならば、「大命に背きし者」として即刻銃殺刑に処すべきところを、その大命違反行為を褒めそやす無定見さには、ただただ呆れ果てるばかり……。

　かかる軍律紊乱に気づかぬほどに、陸軍中枢部は痴呆になっていたのである。

　これが、少候・特志・特務、幹候の各級指揮官が「停止命令」を無視し、「今が攻撃の好機」とばかりに、自己判断で攻撃し、大損害を出して失敗した場合、それでも師団や軍が「克くやった」と、褒めてくれるであろうか？　いな、事の成否にかかわらず、統帥権を犯したとして、即刻「銃殺刑」に処せられるのである。

　ところが、陸士出身者は上は大将から下は士官候補生に至るまで「陸士同窓会」的心情が「軍律」の適用を拒み、適用されないのである。

　それは、今まで見てきた通り、幾多の軍規軍令に違反した者でも、陸士同窓会的意識が働き、ウヤムヤのうちに不問とされるどころか、違反者が昇進・昇格の栄誉に浴す不文律さえ生じている。

また、ブーゲンビルにおいて終戦直前、食糧捜しに密林に入った将校以下が、終戦後、帰隊したのを、一律に下士官兵のみ「逃亡者」と決めつけて、即日銃殺に処した。その中に野砲兵第六聯隊の一人の将校がいた。彼は陸士出身という理由だけで不問とされた。

これで「陸軍刑法」の執行がいかに捩じ曲げられて運用され、その出身別で軍律の取り扱いが変わることがよく判る。しかも、終戦後のこと、刑の執行は勝者豪軍にのみ存在するはずである。敗者日本軍捕虜に委任されているのは、捕虜内部の管理のみである。

このように、陸士同窓会によって、軍規・軍律は極度に紊乱してしまっていたのである。

中国の三国時代、蜀の孔明が愛弟子の馬謖を、「先駆けの軍律違反」の科により「斬罪」に処した古事（西暦二二七）がある。軍律違反は、古代からそれほど厳しかったのである。「泣いて馬謖を切る」、この諺が、軍律の厳しさを今に伝えている。

なのに、我が陸軍は軍規も軍律も、陸士同窓会により恣意的に運用され、その「尊厳」さを、自らの手で汚辱したことすらも気づかぬ惚けぶりである。なぜにかく軍規が弛緩してしまったか……？

それは、「俺たちは陸軍士官学校卒業のエリート軍人だ」という過剰意識が嵩じ、知らぬ間に軍規・軍律を超越した同窓会意識が醸成されたことに起因していると思われる。

こんなことを縷々述べている場合でない。戦場はまだ八月三日で、攻撃酣の時である。

ここで、野砲二六聯隊副官長友大尉と、歩七九の小隊長大塚准尉の手記を略記紹介する。

長友大尉は砲兵の戦況報告で、師団に出頭する聯隊長に随行、坂東川左岸渓谷の密林中にある小屋にポッンと胡座をかいている、憔悴した中井師団長を見た。「こんな地形では砲兵の用法も無理である」と、認めておられた。

長友大尉は前線把握のため砲兵陣地に行くと、死体と負傷者が入り混じって倒れている。前線はすでに食糧尽き果て、歩兵は突撃しても、敵陣前でフラフラと倒れる者が多いと聞く。

砲列は敵の猛砲撃下にあり、機銃弾は横殴りに飛来する中、一番砲手がやられる。長友大尉は夢中で一番砲手の座に飛びつくなり、数弾を発射すると、至近距離の敵は沈黙した。長友大尉は、分隊長以下の砲手たちを激励し、砲側を離れて聯隊長のもとに走った。砲側を離れる自分が、兵たちに申し訳ない気持ちで一杯だったと、長友大尉は言う。

また韓国出身兵は、勇猛を以て鳴る九州出身兵以上に、日本軍人として各戦場で勇敢に戦い、立派な武勲をたてたことは、われわれ日本軍将兵の均しく認めるところである。その戦闘ぶりを、当時歩七九小隊長大塚准尉は、次のように記録している。

――大塚小隊は二個分隊で、分隊長の松田軍曹と松山伍長は、ともに韓国出身兵である。七月二十二日、ツル敵陣西方六キロに蛸壺を掘って停止したが、全員がマラリアであった。

十四時頃、敵斥候五名が警戒態勢で近づく。「松山！　今だ！　射ちまくれ！」と、小隊長。敵乱射の自動小銃弾が、我が蛸壺に集中する。

安本一等兵の軽機に、松田分隊の軽機も加わり応戦したので、敵斥候は数分で退散した。やがて敵約一個小隊が来攻、松田・松山両分隊の軽機に、久下分隊軽機も加わり、猛烈な射撃戦の中、敵は二十メートルまで迫ってきた。その時、松田軍曹が壕より出て四、五歩匍匐前進し、投げた手榴弾は敵の背後で炸烈、銃声は止んだ。

だが、松田軍曹は伏して動かず、「分隊長殿!」と、安本が跳び出し、大塚小隊長とともに抱き起こす。「腹をやられたな……、松田! しっかりせよ!」と、小隊長は叫ぶ。

応急手当の衛生兵は、静かに首を横にした。

苦痛顔の松田軍曹に、安本一等兵は頬擦り寄せ、「分隊長殿!」と、肺腑を抉る声で叫ぶ。と、軍曹は確かな口調で、「宮城の方に向けて下さい」という。抱き起こした松田軍曹を北方に向けると、軍曹は引きつった顔を上げ、「天皇陛下万歳、ばんざい、バンザイ……」を、細りゆく声で叫び、宮本一等兵が支える両手も、微かに動いただけであった。「小隊長殿、靖国神社で待っております」と、途切れ途切れに、微かながらハッキリと聞こえた。

この軍人精神の軍曹に強く心を打たれた、と、大楠准尉はいう。

軍曹は、松山伍長・武田兵長・安本一等兵ら韓国出身兵や他の戦友に見守られ、夕闇迫るアファの戦場に静かに瞑目した。

松田軍曹は平安南道出身、昭和十四(一九三九)年、徴収兵として歩兵第七十九聯隊に入隊、陸軍教導学校出身の現役軍曹であった。また、台湾の高砂義勇兵は「兵」の身分も与えられず、ニューギニアのバサブア玉砕戦以来、各地の戦闘に忍者もどきの活躍で、日本兵には不可能な戦功を重ね、最後まで日本兵として我らとともに戦った。

作戦中止・全軍総退却

昭和十九年八月三日、戦闘兵も補給も万策尽き果てた安達将軍は、「もはや、これまで」と観念し、アファ南二キロの地点で十三時三十分、「戦闘中止、戸里川以東へ集結」を命じた。

この命令の文中、「安達軍（大命に抗しているので、もはや第十八軍とはいえない）の攻撃で、西部ニューギニアは平穏なり」と本作戦を自画自賛している。

因(ちな)みに西部ニューギニアでの戦跡をみると、「五月十九日、クワデ島陥落。二十日、ニルモアイ島陥落。二十七日、歩二二四のトリ攻撃失敗。三十日、歩二二三のアラレ攻撃失敗。七月二日、歩二二二のビアク島陥落。二日、ヌンホル島に敵米軍上陸。二十二日、歩二二九敢闘及ばず奥地へ。三十一日、サンサホールに敵上陸」。

このように、西部ニューギニア北岸の要衝はすべて米軍が占領し、安達軍の攻撃有無にかかわらず、その第二軍はすでに各地で惨敗、辛うじて密林中に余命を保つ敗残軍に成り下がっていた。これをあたかも、安達軍の攻撃支援で平穏だったかの如く思考するとは笑止千万である。

マッカーサーは、アイタペに三個師団を配置してもなお、比島攻略兵力は別途掌握しており、安達将軍のいう「三個師団をアイタペに拘置した功」は、まったく的外れの言い訳である。が、こうでもいわねば、「大命に反逆」してまで攻撃したことの言い訳にならないからである。

すなわち、安達軍の坂東川攻撃には関係なく、西部戦線の防衛には何の役にも立っていない。いたずらに安達将軍の栄誉心満足のために、「無駄死」を強制されたようなものである。

その頃、敵四個大隊は坂東川東岸に渡河し、日本軍を背後から逆襲せんと蠢動(しゅんどう)していた。

七月三十一日、その渡河点に配置されていた我が歩二三九第一大隊は、この敵と交戦したが、彼の一撃で我が大隊は敗退した。

八月一日、米軍は日本軍の退路を遮断すべく、坂東川沿いに南下を開始した。

我が軍は、八月三日の撤退命令後まもなく、「敵四百、川中島付近を渡河、東岸に進出中」との情報に、海岸方面の戦闘後、坂東川渡河点にある歩二三七に、この敵撃攘を命じた。

四日朝、撤退命令を受けた歩七八は、五日より戦場離脱を開始したが、問題は重傷患者の処置である。自決用手榴弾を渡して、戦場に残すしか術はなかった。

聯隊は坂東川上流を渡河、新啓開路によりダンダヤ南地域を物資収集しながら、ブーツ地区を目指して転進をした。本機動中、一粒の米もなく、多くの将兵が路傍に斃れていった。

八月五日、坂井川沿いに南下してきた敵三百と、我が歩二三七が戦闘を開始した。この時、安達将軍は、聯隊後方三百メートルの地点で戦闘指導に当たっていたが、歩七九やその他の通過部隊に命じ、この敵を攻撃させた。

この戦闘は六日昼頃まで続いたが、米軍はその夜、坂東川方面に後退したので、渡河点の危機は一応去った。

ところが、坂東川→坂井川間の伐開道には、傷病患者や落伍者多数が残っていたので、これらの将兵は、東岸進出の敵米軍の犠牲になった。

その地獄から脱出生還した兵の語るには、その間に横たわる傷病将兵が約三百名いたが、無抵抗の患者に、東岸浸入の米軍は、容赦なく殺戮(さつりく)して去ったという。

このような事情から、さらに南の山中に新伐開道啓開を命じられた歩七九は、全力で完成を急いだ。

八月九日、敵との接触を断ち切った安達軍は、重い足を引きずながら、東方ブーツを目指して落ち延びて行った。その姿は、これがかつての精鋭日本軍の姿かと疑うばかりの哀れな「乞食集団」に成り下がっていた。

第一拠点に届く悲報

当時、筆者は第一拠点の輸送担当であった。

第一拠点に辿り着いた負傷兵は、「敵の集中砲火を浴び、山砲も歩兵も全滅、第一機関銃中隊は、中隊長以下全滅」等の悲報を届ける。「川中島は屍の山、紅の川に流れる屍を引き揚げもできず、伏して身を守のみ」という。

これらの悲報・惨状が続々ともたらされる。

頭部擦過傷で顔面血だらけの兵が巻いた三角巾に、滲む血の滴りが痛々しい。

「少ないがボイキンまでの食糧だ。元気を出して退れよ、ご苦労だった」と慰めながら、乾パンと米少々を支給する。

後退傷兵の多さからみて、激戦のほどがわかる。

傷兵は、「第一大隊は、降り注ぐ砲弾幕に川岸で大損害を蒙っている」という。拠点は血腥く、立ち働く輜重兵にも沈痛な空気が漂う。

すると、「渡河成功！　敵陣突破！　進撃中」との報を齎す負傷兵が退ってきた。

筆者は「さあ！　米を運ぶぞ！　敵と遭遇するやも知れん。落伍せずに付いてこい」と、二十キロ俵を担ぎ出発、泥濘の伐開道を第二拠点へ急ぐ。この第二拠点の立石主計軍曹は、マラリアで伏しているので、代わって当拠点の輜重兵を率い、坂東川へと出発する。

数条の小川や坂道を超えた川辺に、敵が造った直径約二メートル、深さ約三十センチの塹壕がある。まことに日本軍を見縊った粗末な造りである。

だが考えると、日本軍の砲爆撃は皆無だし、深い壕の必要はない。姿勢を低くし、小銃や機関銃弾を避け得れば事足りるのである。

輸送隊は小枝を傘状に翳して渡河、対岸の茂みに走り込む。ここが坂井川だという。

密林の伐開道を進むと、兵の屍が累々と連なっている。昨夜まで元気でいた兵が、今、骸となって死臭を放っている。悲しいかな……。

さらに進むと、密林は昨夜の砲撃で禿げ、屍体は折り重なり、砲撃の激しさを物語っている。

坂東川右岸に出ると、流れきれずに幽鬼の如く川面に揺れ動く屍もある。流れの向こうに川中島がある。ここから見ても、屍が累々と重なってみえる。それまで一片の仏心もなかった筆者も、「人の世の無情」を感じ、「人は戦争のために生まれし哉……」と、自問する。

「この戦闘は兵隊の口減らしだ」と、酷評しながら後退して行った負傷兵の姿が鮮明に蘇る。

上空に無頓着な多くの負傷兵が川を渡ってくるが、その人数からして歩行困難な重傷患者は、どれだけ多く出ているることだろうかと想いをめぐらせながら、川岸密林中の第三拠点に食糧を渡し、帰途につく。

帰る途中に第七中隊の田中孫一准尉が病床にあると聞き、見舞い行くと、顔一杯に笑みを湛えて迎えてくれたが、往年の冗句もなく、窶れ果て、顔にはすでに「死相」が現われていた。一握りの米・乾パン一個・塩一摘みを枕下に差し入れ、「元気になって下さい」と、別れに握ったその手は、心なしか冷たかった。

前線は雨の密林内で激戦中である。輸送隊も泥土の中の担送で疲労困憊し、補給意の如く進まず、あまつさえ前線の担送隊は密林内で敵と遭遇して全滅するなど、苛酷な条件下に疲労は累積し、つぎつぎと仆れてゆく。

七月下旬になると、後方からの輸送が途絶えがちとなり、担送兵の消耗と相俟って前線に補給する食糧も、その搬送手段も尽き果てた。

八月四日、「部隊は坂東川より撤退する。各拠点は残食糧を戸里川上流へ移送せよ」との命令を受領。

今まで何度も戦闘を終えて帰還する部隊を迎えたが、今回は言い知れぬ「暗さ」が身を苛む。もう食糧はこれ限り、今後、部隊に何を食わせたらよいのであろうか……。

待つことしばし、川東大隊長以下約五十名が憔悴し切った姿で帰還してきた。佐々木中尉にお伴できなかったお詫びをし、手を取り合って無事を喜んだ。

大隊長に「糧秣を搬送し、部隊を迎えに参りました」と申告し、配給にかかる。

密林の湿気で「黴」の生えた米ではあるが、「これが最後の糧秣交付である。心して可能な限り食い延ばせよ」と、注意し分配する。

大隊本部で親しかった栗原曹長や藤田軍曹は、遂に還ってこなかった。

藤田軍曹は宮崎出身で騎兵隊より転属、坂東川戦に大隊書記として参戦、重傷の身に患者護送の任に当たり、患者を励ましながら後退中、自らも力尽き、密林に入り自爆したという。彼の丸い温顔が、今もなお脳裏を過る。

当番の戦死で、独り丸尾軍医（福岡市警固）が黴米を洗いもせず、水を注ぎ、炊飯の火にかけている。聞けば、「洗えばビタミンは抜ける。少しでも栄養をとるんだ」という。さすがに医者だと感心する。

部隊は久しぶりの米飯に心身を癒し、追及の兵を待ってブーツを目指して前進にかかる。後退を前進というのは変だが、今は前も後ろも敵だから、どちらに進んでも前進である。

敗退行

撤退中、川東大隊長は師団参謀に栄転を機に、聯隊は一個大隊に改編され、小池第三大隊長が新大隊長に補任された。

密林道から海岸道に出ると、月光に照らされて進む百五十名の黒い影すらがもの悲しい。ふと隣を見ると、同郷の武末正勝兵長が喘ぎ喘ぎ、隊伍について歩いている。

「正勝さん！　清治じゃ。私が持つけん」と、銃も背嚢も預かり、「肩の貫通銃創じゃけん、すぐ治る」と言い含め、兵站病院へ送り届けた。

後日、病院を探したが、すでに彼はいなかった。

疲労の行軍部隊から落伍者が続出する。いったん、落伍すれば路傍に座し、飯盒の蓋を前に置き、一片の食を乞う乞食兵となり、部隊が新警備に着いた頃には、白骨を天日に曝していた。

「俺たちは兵隊だ。戦死は覚悟の上、だが餓死までして奉公する義務はない」と兵はいう。

これも安達将軍が大命を犯し、「無意義な殺戮戦場」に兵を投じた結果の現象である。

また、徒党の遊兵が、落伍兵や任務の兵を襲う「追剝」と化し、日本軍の歴史に一大汚点を残したこの惨状を、安達将軍はいかなる感慨をもって見ていたであろうか？

答えて曰く。「光輝ある十八軍として行動せよ。組織を乱せば二年間の敢闘は無となる」と。大命違反の将軍が「法」を説くとは本末転倒である。

兵は黙々と足を引きずり、新警備地へと急いだ。

邀撃態勢への展開・ボイキン警備

アイタペ攻撃の参戦将兵は、精魂尽くして戦ったが、敵の堡塁も陥せず、惨敗に終わった。米軍は後事を豪軍に委ね、比島へと急いだ。

海岸線百キロに孤立した日本軍は疲労困憊、邀撃態勢移行は容易に進まなかったが、米豪間の引き継ぎの遅れが幸いして、我が態勢もようやく整いかかった頃から、敵は攻勢に転じてきた。

だが、敗残の我は満身創痍、ボロの戎衣に裸足、杖に縋って歩く哀れな姿に堕ちていた。これがあの精鋭第二十師団の姿かと、悲哀を感じたのは筆者一人ではなかったと思う。

軍は撤退の行軍序列に従い、第二十師団をブーツに、第四十一師団をソナム川中心に展開し、警備と自活体制の整備を命じた。

第四十一師団は、ダンダヤを第一線に邀撃態勢を敷いたが、問題は食糧である。サゴ椰子とて限度があり、健兵の一部を山南地区に派遣し、原住民の協力で食料を確保し、警備地区に輸送することにした。これで前線の兵は小数の弱兵のみとなった。

だが、食糧窮乏の中でも、銃砲弾の飛来しない日々は、兵の心身を慰するに充分であった。

歩七八の警備地はボイキンで、海岸奥三キロの猛錦山に集結した兵は百五十足らずであった。

軍は遊兵対策強化のため罰則を厳にし、権限を各部隊長に委任した。翻然と威圧的に返った聯隊長は、粥盗食の兵と、坂東川撤退患者の輸送未完遂の責めを問われた将校の二名を処刑にした。己は軍旗の前を逃げた癖にと、怨嗟の声は澎湃として聯隊中に湧き起こった。

盗食事件の兵は、聯隊本部電話当番勤務中、聯隊長がホカホカの銀飯（これも兵食をぴんはねした米で炊いた白飯）を食っているのを見て目が眩み、無意識に同僚の飯盒に手を付け、サクサク粥を食ってしまった。このことが聯隊長の知るところとなり、即日「銃殺刑」が宣告された。

これを知った田平軍曹は、部下救出のため、聯隊副官日高大尉に、「あまりにもひどすぎる」と、非難と哀願を込めて助命を嘆願したが、温情派日高大尉の「俺の立場を察してくれ」の一言にいかんともし難く、その日夕刻、密林の露と消えた。田平軍曹は、その韓国出身の兵と家族に「許してくれ……」と今も合掌している。

また、ある日、松田敏郎少尉（15幹）が坂東川戦の患者護送不行届きの責めを問われた。獣も怖ける密林の急坂、疲労困憊した幾多の傷病兵を、どう連れ還れというのか！　患者放置は各戦場で止むを得ないとして、指揮官の責めは黙認されてきた。なのに聯隊長自身の救護責任を部下に転嫁し、自決を求めるとは、本末転倒、残酷な所業である。

爆撃で荒れた椰子林に満月がかかる宵、幹候同期将校の円座の中で、椰子水で訣別の杯を交わし、「靖国への旅路」についた。その第一弾は不発、第二弾を顳顬に当てた手は微動だにせず、従容として自らの命を断った。

これに比べ松本聯隊長は、集中砲火に恐れ戦き、兵の目も憚からず、放れ駒の如く逃げ廻る醜態を曝け出したことを、彼自身「恥辱」とは感じていないのであろうか……？

その頃、一人一升ほどの籾が配給された。それを毎日一握りずつ鉄帽で脱穀し、粥にするのが、将兵の楽しい日課の一時であった。

また、筆者はゼルエン岬製塩所への塩受け取り命令を受領、その日夕刻、輜重兵五名を率いて裏山の渓谷伝いに海岸道に出た。銃は筆者の拳銃のみ。

その頃、ゼルエン岬付近にはすでに敵斥候が出没しているとのこと。すなわち、敵前放置の「塩」を命がけで取りに行くのである。

これは、山南移駐の必需品であり、重い任務である。

「万一、敵と遭遇せば密林に逃げ込み、夜明けを待って東に走り帰隊せよ。これより私語厳禁。命令は手信号。目的地まで約四十キロ。前の者を見失うな」と、小走りで道を急いだ。

途中、青津支隊の歩哨に誰何を受け、翌夕、小屋がけの製塩所に着いた。休む暇もなく、二十キロの塩俵一俵ずつを背負い、帰途につく。

沖の敵魚雷艇機関音が大きく聞こえる海岸道を一気に走り、夜明けの茂みでサクサク粥を食し、大休止をとって仮眠する。昼頃、大休止を解き、海岸道を上空に注意しながら急行し、全員意気揚々と宿営地に還り着いた。

坂東川戦で衰弱の酷い歩七八は、他隊に先んじて山南地区に移駐、歩七九はダグワ、歩八〇はブーツ地区で敵の邀撃態勢を整えた。

アレキサンダー山越えには二週間を要する。その間の携行食として、聯隊はボイキン東方湿地帯で、サクサク採集に全力を傾注した。

そんなある日、聯隊本部前に全員集合の命令がきた。兵は「またぞろ聯公の説教か」と、浮かぬ顔してぞろぞろと集まった。

台上に立った聯隊長は、一枚の紙を広げ読み始めた。安達将軍からの「感状」である。

「……右は聯隊長松本松次郎統率指揮の下（中略）時将に雨季にして霖雨止まず、泥濘膝を没し、宿営又容易ならず……（後略）」

戦場の様相をよく表わした一文に感激した聯隊長は、我が項になると、殊更に大声で「聯隊長松本松次郎統率指揮の下、云々」と、読み上げた。が、列兵の顔は白々しく感じられた。

彼は容貌が三国志の張飛に似て、一見豪傑風だが根は小心者で、陣頭指揮どころか、いつも前線遥か後方にいて、前線視察もしたことがない。

そのうちにアレキサンダー山脈の南、草原地帯（山南地区と称す）への移駐が始まり、すでに工兵隊の道路偵察も終了との報告があった。

「食い物豊富」とあるが、その道程は遠く険しく、山越えに健兵でも十日を要するという。

そこで、弱兵と患者は、前の聯隊副管佐久間大尉（T一二＝大正十二年徴集兵・少18＝少尉候補者18期）が残留隊長となり、これら残留者の世話と隊荷の整理後、なるべく早く、山南の原隊に復帰せよとのことであった。

山北海岸地帯の邀撃戦

十国峠付近に集結

昭和十九年九月になると、ウラウ警備の第四十一師団歩二三七の陣前に敵斥候の出没が頻繁になった。

第四十一師団では、警備地区内での食糧資源の枯渇（こかつ）から、主力を山南地区に移駐させたために兵力不足から、ウラウもマルジップも豪軍に突破され、十二月にはゼルエン岬陣地に敵の猛攻が開始された。

この時、守備の歩二三七の兵力は、全員半病人の二百五十名ほどであった。その所持する兵器は重機が少々、砲はなく、射弾は極度に制限された中での死守を求められた。

安達将軍は山南の歩二三九と、歩八〇から四十名の健兵、さらに歩一一五第三大隊を青津少将の指揮下に入れ、また軍直の猛虎挺身隊百名と第九揚陸隊を増援せしめた。

安達将軍は青津少将に、あたかも士官候補生に戦術講義でもするかの如く、用兵、指揮について注意、注文を諄々と述べたてた。

彼は用兵・指揮の権限を、師団長や兵団長に委譲できない狭量の「将軍」で、その作戦意図に容喙すること、ラエ、サラモア、フィンシ、ガリ、坂東川みな然り。ために師団は後退の機を逸し、脱出路を求めて魔境に踏み込み、いたずらに万余の兵を死に至らしめた。

作戦指導と称するこれらの行為、行動が、ことごとく「的外れ」であったことも弁えず、性懲りもなく繰り返すところに、この人の愚将ぶりが窺える。

十二月末、青津支隊は、ゼルエン岬を攻撃したが、その兵力たるやすでに諸隊合わせて六十名に過ぎず、完全装備の敵一個大隊に叶うはずもなく、一月にはサルップまでに後退したところで、第二十師団長の指揮下に入った。

将兵は食う物もなく、戦闘力はなくなり、傷つけば弊履の如く捨て去られ、兵力はたちまちのうちに三分の一に減少してしまった。

三月十日、歩二三九第三大隊はソナム川に後退。

一方、旗立山守備の歩一一五第三大隊も衆寡敵せず、二月末、ソナム川に後退したが、同隊の一個中隊は二月末日、河口付近で玉砕した。

三月十六日、ロアン付近の戦闘で第二十一飛行場大隊の一個中隊がパラムで玉砕した。

戦線は、いよいよボイキン地区に迫ってきた。

歩七八が山南に去った後、第四四兵站地区隊長が警備隊長となり、その手兵に迫撃砲・機関銃・兵站警備の各一部を加え、当地警備隊となったが、歩兵のいない混成部隊で、体力も弾丸もない戦力で、防禦（ぼうぎょ）できるはずがない。

三月十七日、敵約三百がブーツ西飛行場を、海上機動の別働隊が東飛行場に来攻した。これを聞いた第二十師団長は、ダグワの歩七九宮崎第一大隊の出動を命じ、指揮下各部隊に対し、直ちに十国峠付近に集結を命じた。

宮崎少佐は配属の飛行場大隊を併せ指揮し、飛行場の攻防戦酣（たけなわ）の折、その出撃準備に三日間も要し、二十日、ようやく水無川に向けて進発した。

歩七九聯隊の十国峠防衛戦

宮崎大隊長は前進に当たり、危険度の少ない山脚道は自隊が進み、敵主力が蝟集（いしゅう）する危険な海岸道正面には、地上戦に未熟な飛行場大隊を前進させるとは、卑怯な発想である。

三月二十一日、海岸道はスイマンで、山脚道は誠信山付近で、それぞれ敵威力偵察隊の一撃で破れ、「ブーツ東方の敵撃滅」の命令はいつの間にか立ち消え、獅子山まで無断で後退、十国峠守備に任務をすり替えた。

この歩兵に比べ、海岸道の第二十一飛行場大隊の松井中隊は、奮戦空しくパラムで玉砕した。

この頃、敵は東スイマン三叉路上まで前進、十国峠に迫ってきた。ここは山南地区への玄関口で、絶対確保の要あるのにもかかわらず、伊藤第四十一飛行場大隊の一部が守備しているに過ぎなかった。

そんな中、行方不明中の宮崎大隊が突如、獅子山に帰ってきたので、聯隊長は大喜び、無断後退は不問とし、さっそく十国峠死守を命じた。また、山南の主力及び配属諸隊も十国峠に到着した。その兵力は約二百五十名であった。第二十師団はこの兵力で、本道両側急峻斜面の密林中に蛸壺を掘らせ、敵侵攻に備えた。三月二十三日、本道守備の伊藤第四十一飛行場大隊の罠に塡(はま)った敵一個中隊は、たちまち我が集中射を浴び、多数の死体を残して退却した。

本道で打撃を受けた豪軍は、攻撃指向を獅子山に向け、攻撃をしかけてきた。三月二十三日、獅子山で宮崎大隊小袋中隊は敵の猛攻で、中隊長以下数名に激減したため、当地の守備は伊藤飛行場大隊が主力となった。

伊藤大隊長は、主計・衛生の下士官まで陣地に着け、戦闘を継続した。矢野中隊は終始、壮烈なる肉弾戦を展開して一歩も退かず、遂に四月二日、全員激闘のうちに全滅して果てた。

矢野中隊陣地を突破した敵は、さらに進んで第二十師団司令部を急襲することになる。

長友砲兵大尉、十国峠の奮戦

海岸守備を歩兵なみに戦った砲二六の副官長友大尉の十国峠戦闘手記を要約、紹介する。

――スイマン奥地の宿舎に高射砲の伝令がきて、「高射砲が腔発し、中隊長以下、砲側の兵は戦死、生存兵は山中へ逃れた」という。

長友副官は海岸へ走る途中で、逃げてくる兵に出会う。戦車砲弾が落下する中、「敵はそこまできています」と、逃げ去り、機関銃弾が辺りの草木を薙ぎ倒す。

長友副官は急ぎ宿営地に戻り、聯隊長代理以下を誘導し、裏山の谷間にある現地人小屋に聯隊本部を設けた。さっそく、山頂に守備陣地を設け、三叉路に執銃の塚本軍曹を配した。

陣前を、歩兵数名が逃げてくる。聞けば、海岸で敵と交戦し逃げてきたと、分隊長はいう。

自動小銃の音がして、薪拾いの兵が「敵襲！」と、走ってきた。

三叉路警備の塚本軍曹も跳んできて、敵襲を告げる。すでに大勢の敵の姿が疎林中に見える。

「お前も退れ」と言い渡し、傍らの藪に隠れて数秒、豪州帽に腕捲(まく)り、自動小銃を構えて現われた豪州兵の額に拳銃が火を吐く。

敵が倒れた隙に副官は後退し、次の茅藪に身を隠して数秒、再度現われた敵を拳銃で射ち倒すと、他は大仰(おおぎょう)な声を挙げて走り去った。

これを見届け、山を駈け下り本部に着いた。傍らには先ほどの歩兵七名が腰を下ろしている。

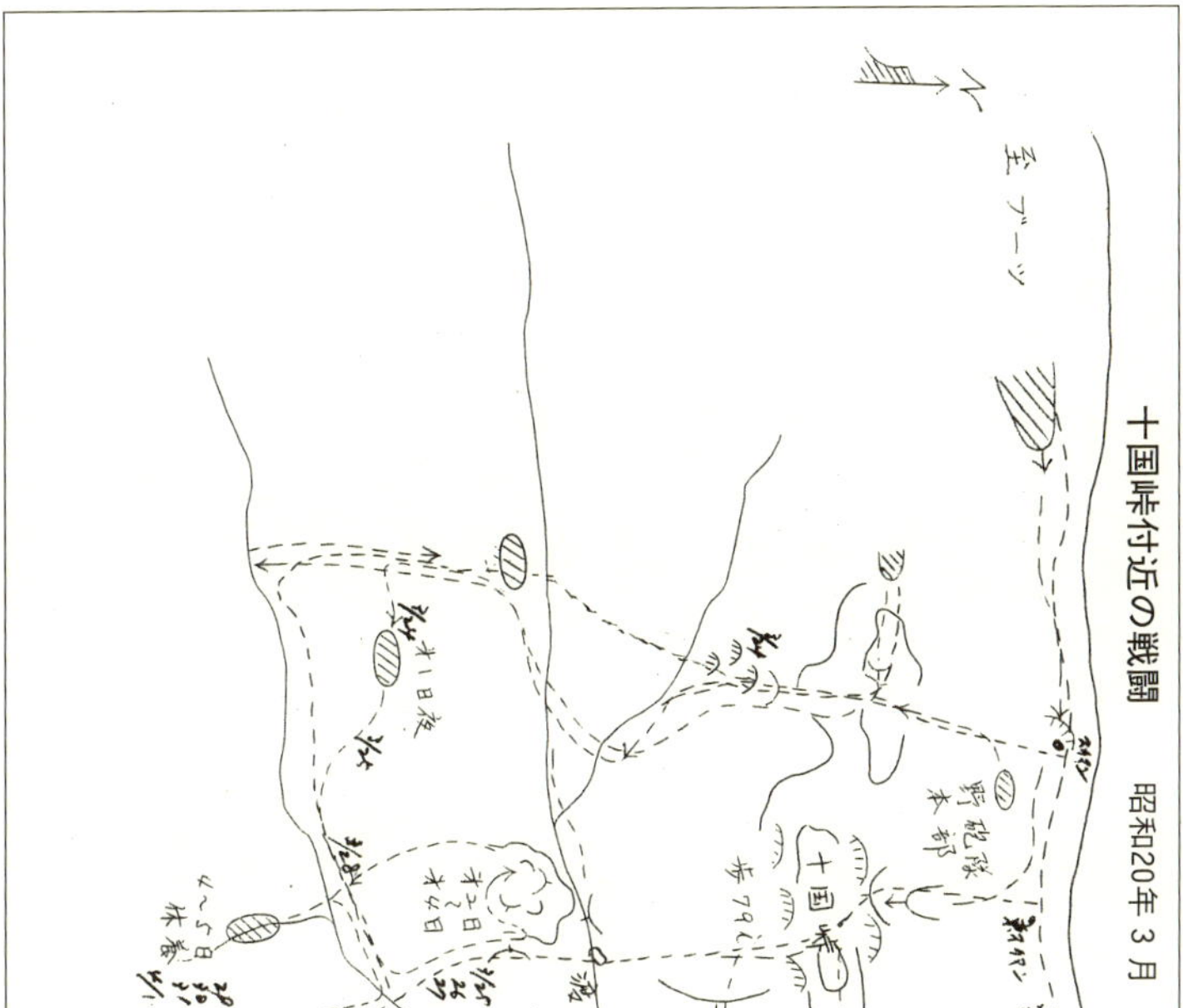

十国峠付近の戦闘　昭和20年３月　長友砲兵大尉 作図

「只今から砲兵の長友大尉が指揮を執る」と、歩兵分隊長に宣し、「敵はかならずくる。お前たちはここで撃退せよ」と命じ、自身は山上の陣地目指して駆け行くと、敵の手榴弾が炸烈し、自動火器を射ち下ろしてくる。多勢に無勢、兵器の性能も格段の差、とても防ぎ切れない。

歩兵は密林に逃避する。もはやこれまでと、当番兵と二人、谷間に駆け下り、河原に出ると敵とまた遭遇、装具を捨てて上流へ走る。

夕暮れの川を遡及して一キロ、部隊長のいる部落に着き、敵との遭遇戦を報告、急遽、密林に退避した。すると、十数名の敵が三十メートル先の現地道に現われたが、しばらくして帰って行った。

敵から離脱した安心感と疲労で、横になったまま朝を迎えた。一夜の熟睡で力が戻った。

そこを出て二時間、山南への本道に出た。

生野少佐が師団司令部に連絡に出かけた時に受けた命令は、十国峠を敵側に下った地点にある「渡河点の死守」であった。

十国峠は歩七九が敗退、すでに敵の手にあった。

歩兵でも守り切れない本道上の渡河点を、聯隊長代理以下十数名の砲兵が、短い騎兵銃五、六梃で防げるはずがないが、師団は本気である。

ともあれ、山頂の蛸壺に兵を配置につけた。

翌朝、歩七九に連絡の帰途、渡河点近くで敵の待ち伏せに会い、連射の弾丸が彼を追う。

対岸の竹薮に走り込むと、竹に弾(はじ)ける弾丸が迫る。だが陣地が気にかかり、一気に走る。

翌日、背後から攻撃される。急坂を登りくる敵の先頭に一発喰らわせ、撃ち落とす。

一時間後、また十数名の敵が一列縦隊で急坂を登ってきた。三、四名を崖下に撃ち落とすと、敵は崖下で相談して退去して行った。

夕方、対岸の草山に多数の幕舎が建ち、夕食の準備を始めた。よい匂いが鼻先を過ぎる。

翌朝、敵約一個小隊が我が正面の川を渉(わた)り、密林の各谷間から続々と攻め上って来る。

一番下の蛸壺の兵が敵の波に呑み込まれた。

我が射撃にも怯(ひる)まず、敵は執拗に這い登って来る。

敵を三十メートルくらいに引き付け、いっせいに射ちまくると、敵は死傷者を収容して退却し、夜を迎えた。だが、食糧は尽き、明日は全滅が予想される。

翌早朝、生野少佐以下、陣地を後に後退した。

連続五日間の戦闘でくたくたに疲れ果てた身も、一昼夜の熟睡で全員、元気を取り戻した。

その時、師団司令部へ連絡に行った生野少佐が帰らないので、司令部を訪ねると、突然、岩永参謀長に呼び出された。「陣地放棄」の問責を、不動の姿勢で参謀長らの蔑(さげす)みの視線に耐え、猛る心をじっと抑えていると、海岸近くの突角陣地守備の高射砲大隊配属に飛ばされた。

生野聯隊長代理も、渡河点放棄の問責で参謀長に怒鳴られ、部下への別れも許されず、独り侘しく歩兵団に転属させられたという。

「戦場の武人」に言い訳は無用。わずか五梃の騎兵銃を持つ七名の部下を連れ、ただ黙々と歩く。

第二十師団司令部、敵襲を受く

三百メートルほど歩くと、多数の豪軍の靴跡と電話線が右手師団司令部方向へ延びている。その数約一個中隊、さらに前方の土手を廻った十五メートルほど前方に、自動小銃を構えた敵が立っている。

「敵だ!」と、叫びながら、右手の土手を這い上る。敵も反対側の土手を登り、土手の上で顔が合う。長友大尉が崖下に飛び下りると同時に、自動小銃が鳴ったが、身は無事であった。

夕刻、雨の中を保線の師団通信兵が通り合わせたので電話を借り、師団通信隊長野瀬大尉を呼び出し、「約一個中隊の敵が、背後から司令部を襲うであろう。至急、周辺の警戒と捜索の要あり」と警告、この旨を参謀長に報告する旨を約した。

間もなく司令部の東側で、手榴弾の炸裂音と同時に、重機や自動小銃の銃声がしてきた。司令部が攻撃されているらしい。

長友大尉は、参謀長に対しては「ザマー見ろ!」と、溜飲の下がる思いがしたという。

これを契機に師団は、海岸防禦に見切りをつけ、山南地区へと移動して行った。

この醜態は、聯隊史や戦記にも記載がないが、某書に「乱戦の下に、司令部が前線に出過ぎていたために急襲された」との著述をみる。

だが、真実は長友砲兵大尉の危機切迫の警告を「卑怯者の遠吠え」としか受け取らなかった岩永参謀長の心の驕りが招いた「当然の報い」であり、「戦場の理」である。その責めはすべて岩長参謀長にあると、断じざるを得ない。

どだい、彼ら陸士将校の感覚では、少候将校は将校とは見做されず、一段も二段も下級の「使い走り的足軽組頭」ぐらいにしか認知せず、「少禄」（階級）を与えれば、緊迫の戦場でよく働く便利な忠犬くらいにしか認識していないのである。

たとえその兵が少尉候補者を経て大尉・少佐に昇進しても、陸士将校の階級章の如き黄金に輝く星ではなく、せいぜい黄色にしか認識されず、幾ら戦功を挙げようと、足軽大将の地位に甘んじなければならないのである。

仮に、長友副官が陸士出身であったならば、兵を叱責するような暴言は、岩永参謀長も吐かなかったであろうと、筆者は思考する。

金色階級章や参謀肩章を付けているだけで、急変事態を摑む戦術眼すら持たぬくせに、下士官・兵を、いな、幹候・少候出身将校までも怒鳴り散らして団結を壊し、どうして十国峠の守備を全うすることができようか。「団結は心の連帯であり、威は霧散を促す」のだ。

筆者が師団警護隊の下士官に後日聞いた話では、「敵襲」の声を聞くやいなや岩永参謀長は、軍刀も図嚢も放り出し、裸足のまま真っ先に、谷間に跳び込み、転がるように逃げ去る姿に兵の嘲笑を買うこととなった。またその逃げぶりからして、作戦書類等の持ち出しはできずに敵に持ち去られ、日本軍の攻撃資料になったであろうことは、まことに痛恨の極みである。

仮に、少候将校や幹候将校が、敵に遭遇して図嚢を奪われ、機密事項が敵手に渡ったとしたら、その将校は理由のいかんを問わず、直ちに銃殺刑に処せられるであろう。

長友大尉の警告を無視して敵襲に遭い、何十件もの軍機密事項を敵に奪われた岩永参謀長の責任は、安達将軍も師団長も憲兵隊長も、「何の問責」もせず、事はうやむやのうちに幕引きとなった。これも、「陸士同窓会の意図」が鮮明に働いた証拠である。

これを、ボイキンでの歩七八盗食や、患者輸送未完を重罪とし、即日銃殺した事件と比べ、どちらが「死」に値する罪であろうか……？

歩七九史の水町大尉（士五四）の回想記に曰く。

「四月二日、中井川の手前で銃撃を受け、直ちに連隊に帰り電話で『十国峠背後に敵出現、司令部は厳重な警戒をなされ度し』と告げた。

その日の正午頃、師団司令部の方向に自動小銃の激しい銃声がしたので、『司令部に異変があったな』と察した」とある。

水町大尉と長友大尉のいう敵襲が、正午と夕刻で約五時間ほどの時間差があるが、敵襲があったことは間違いない事実である。

翌日午後十時頃、司令部の連絡下士官が歩七九にきて命令を伝えた。その命令要旨は、「ハムシック付近に新たな陣地を占領せよ」であったので、聯隊は四月四日、十国峠南麓を東方ハムシックに向け撤退した。

敵襲より命令伝達まで三十時間、司令部機能は麻痺していたと判断される。

歩七九の十国峠撤退でも、重症患者を陣地に置き去りにしたことは言うまでもない。

ブーツ地区で青津支隊に属し、激戦中の歩八〇は、急速に悪化、緊迫した山南地区に向かって転進した。

ここに、山北海岸地区の戦いは終わった。

山南方面の戦い

山南への道

昭和十九年十月十四日、歩七八は数梯団に分かれ、山南地区目指して進発した。

部隊出発後、筆者は残留の傷病弱兵に食糧を配分し、衛生下士官とともに、これら患者を野戦病院に送り、人事功績名簿等の書類その他の隊貨を、残留隊長のもとに運び届けた。

宿営地の山を下り、一日行程、奥地密林の奥にある十数棟の小屋が病院である。

ここは、敵の空襲は避け得ても、湿気・藪蚊は避けられず、日光も差し込まぬところで病気が治るはずがない。毎日出る多くの死人に衛生兵が足りず、埋葬するどころか、息ある患者の看護もできない状況で、死臭は一帯に漂い、患者はただ、死を待つのみであった。

いよいよ筆者たちにも山越えの出発日がきたが、患者と接触したせいか「赤痢」に罹患、銀蠅と蛆にたかられる我が身を想うと、身の毛もよだつ恐怖が走るが、薬とてなく、手の施しようもないまま、死を諦めていたある日、患者の処置を終え、山南の本隊へ追及中の東原軍医大尉（福岡・久留米市）に、衰弱の酷い筆者が目に止まり、一本の注射に助けられ、元気を取り戻した。

　これも産土神（うぶすながみ）、春日神社の御加護か……。

　それから数日後の十一月三日、明治節の佳き日、本隊追及の中告に佐久間大尉を訪ねると、「本隊追及の兵が四名いる。道中の指揮者として引率せよ」と、命じられる。願ってもないことゆえに、これらの兵を伴い、山南にある部隊の後を追った。

　行くほどに川幅四、五十メートルの対岸から次第に急坂となり、やがて台地に出ると、原住民の高床小屋があり、一夜の宿にと近づくと、強烈な死臭が鼻を衝く。

　将校を含む五名と、奥の家に四名の兵が死んでいるというので、戦死将校の官氏名を確認しようと床上に昇ると、血塗（ちまみ）れのその将校は、一見して東原軍医と判明した。一本の注射で命を助けてくれた「命の恩人」なのに……。兵を集め、丸々と膨張している屍体に対し、「着剣捧げ銃」の礼をもって別れを告げ、先を急いだ。

　翌朝から、いよいよアレキサンダー山脈越えの嶮路に差しかかる。やっと坂を登り詰めた尾根から、前方を遮（さえぎ）る重畳たる山脈を望見して力が抜け、今夜はここに露営することにする。

　以後、長い山蛭群生地帯を抜け、水なしの渇きに耐え、唾を飲み飲みの二日行程、それを過ぎると、どこまで続くのか、密林の尾根を行く。道は急坂を越え、平坦となった。二千メートルのアレキサンダー山脈の稜線を越えたらしい。

道は下り坂、山中にて一泊、翌日午後、草原が眺望できるところに着いた。標準七日行程のところ、九日を要してやっと山越えを終わった。

やっと生きられる。歓喜が胸を突き上げる。

山を下る足も軽やかに、麓の部落に着いた。久方ぶりに屋根の下で、砲声を聞くこともなく、充分に心身の疲れを慰することができた。

宿営地・ウイトべの日々

少し行くと、林縁の道端に海軍の無線基地があり、内地交信もしている由。食も自前の缶詰を食っていいのを横目で睨みながら先を急ぐ。

次の日、ヤンゴールの軽飛行場を通過した。ここは後日、当飛行場争奪の激戦場となる。翌日昼頃、アリス着、当地も後日、第二十師団終焉の玉砕戦場になろうとは知る由もない。

この付近の部落は高い丘上にあり、男児誕生せば椰子の苗一本を植え、成人後の糧とする。女姓は皆全裸で、茶褐色の娘の美肌は艶々と輝いている。ただし既婚女性は肌に切り傷でケロイドを作り、着物柄代わりの装飾としている。

男は筋骨隆々、鼻柱に竹を通し、祭りには三日月型の豚の牙を差し込んで正装としている。

翌早朝、本隊の駐留地ウイトべに向け南下、途中ウインゲの聯隊本部にて、兵四名と別れ、細井主計大尉に原隊復帰を申告し、先を急ぐ。この付近は丘がなく、草原に点在する密林の一つ一つに部落があり、ウイトベ部落もその一つである。夕刻、ウイトベに着いた。

本隊は、やっぱりの居心地がよい。皆、暖かく迎えてくれた。

それからは、毎日の食料調達が我が任務、いかに友好的に物資を集めるかを思案の末、部落はずれに小屋を建て、現地民と生活をともにし、各戸に食料を割り当て、毎夕、我が小屋に持参させることを酋長に約束させた。だが、無償供出に不満の者もいるが、兵の「農園荒らし防止」の約束が唯一の対価であった。

毎食が芋ばかりでは、動物性蛋白質＝肉が欲しくなる。そこで、大隊本部では毎晩、野豚狩りに出かけるが、悪いことに、家豚も野豚も密林で共棲しており、見分けが付かない。家豚を撃とうものなら、暴動に発展しかねない。

なにさま、豚は「家の宝」で、嫁を迎える時は「絶対不可欠の結納」である。豚が駄目なら他の手をと考えたのが、草原にたくさんいる蝗（いなご）を、部落の女子供を動員し、草スボに十四繋（つな）ぎ、十本を十銭アルミ貨を加工したペンダントで買い上げ、各隊に配給した。

当地は女性が非常に少なく、独身男が多い。また、他人の妻に手を出すと、男は「終生独身」の刑に処せられるが、女は不問である。

そんな平和な日々、ボイキンの野戦病院に入院中の予備計手稲西兵長が帰隊した。

毎年十二月は昇進月である。昭和十九年十二月一日付をもって「任陸軍主計曹長」の辞令が、師団経理部より達せられた。

申告のため、聯隊本部に出頭する。歩兵科の田平、中島、松山（韓国・劉奇華）の三人は、すでに申告済みとのこと、帯刀本分者になった田平曹長の喜ぶ顔が目に映る。

経理部は内田経技曹長と筆者の二人で、型通りの申告をする。申告が終わると、聯隊長は「我が輩に兵と武器があれば一撃のもと、敵を蹴散らしてみせる」と、またもや大風呂敷。あの坂東川戦中、度胆を抜かし、逃げ惑った高級将校の「言うこと」かと、内心呆れ返った。

申告は軍隊内部の厳粛な儀式である。にもかかわらず、自らは厚い毛布の上に下着のまま胡座（あぐら）をかき、胸をはだけ、団扇（うちわ）を使いながら部下の申告を受けるなんて、本来考えられないことで、これ以上、部下の人格を否定し、馬鹿にした仕種（しぐさ）の上官がどこにあろうか……？

申告は本来、申告者はもちろん、受ける上官も姿勢を正し、厳粛に行なわれべき統帥の原点である。にもかかわらず、「申告者が下士官なるがゆえの横柄さか」、いずれにしても断じて許し難い。また、田平曹長には帯刀の仕方に文句をつけ、「俺を切る気か！」と、一喝を食ったという。

稲西兵長の顔に「死相」が現われ始めた。早く滋養ある「豚のスープ」でも与えれば病状回復も可能と、心は焦るが一片の肉とてなく、軍医の手元にも薬はなかった。

部隊は、この部落で昭和二十年正月を迎えるが、兵に支給する何物もない。大隊本部から毎夜、野豚狩りに出かけるが、終夜、蚊に襲われるだけで戦果なし。

三十日夜、ようやく仕留めた犬一匹が住民の飼犬であったがため、大晦日には大隊本部が大勢の土民に囲まれ、またまた筆者に解決命令がきた。そこで、酋長と交渉し、空缶一個分の「塩」で和解に成功した。

明けて一月元旦、大隊本部要員は全員本部前に北面して整列し、大隊長の「着剣(つけ)・捧げー銃」の号令でもって祖国の安寧を祈願した。

今まで「正月用」にと大切に納(しま)っていた三合ほどの「麦」を皆で分け、タロ芋と犬肉の汁に、パラッと麦粒の浮かんだ粥で正月を祝った。

正月後、稲西兵長の容態が一段と悪化した。

佐々木主計とともに、溢れるウジを箸で取っている筆者に、「明朝、聯隊本部への連絡下士官を命ずる」との連絡が届いた。

本来、主計下士官の連絡任務などあり得ないことだが、往復一日を要する遠路を歩き通せる兵科下士官がいなくなっていた。

小銃を肩に、軍刀を腰に手挟(たばさ)み、稲西兵長の枕辺に寄り、「俺が帰ってくるまで頑張るんだぞ」と、声をかけたが、夕刻までは持つまい。目、鼻、口に湧くウジが蠢(うごめ)くその口に、末期の水を注ぐと、言い知れぬ悲哀が胸に迫り、嗚咽(おえつ)し、落涙して止まるを知らず……。

想えば、動員下令の慌(あわただ)しい中、阪大卒の予備計手として経理室に配属され、筆者の助手として二年間、よく働いてくれたのに、こんな最後を遂げようとは……、不憫(ふびん)さで胸が詰まってくる。

出発時間がきた。末期を迎えんとする稲西兵長に、「捧げ銃」の礼をもって惜別の情を表し、後事を佐々木主計に託し、聯隊本部へ出発する。

その頃には、近在の土民は敵性化し、単独行動の日本兵襲撃事件が頻発していた。その目的は「小銃」の奪取にあり、油断は禁物だ。

夕方、帰隊した時には佐々木主計の手で、部落入口右手、大木の根本に埋葬されていた。その土盛りの前に屈み、この一人きりの部下に哀悼の意を捧げながら、御霊の安らけきを祈り、日が暮れるまで泉下の彼に語りかけていた。

その頃、海岸方面の戦況は逼迫し、一月中旬には海岸道サルップまで圧迫され、ボイキンの重要隊貨が危険となってきた。ある日、佐々木主計の呼び出しで大隊本部に出頭し、同席の村上大隊副官を見た瞬間、悪い予感が奔った。

不動の姿勢の筆者に、「白水曹長は兵四名を指揮し、ボイキン残置隊貨を佐久間大尉より受領し、聯隊本部にて副官日高大尉に引き渡すべし。これがため、土民十名を徴用し、明後日出発」と、あるだけで、土民の徴集、食糧の徴発をどうするのか、具体的なことは何一つ明示されない。

そこで、

「副官殿、これらの措置やいかに……?」と、尋ねると、「それが判らんからお前を指名したのだ。お前の才覚で何とかしろ」という。

本来は聯隊書記の業務である。また、われら各部下士官には兵の指揮権はない定めがある。「そんな無茶な！」と思ったが、翌日より人夫徴用や護衛隊五名の四日分食料調達を酋長と交渉し、準備することができた。

翌早朝、朝靄（あさもや）の中を副官に見送られて出発、先頭に筆者と執銃の兵二名、中央に人夫十名、後尾に執銃兵二名を配し、ボイキン目指し、足早の土民に急き立てられ、昼頃には山脈頂上に達し、夕刻には残留隊長佐久間大尉の宿舎に到着した。

搬送命令書を提示し、隊貨を受領、一泊して翌早朝、薄靄の中を帰途についた。

人夫たちは出発時、他部落民より殺されると恐がって急いだが、帰りは笑顔も見せた。

帰途、ウインゲの聯隊本部で日高副官に隊貨を引き渡し、土民たちの焚く篝火（かがりび）に迎えられ、夕暮れにウイトベ部落に到着した。

その火を囲んだ人夫たちに、報酬の「塩」空缶一杯ずつを支給し、謝辞を述べ、解散した。

彼ら土民の男子は五、六歳で投げ槍の稽古を始め、成人になると二、三十メートルも飛ばして百発百中、筆者の拳銃の腕前よりも確かである。

この草原一帯の支配者である大酋長ルイは、軍承認の日本側土民兵の隊長で、無章の将校服に軍刀を佩用（はいよう）し、執銃（鹵獲小銃）の土民兵十名ほどを従え、満足顔で管内を巡視している。

その頃、西方草原の第四十一師団警備地バレビヤ方面では、敵豪軍が土民を物資の力で懐柔し、若干の訓練を施して土民兵とし、白人指揮下で戦場に狩り立てている。

これに比べ日本軍の土民兵は、ルイ大酋長を介しての間接指揮で、戦闘の役には立たない。しかも、与える物もなく、反対に彼らの畑から食料を略奪するのだから、日本軍の言うことに従うはずがない。

食糧確保は我が任務、毎日部落中を巡回して、食糧供出の督励が日課である。その効果を出すためには、彼らの生活習慣に解け込むことが一番と悟り、薄汚れた越中褌も脱ぎ捨て、一糸纏わぬ真っ裸となって土民の集まる中に入り、寝起きをともにした。

以来、効果は覿面、筆者と彼らとの間は急接近し、「ブラザー」といって、打ち解けていった。だが、中には硬骨漢もいて、投げ槍を構えてくる者もいた。

ミラク攻撃

三月に入った。海岸では歩八〇聯隊の勇戦空しく、海岸の要衝はつぎつぎと陥落していった。

一方、アイタベで米軍と交替した豪軍は、山南地区トングに侵入してきた。

その頃、第四十一師団指揮下のトリセリー支隊の偵察隊三十名が、九月二十日、バンビ西方五キロで敵と遭遇、多数の死傷者を出し、バンビに帰隊した。

九月八日、第四十一師団長はトング方面の敵情偵察のため、歩二三八を同方面に派遣した。聯隊はサーテニヤス付近にて白人兵約四十名と交戦、十一日にはトングを掃討した。

敵の攻撃は逐次激化、聯隊はペレナンドに後退し、敵の東進阻止の戦闘を行なった。

昭和二十年一月五日の戦闘では、竹島聯隊長が戦死、後任は山口大佐が補せられた。

そこで、師団長は歩二三九をも投入した陣前攻撃を敢行したが、失敗に終わり、二月二十日、ミラクに後退、以後、夜襲・切り込み等の勇戦空しく、遂にミラクも陥落した。

前述の通り、我が歩七八はウイトベでの五ヵ月に及ぶ休養で、兵はすこぶる元気となった。

師団は三宅少将のもと、歩七八の三百五十名を中核に、海軍柿内部隊（佐世保）その他部隊を含め、約千名で三宅部隊を編成し、兵二千五百名に砲十門を持つ強敵の東進をジャメ付近で阻止せんと、各部隊に至急集結を命じた。

この出撃命令を受けた我が歩七八は、直ちに食糧調達にかかり、三月一、二日にわたり、各隊は逐次、駐留地を後に、トリセリー山系の南麓地帯をミラクに向け、急進した。

部隊がニエルカム近くに差しかかると、突如、悪寒が我が身に走り、動けなくなった。付近の小屋で兵二名を付けてもらい、横臥したものの悪寒は止まず、前後に焚火して暖をとる。

それから三、四日、ようやく熱もとれたので、蹌（よろ）めく足を杖で支え、夕刻、聯隊本部に到着した。聞けば明十二日払暁、小池第一大隊百五十名でミラク攻撃を開始するとのことである。夜道は危険のため、明朝出発することにする。

夜中、高級主計細井大尉の呼び出しを受け、「お前が落伍したので、内田曹長に拠点をったった。

開設させている。両者協力して芋やサクサクを収集し、補給に万全を期せ」とのことであった。

翌昼過ぎ、拠点に到着した。高さ二メートルくらいの自然土塁に囲まれた千平方メートルの盆地内にある。

翌朝から兵十名ほどを連れ、土民農園の探索に出かけるが、すでに前駐の第四十一師団の各隊が荒らした後で、手付かずの農園は、この近傍には見当たらない。

一日中探し廻って、一枚の畠を見つけ出せば、上々の成果である。発見すれば芋掘りに十名ほどを、周辺監視に三名を配置、急ぎ掘り終わり、天幕に包み帰隊、夕闇の中で、さっそく焼き芋作りにかかる。

留守の兵は、昨夜焼いた芋を天幕に包み、前線へ担送する。翌日は「芋掘り隊」と交代する。前線兵の喜ぶ顔が補給兵唯一の癒しである。また、別班は、付近に自生するサゴ椰子からサクサク作りに精をだす。

彼我近接戦のため、敵機の空襲がなく、昼間煙を出しても空襲の心配がないが、砲撃目標とされるので、やはり夜間に芋は焼いていた。

前日の留守班は、昨夜一晩かけて焼いた、焼き立て芋を天幕に包み、肩に担ぎ、前線に走る。敵陣は急峻な丘上の部落に鉄条網を巡らし、数回の我が攻撃にもビクともしない。もう、芋畑は見当たらず、敵占領地に行くよりほかに芋の入手は不可能となった。

前線補給の食糧が「焼き芋とは……」、どこの国の戦記にあろうか……?

部隊は敵の携行食奪取を夢見て、ただただ力攻を重ねるのであった。連続猛攻すれど、ミラクいまだ陥ちず……。

ある日夕方、筆者は佐々木主計に後方の物資調達状況、特に近隣に「芋畑」がなくなり、遠く敵性地域まで行かねば入手困難となるがゆえに、担送量の減少したことを詫びる。

数度の突撃も成功せず、味方の損害は増すばかりである。そこで英文の「投降勧告」をガリ版刷りで作り、夜襲時に敵陣にバラ撒く作戦を採った。

だが、包囲されていても、日本軍を見縊っている豪軍に効果があるはずはない。逆に「このジャップ奴が！」とばかりに、つぎつぎに周辺部落に土民兵を浸透せしめ、大砲まで配備して逆包囲の態勢をとりつつあった。

敵は急峻な丘上から、あたかも豆を撒くように射ちまくり、攀じ登る日本兵を薙ぎ倒す。射ち尽くした弾薬その他は、その日夕刻までに落下傘で空投補給をする。投下する補給品には、弾薬・食糧・水・薬品等、品別に落下傘の色で識別されており、日本兵は誤着する落下傘に期待して空を見上げ、待望の「時」を待つのである。

このような攻撃が、三月十二日以降、払暁・夜襲と、十九日の払暁に至る計七回にも及ぶ突撃、肉弾戦をもって反復攻撃を繰り返したが、歩七八生存者で編成した三個中隊百五十名のうち、田中光司中尉（14幹）以下三名の中隊長と、将兵の半数はこの地で散華した。

この攻撃戦に、迫撃砲一門（第十八軍唯一の砲と弾薬三十発）を携行し、戦いに臨んだ小隊長石川熊男中尉（15幹）の参戦談を要約し紹介する。

石川隊は、重い砲と弾薬をミラク北側高地に担ぎ上げ、小銃中隊の攻撃準備射撃を始めた。だが、結果は惨憺たる失敗であった。

「装薬湿りて発射不能」と、分隊長が叫ぶ。「何発でも射ってみろ！」と命じ、突撃態勢をとっている小銃中隊に、伝令を走らせた。

小銃中隊は、準備射撃の有無にかかわらず攻撃中止は許されず、十二日の払暁攻撃を強行した。結果は前述の通り、惨憺たるものであった。

石川中尉は、慚愧の涙を嚙み締めながら、夜を待った。「湿ったものなら乾かせばよいはず」、天日で乾かし、夜、麓の密林で炭火を作り、それを遠巻きに装薬を並べて乾かし、深夜までかかって、どうにか乾燥し終わった。

翌朝、「今度こそ敵陣粉砕」の願いを込めて第一弾発射、弾はポンと景気よい発射音を残して中空高く飛び出したが、装薬乾燥不充分のためか、二百メートルほど先へドスンーと落ちた。弾丸自体の信管も湿っていて、不発弾であった。

次なる弾丸は敵陣に届き、大きな爆発音をたて、朦々たる爆煙を上げた。「命中だぞ」と、皆、歓声を挙げて喜んだ。

敵陣では、不意に日本軍の「砲弾」が頭上に落下炸裂し、白・黒の敵兵が逃げ廻っている様がよく見える。だが、そんな保存状態のよい弾薬は滅多にない。不発のみ多く、歩兵の突撃戦に寄与することができなかった。

「あの時、迫撃砲が正常に機能していれば、多くの戦友を戦死させずに、あのミラクの丘の敵陣を占領し得たであろうに……」と、後々まで石川熊男中尉は悔しがっていた。

ミラクが陥ちないのは「攻撃部隊歩七八に問題あり」と、安達軍が文句をつけてきた。

攻撃中止、撤退

当時、軍の派遣参謀として第二十歩兵団（三宅部隊）にあった堀江正夫少佐は、この攻撃が三宅部隊の総兵力千名での攻撃と錯覚し、その著書『留魂の詩』に「攻撃部隊約半数の五百名に及ぶ損害を出しながら、奪取できないとは情けない。信賞必罰の要あり」と記している。

攻撃部隊の部隊名も、兵力も、掌握もできぬ参謀がどこにあろう……？　実際の攻撃部隊は、旧歩七八の百五十名であることも認識せず、攻撃部隊の責任追求のみを念頭に、軍高級参謀杉山中佐に、この誤認の不信を申し立てている。

どの部隊が、どのくらいの兵力で、どこで、どのような戦闘をしているかも把握せず、いかにも攻撃の歩七八第一大隊が、攻撃忌避したかの如くに書き立てられては、同地で戦死した田中中隊長以下の戦友は浮かばれない。

平成十四年六月、本稿を起こすに当たり、この点について堀江氏に糺したところ、「私が問題にしたのは、聯隊の最高指揮官の大隊攻撃時の態度と行動でありました」とのことであった。

なるほど、聯隊長がミラク攻撃中の本来の部下小池大隊を遠く離れ、平穏な北方コモネビスに本部を置き、安閑と過ごしていたことを指すのであろうと、筆者は愚考する。

堀江氏はこれにつき、「だが、その通り書くのは、聯隊の名誉のためにも憚られた」とある。

陸士同窓会や松本（聯隊長）個人の失態を隠蔽するために、ミラク攻撃の戦友たちがあたかも攻撃を逡巡した如く著述され、汚名を永久に残されては、ミラクで戦没した戦友の霊は浮かばれまい。

小池大隊がミラク攻撃中の三月十九日、北方アンパングマに敵が出現するや、聯隊長は直属の小池大隊を振り捨て、逸速くコモネビスの第二大隊（配属特科隊）に奔り、これを連れて逃避したが、柳川挺身隊（第五十一師団の選抜隊）の配属を受け、どうにか敵約一個中隊に対処した。

この敵の出現により、ミラク攻撃はいよいよ困難となり、三月二十日早暁、ミラクを撤退した。

我が攻撃部隊の撤退により、ミラクの敵は東南方マブリック（軽飛行場あり）に向け進撃するであろうと判断した師団では、ミラクで戦死した中隊長三名の後任に、第一中隊長石川熊男中尉（15幹特）、兵二十でナンバー1サウリックに、第二中隊長斎藤顕中尉（士五六）、兵二十二でゴインゴインに、三中隊長上村弘英中尉（士五五）、兵二十でワンパークに、それぞれを配し、マブリックに堅陣を構築した。

昭和二十年三月三十一日十時、ゴインゴインの斎藤陣地に、突如、敵の攻撃が始まり、迫撃砲と水冷重機の猛射に膚接して豪州帽の白人兵が、手榴弾と自動小銃で来攻、弾雨の中、被弾の兵の絶叫に身を切られる想いがする。

三回目の敵攻撃で装具小屋に火がつき、装具と、小銃弾五百発を焼失してしまった。戦闘中、ふたたび笛が鳴ると、猛射は一斉に止み、不気味な静寂が戻る。敵は退却したらしい。五時間の戦闘に疲れ、部下一人一人に労を犒うのが精一杯の謝意であった。

夕焼け空に、軍歌「戦友」の哀調が胸に迫る。

戦果は遺棄死体四、自動小銃二、同弾丸千発、狙撃銃二、同弾丸三百発、手榴弾二十であったが、戦死した部下四名に対する哀悼に胸を締めつけられる。

その後も、砲撃は一段と激しくなり、大隊本部より焼き芋の配給を受けながら、戦い続け、四月十一日、命によりゴインゴインを後にした。

マブリック方面の緊迫化により三宅部隊は、同方面の全部隊を撤収し、ジャメ陣地を強化し、ウインゲ・ワイガカム・カーリングの照空第二中隊（松島大尉以下百名）を歩七八に編入した。

小池第一大隊はヤミグム地区に移動、石川中隊をチエリカムに布陣せしめた。

大草原に起伏する丘上に食もなく、三八銃に一日五発の配給弾で布陣する我が軍は、完全装備の豪軍に、芋と弾丸の続く限り一歩も退かず、祖国の不敗を信じ勇戦奮闘した（この項、斎藤顕氏の歩七八聯隊史投稿文略記）。

マルンバ戦

この項は、照空第二中隊石川（旧姓永富）卓伍長の手記を略記紹介する。

——初めは協力的であった酋長も敵の接近で逃亡し、食糧はいよいよ難渋した。昼間は蛸壺掘り、夕方の短い時間に「食べ物」探し。毎朝蛸壺に落ち込んでいる蛙や蛇、トカゲの類も、いつしかいなくなった。

隈元軍曹も、何回目かの特攻出撃で戦死した。

私、永富伍長は天本上等兵とともに、No2マルンバ入口の蛸壺で守備に着くと、ほどなく敵の攻撃が始まった。自動小銃や機関銃の連射と迫撃砲が連続して、蛸壺の前後左右に落下し、土砂を捲き上げる。

No1マルンバが爆撃されている。空地連携の手際よい攻撃で動けず、孤立状態である。爆撃も砲撃も下火になったので、No1マルンバに退避した。途中、奥田曹長と萬屋上等兵の遺体に黙礼し、背後の密林に走りこんだ。

ふたたび砲撃が始まり、断続的に一日中続いた。

その夜、藤原軍曹が妻子の写真を抱き、銃口を口に銜えて自決した。彼は十八年八月、甘木の応召で、温厚な下士官であった。

このマルンバ戦は、照空兵が短い騎兵銃で歩兵並みの戦闘をし、五名の戦死者を出した。マルンバ撤退は六月三十日であった。

ヤミグム付近の戦闘

聯隊主力は、ジャメ・ケンパンガを第一線に、小池大隊はヤミグムを確保していた。

マブリック無血占領の敵は一時の休息を終え、五月十二日、左翼石川隊正面に再三攻撃を仕掛けたが、勇戦敢闘し、これを撃退した。

上村隊のヤミグム陣地は、敵約三百の攻撃を受け、勇戦奮闘、これを撃退した。

斎藤隊は西北方ワイモモ陣地で健在である。

日本軍には補給がなく、陣地近傍の畑を掘り尽くした時、戦況の好非にかかわらず「撤退」を余儀なくされるのである。

畑を掘れば掘るほど近傍の土民は敵性化し、自ら志願して豪軍土民兵となり、忍者の如く我が陣地を襲う始末、まったく蟻地獄に嵌ったような、最悪状態を具現しつつあった。

ジャメ・ウルプの戦闘

五月、相次ぐ戦闘に兵は斃れ、生存兵も疲労の極にある中に、多くの患者も抱えている。自活の「芋探し」は、ますます困難となってくる。

その頃の歩七八は百名内外、中隊は十数名になっていて、不足する銃に、弾丸は一銃当たり二〜三十発しかなかった。

それも、五発に二発は不発と見做され、藪に隠れて来攻する敵を十数メートルくらいまで引き寄せ、「撃鉄」を引くのであるが、不発で「カチッ」と、いう音を耳ざとく聞いた敵は、日本兵の隠れていそうな薮という薮一帯に自動小銃を撃ちまくる。すなわち、不発は即＝死につながるとして、近接射撃は誰もやらなくなった。

小池大隊はジャメ要台陣地に連繋して右第一線ケンパンガに斎藤隊、中間稜線高地に上村隊、左第一戦№2バニクイ高地に軍通信の杜(もり)隊を配したが、敵の猛攻に杜隊は突破された。

また、五月十一日、ケンパンガが敵に占領された結果、南の第四十一師団との間が二分されてしまった。小池大隊（除く・石川隊）は三宅部隊（歩兵団）の直轄となり、その間隙を補塡(ほてん)した。

聯隊主力が陣するクラブ・ジャメにおける戦力は、極端に劣勢にもかかわらず果敢に反撃、その進攻を阻止していたが、七月五日、命によりヌンビーフ・クラクモン付近に陣地を占領すべく移動した。

兄弟聯隊・歩七九の動向

十国峠の陣地を放棄した歩七九は、四月四日、東南方ハムシックに撤退して以来、積極的な敵の攻撃もなく、十国峠の戦闘で低下した戦力の回復に努めた。

ところが六月中旬、敵は要衝エミールを占領し、マルンバ・ウルプ・オニヤロープに猛攻をかけてきた。ここに至り、軍は歩七九をカボエビスに送り、該地の守備を命じると同時に、この地にあった船工第五聯隊を指揮下に入れ、第二十師団の右翼防禦の任に就かせた。

兄弟聯隊・歩八〇の動向

当聯隊は海岸ブーツ地区防衛戦闘中の三月七日、同地を放棄、山南カボエビス東方、アレキサンダー山一帯に防衛陣地を構築した。

当時、同聯隊の兵力は数十名、これに砲のない野砲二六が、三人に小銃一梃の貧弱装備で、すでに指揮下にあり、ほかに船工一個中隊・飛行場整備一個中隊・野病の一隊が配属されていた。軽機・重機はなく、小銃弾は各銃三十～五十発であった。それもほとんどが出征以来のもので、三分の一は不発であった。

これらの状況は、安達軍そのものが崩壊の段階にある査証であり、その緊迫感は一兵に至るまで、ヒシヒシと身に迫っていた。

五月に入ると、他部隊では大隊長である中佐以下、将校四・下士官三十七名の、大量投降があったと、豪軍公刊史は伝えている。

安達将軍はセピック地区での自活も考え、吉原軍参謀長に同地の調査を命じたが、八月末までに四千名、九月末までには六千名収容可能との報告であった。すなわち、山南の兵一万の収容は不可能であると、本案は棄却された。

ただし、現セピック部隊は吉原中将の指揮下で、最後まで邀撃戦を続行することにした。

玉砕命令

状況がさらに逼迫した七月二十五日、安達将軍は各兵団長を訪問、自ら玉砕命令を伝え、最後の決別を述べた。

猛作命第三七一号・七月二十五日

「……状況極度ニ逼迫シ、各種戦力亦尽クルニ至レバ、概ネ『ヌンボク地区』ニ於テ玉砕シ（中略）祖国ノ難ニ殉ジ、真ニ皇軍ノ本領ヲ発揮セントス（以下略）」

当時、我が第二十師団はアリスにあり、概ね（おおむ）ツル山西側から、ヤンゴール西方周辺地区に至る線を師団最後の線とし、極力、敵の殺傷増大を図ることになった。また、師団長及び各部隊長をして、『玉砕』に臨み、最後まで、不屈不撓の敢闘精神及び最後の操守を堅持し、皇軍の本領発揮に遺憾なからしむべし」と。

この「玉砕命令」が発せられるに先立ち、南方総司令官寺内元帥は、大命違反の反逆者である安達将軍に「感状」を授与している。

寺内元帥も元帥で、大命や自分の命令を「コケ」にした隷下の軍司令官に、「その行為を賞賛する」感状を出すこと自体、「天皇陛下の統帥権」を干犯する重大事件のはずである。

これでは「皇軍の威信」が保てるはずがない。いくら「玉砕の心構え」を説いたところで、軍組織からの離脱者（遊兵化・投降者）が続出するのも亦宜なるかな、と、筆者は思料する。

そんな友軍事情もあってか、敵の進攻速度は加速され、複廓地帯の我が玉砕陣地に迫ってきた。そこで、第二十師団長はハムシックにあった歩七九に対し、師団右翼陣地の守備を命じたことは前途の通り。

昭和二十年七月中旬、カボエビスに到着した同聯隊は、同地西方台地より、アレキサンダー山腹に至る線に第一線を構築した。

敵は西方ヤミールで、北アメリカ道上の我がカボエビス陣地を狙っているようである。

貧弱な武器しか持たぬ我が戦闘状況を、あますことなく描写した同聯隊宮崎大隊の、小隊長大塚楠雄准尉の手記を要約紹介する。

七月二十九日、大黒山の我が陣地に対し、敵の攻撃が始まった。銃砲弾頻りに飛来し、午後には敵機の銃爆撃も加わり、約一時間半にして大黒山の山容はまったく改まった。

三十、三十一日、弁天山方面の銃声は絶え、近くの部落も陥落、大黒山攻防は今酣なり。小隊は大黒川河峪方面からの攻撃に備えた。

八月一日朝、大黒山は猛爆で赤土山となる。

二日、敵は、小槌台を占領、大黒山に侵入、防御陣地構築と、迫撃砲陣地を完成させた。

三日朝、陣地を撤し、毘沙門山に後退、中隊主力の準備した陣地に着く。

四日、芋収集。夕刻No1カボエビス陥つ。

五日午後、大隊はブキナレまで後退、小隊はパンの木高地に分哨派遣、No2カボエビスの友軍陣地は終夜、銃声の絶えることなし。

六日、大隊は大黒川支流の桃川を遡及、夕刻、バナイタム東方に移動、原中隊は同地に、小袋中隊は桃川渓地に陣地を占領、大塚小隊は桃川石橋を扼すべき命を受ける。

七日、小隊は敵状を捜索、掩体豪を構築。

この日、軍の「玉砕」命令が伝えられる。陣地温存のため、来れば退き、去れば帰陣。このため陣地には一、二名を残すのみ。

八日、第二十師団の後方ヤンゴールに敵一個大隊侵入、戦況は一挙に最悪となった。

八月九日、敵は小隊正面の剣台に進出、直ちに陣地を構築、午後早くも小隊守備の桃川橋を中心に、迫撃砲弾の雨を降らす。

十日、小袋中隊陣地後方バナイタム高地に、敵機は焼夷弾を使用せり。一週間後に退くべき最後の陣地偵察に行く。すでに中隊陣地付近に敵斥候が出没しあり。

十一日、小隊正面石川伍長の潜伏斥候は敵斥候と交戦撃退。剣台の敵陣地ますます強化、山砲一門、迫撃砲三、重機四〜五を望見せり。

十二日、兵一名とともに中隊陣地に至る途中、土民兵の手榴弾攻撃を受くるも被害なし。No2カボエビス陥落、No3カボエビス未陥。

十四日、早朝より周辺の爆撃、大口径砲の砲声頻(しき)り。十五時頃、剣台の斜面草原地帯をナレに向け前進する黒白の一隊を望見、中隊長に報告。十六時、中隊位置にある時、敵銃砲撃の猛射を受けたが、約十五分で終わった。

八月十五日、一方的に敵の空爆、砲撃はなかったので、八月十四日が最後のニューギニア戦であった。各隊の戦闘も同様であった。聯隊では、各部（兵技・衛生・経理）下士官までも夜間切り込み隊として、また、分隊長や小隊長として一般兵科下士官にまじり、戦闘に参加、筆者の同僚主計下士官の幾人かが戦死した。

兄弟聯隊歩八〇の戦闘行動については終戦直後の戦闘記録が乏しく、詳記することができないが、常に歩七九の右翼前方において「殿軍(しんがり)」の役目を果たした。

終戦直後は、大塚小隊の前方No2カボエビスにおいて敢闘中であったと思われる。

終戦前夜・歩兵団司令部

この一文は、すべての砲を喪失した野砲二六聯隊の副官長友久義大尉が終戦前後に、歩兵団司令部（三宅部隊本部）との連絡任務に当たっていた時に見た混乱ぶりを、リアルに描写しているので、要約して（文中の「私」を「長友」に改め）紹介する。

——蛸壺に隠れて敵の砲撃を避け、敵歩兵の接近を待って小銃で撃つのであるが、一兵当たり三十発、そのうち三分の一は不発と見做される。

兵は極端に減耗し、一丘を守るのに数名しか配置できぬ始末に、敵の進攻を「撃退」はできず、戦闘ごとに一陣また一陣と奪取され、兵は木の葉の如く散ってゆく。

敵の攻撃がカボエビスに指向される頃から、デマや憶測が真偽入り乱れて語り継がれ始めた。

曰く、軍はセピック大河の対岸山地に移動するために、工作隊がすでに土民の宣撫を始めている、というような希望に満ちた流言が飛ぶ。

豪州の捕虜収容所写真を載せた伝単で、「早く降伏せよ。安全は保障する」と、勧める。

また曰く、某部隊は大隊長以下、部隊ごと降伏した。某部隊は全員が行方不明らしい。

軍の崩壊が始まる中、長友大尉は自分自身、終焉の「時」が迫っていることを痛感した。

このような混乱した陣中で、年老いた三宅少将は、半狂乱の焦燥ぶり、砲兵たる長友大尉に「早く死ね」と言わんばかりの酷命を下すに、「山上の敵陣を一人で偵察せよ」と。

「敵は壕を掘り、迫撃砲を据え、陣地を強化中」と報告すると、「兵二名と、敵の進攻を監視せよ」という。

長友大尉一人で敵前に近づくと、敵は鉄条網を張り、日本軍の夜襲に備えている。

夕刻、依命撤退、歩兵団司令部に向かう。間もなくカボエビス陣地は陥落した。

この頃、「玉砕命令」が発せられ、ツル山南麓に集結、玉砕態勢に移行することとなった。

ところが八月七日、ヤンゴールに敵一個大隊が侵入、軍と師団が分断されたため、師団は現態勢のまま玉砕戦に臨むこととなった。

七月十三日、歩七八は師団の第一線となり、ヌンビーフ・クラクモン付近を第一線に玉砕陣地を構築、配属照空隊に松下大尉と藤原少尉を派遣し、クラクモンで敵と交戦し脱出。

八月五日、小池大隊はアリス地区に転進。

ウエワク方面の戦況

ブーツで日本軍を排除した敵豪軍は、いよいよ日本軍最大の基地ウエワク進攻を開始した。

五月四日、オーム岬に豪軍上陸、同岬の歩一一五第八中隊二十名は玉砕し果てた。

十日、敵はウエワク半島を砲三十門で砲撃、同地守備隊長以下約六十名は玉砕した。

十一日、豪軍大部隊がテレプ岬付近に上陸、飛行場周辺の我が守備隊に猛攻を加えてきた。

二十五日、海岸地区からアレキサンダー山越え道路上の看破山が陥落し、南方の田崎山が無防備のため、青津支隊をサスイヤに転用した。

六月に入ると、戦況はいよいよ苛烈化し、青津支隊も挺身攻撃で敵攻撃力の削減に努めた。

六月二十四日、田崎山陥落でアレキサンダー山系の要地を失い、東複廓陣地が崩壊した。

七月二十二日、アンプロリー陥落、戦火はいよいよ山南地区に迫ってきた。

第五十一師団は青津支隊を指揮下に入れ、アレキサンダー山系での防衛に死闘を繰り返したが、武器弾薬・食糧がない日本軍は、朝に一塁、夕に一陣と玉砕が続いた。

その頃、第五十一師団の兵力は約一千、その七割が傷病患者であり、ウエワク防衛は戦闘未習熟な各種特科隊が陣地で奮戦したが、勇戦空しく、東複廓陣地の一角は崩れ去った。

ガリップの攻防

歩二三八第二中隊守備のガリップ陣地は、両側が渓谷の要害地にあったが、七月下旬になると、敵は十門の砲で猛砲撃を開始した。

八月一日、南側、パン・ジャメ・タケの吉松部隊陣地も相次いで陥落した。

三日、敵は攻撃重点をガリップに指向。

十二日、ガリップ放棄、ツワノブに後退。

十四日、さらにマイラガングに移動中の十五時、ブキ川畔で約四十の敵と不期遭遇、交戦約二十分で撃退した。この戦闘が、歩兵第二三八聯隊の最後を飾る戦闘であった。

聯隊はヤンゴールに敵侵入のために玉砕地ツル山に後退できず、この地を玉砕地と定めた。

日本軍の終焉迫る

彼我の戦力は一戦ごとに開くばかり、将校はもちろん、各部将校・下士官が軍刀を腰や肩に差し、小銃を手にする姿は、「西南の役」における薩軍にも似た姿であった。いな、破れ戎衣(じゅうい)に裸足の戦闘姿は、それ以下の状態であった。

一歩、二歩と後退、七月になると、戦況とみに悪化し、主計下士官も戦闘に参加、爆薬を抱いて敵陣に突入、散華した筆者の同僚もいる。

七月末頃のある日、筆者のもとに通信紙が届いた。差出人は歩七九の同僚某主計曹長(氏名失念)の「訣別の辞」であった。

彼は兵の基礎訓練中の重機経験を買われ、主計曹長の身で重機小隊長となり、陣頭に立った。

「我は貴隊の右前方草山丘上、歩七九重機陣地に在り。眼前皆敵、此処を死守して果てんとす。我が蛸壺壕は丘上タコの木の根元に在り。戦闘の様相を篤と高覧あって、同期諸兄に披露を乞う」との一文であった。

その丘に、翌朝から敵の砲撃が始まった。

日本軍に重機があるとは露知らずに迫ってくる敵と交戦数刻、火炎放射器で辺りを焼き払いながら攻めきたり、激戦の末にこの一陣は玉砕した。

この火焔の中で、兵科将校にも劣らぬ死闘を繰り返し、立派に任務に殉じ、散華した同僚を双眼鏡で望見し、涙を流し合掌した。

他の陣地もこれ以上の後退は許されず、玉砕以外に執るべきすべはなかった。

八月五日、クラクモンよりアリスに夜間後退する小池第一大隊の後方から、大型砲の発射光が稲妻のように光ると、頭上を曳光弾が尾を引き、唸りを上げてアリスの方に着弾、炸裂火焔を噴き上げている。

ところが次の夜、東前方から砲声が聞こえ、前方にも敵が侵入したことを知る。すなわち、日本軍は丸ごと包囲されたことを意味する。

夜が明けた。部隊は丘陵上にある。先頭の山本准尉が輜重兵を主とする約二十名の大隊本部中央にきて、「兵器器具・雑嚢水筒のみ携行、他の『物』は当地に埋めよ。戦友の遺骨もまた同じ」。

いよいよ、来るべき「時」が来たな。昨夜、行軍の闇の中で考え続けた「いかに死に様を美しく死すか」が、現実となってきた。

今まで抱いていた予備計手の中西・野田の両伍長の遺骨も、ちいさな穴を掘って埋葬した。

「稲西・野田よ！　さらばだ。俺もすぐに逝くからな……」と、少なくなった水筒の水をかけて、朝焼けの空に「成仏」を祈った。

部隊は前後に砲声を聞きつつ丘を下り、麓の密林で大休止となり休んでいると、山本准尉がまたきた。悪い予感は当たった。

「皆聞け！　昨日（聯隊史では八日）、敵は後方ヤンゴール飛行場に侵入、陣地を構築中である。その数約一千。これに対し海軍柿内部隊（佐世保陸戦隊）が主力となり、高砂義勇隊及び第二十師団からも兵を集めて攻撃中である」という。

ヤンゴールの敵は、軽飛行機を飛ばして投降ビラを撒き、果ては砲の着弾観測もする。砲撃は盛んだが、歩兵攻撃は緩慢である。敵は次なる総攻撃に備え、軍備品の集積を急いでいるのであろう。

聯隊は、南よりNo3ヌンビーフに石川態男中尉（15幹特）の第一中隊、その北側稜線上のNo3アリスに上村弘英中尉（士五五）の第三中隊、No2アリスに斎藤顕中尉（士五六）の第二中隊を配して玉砕陣地を築き、敵の攻撃に備えた。

その頃、師団司令部は聯隊の東にあるパナマ川渓谷に、歩兵団司令部はそのまた東のフパールにて、ヤンゴールの敵に対していた。

ところが、我が歩七八聯隊本部は、戦闘指揮にはほど遠い後方山地近くのカイヤンにあった。

狭い包囲圏内での食糧はままならず、兵は戦わずとも、今日にも餓死が迫っていた。

アリスの玉砕陣地

急坂の頂上がアリス部落である。砲弾が絶えず落下炸裂し、頭の芯を突き刺すようだ。その坂下、小川の茂みに我が小屋がある。

筆者は輜重兵を連れ、芋捜しとサクサク作りに奔走していたが、狭い包囲網内で他隊の芋掘り班と鉢合い、なかなか芋畑が見つからない。

　また、他隊とサクサク原木を争うこともあるが、お互いの任務を思いやり、一本の原木を分け合いながらも、芋やサゴ椰子捜しに、銃を肩に毎日、必死で狂奔した。周辺土民は皆、敵で、油断すると土民の投げ槍で落命は必定。その危険度は前線同様である。

　ある日、焼き芋補給に頭上の大隊本部陣地に登ると、平和で美しかった、あの頃のアリスを偲ぶ縁（よすが）もないまでに荒廃しきっていた。早晩、想い出の部落で玉砕する身を思い、つくづくと戦争の「虚しさ」を感じた。

　川辺の小屋では、飛行場大隊の衛生曹長と起居をともにしていたが、彼は召集で十歳以上も年長である。召集前、彼は京都で「漬物商」を営み、繁盛していたという。日課の食べ物話になると、皆、「ああ！　死ぬ前に白飯を食いたい」と述懐するが、彼は「漬物を腹一杯食べて死にたい」と言い続けている。

　また、私物棄却命令に反し、持っている妻子の写真にキスして寝に就いた。「早く処分せんと叱られますよ」というと、「いかなる厳罰を食らおうとも、死ぬ時は妻子とともに死にたい」と彼はいう。無理からぬことで、その胸中を想い、ほろりと涙する。

　豪雨の中、増水した小屋前の小川を早足に近づく兵は、聯隊本部の田平曹長である。彼は通信中隊出身だが、今は有線・無線ともになく、部隊相互間の連絡は、もっぱら田平曹長の足が頼りである。彼は体は小さいが、敏捷な動きと、抜群の記憶力で、筆記なしで頭にしまい、一言半句の間違いもなく報告・伝達する天才的頭脳の持ち主である。

その田平曹長が、飛沫を上げて川の中を走ってくる。小銃を肩に、軍刀を腰にぶち込み、ボロ手拭で鉢巻をしている。その顔には悲壮感が滲み出ている。

「おぃ！　田平！　どうした」と、立ち上がって叫ぶと、「おぉ白水！　聯隊はここ、アリスで玉砕と決まったぞ。聯隊隊長以下、突撃して聯隊の最後を飾ることになった」と、言い残し、雨の中を大隊本部陣地へ消えていった。

上陸以来、今日まで生き長らえてきたことは、郷里の氏神春日神社の神威か、はたまた京城（ソウル）で凱旋を待つ女学生の「祈念」が通じたのか……？

だが、確実な「死」が旦夕（たんせき）に迫ってきた。これから先は先祖に導かれ、突進するのみ。妻子のある応召兵や先輩は、どんな思いで「死」を迎えんとしているのだろうか……。佐々木主計は新婚早々だが、歩兵将校より泰然と「その時」を待っているようだ。それに比べ我は独り身、気は軽い。「えーい！　ままよ！」と思ってみたものの、我が家の黒ずんだ仏壇が、やけに脳裏を過（よぎ）る。

大隊本部アリス陣地の谷一つ隔てた丘が第一線の石川隊、その先百メートル谷の向こうが敵陣で、すでに指呼（しこ）の間に迫っており、石川隊十数名が必死で防戦中である。

豆を炒（い）るような連射音は、いつしか滝の瀬の音に似て「ザァー」という音響に変わっていた。その合間合間に、我が三八銃の発射音が間抜けた拍手に聞こえるが、手持ち弾丸十発ほどでは、止むを得ない間引き制御射撃である。北方カボエビスからも銃声音が聞こえる。歩七九の奮戦が偲（しの）ばれる。

東の方でも砲声は殷々と聞こえる。東西南北皆、敵。逃げる余裕はない。たとえ山地に逃れても、食糧確保はまったく不能。これでは玉砕しかほかに途はない。しかし、すべての兵がこの段階で「生」に対し、諦めの境地には至っていたであろうか……?

石川隊が破れ、アリスの丘が直接攻撃されるに至れば、経理も衛生も大隊本部の戦列を埋め、「玉砕突撃」を敢行する時である。それも今晩か、明晩に迫っている。

投降勧告ビラは毎日、何回も頭上にばら撒かれる。その種類も様々で、「このビラを持ってくれれば優遇する」と、豪州捕虜収容所の食事風景の写真入りである。

また、太平洋新聞なるものは、日本内地の爆撃状況を詳細に知らせてくれる。中には、春の陽光を浴びて若い娘三人が楽しく語り合っている写真に、「暖かい日差しを浴びて乙女の心は弾み、楽しい未来への希望が……」と、ナレーション付きである。

それを見た途端、今まで諦めていた「生」への執着が翻然と噴き出し、「生きて還りたい」との執念が胸を衝いて噴き出してくる。

独り身の筆者ですらこの想い、家庭持ちの応召兵たちは、どれほど強い郷愁を胸に秘めて戦っているのであろうか……。

だが、中には大元帥の礼装に地下足袋、巻脚絆のエンパイア・ヒロヒトを漫画化し、天皇陛下を揶揄したものもあり、かえって日本兵の反感を買っていた。

流れくる話は逃亡者の話ばかり、個人投降はもちろん、大隊長以下、部隊ごとの投降も出たという。「……草根木皮を齧ってでも戦え」と阿南陸軍大臣はいうが、その草根木皮も食い尽くしてないのである。

空には軽飛行機がビラを撒(ま)き、「日本軍の皆さん、そこに潜んでいることは判っています」と、マイクで呼びかけ、低空を飛び去っていく。

第一線は食う芋のなく、絶食で戦っている。「何とか食べ物」と焦れども、狭い包囲網の中には掘る芋も、サゴ椰子もない。ただ、木の葉を飯盒で「蒸し焼き」にして口に入れ、水で胃に流し込む。これでは腹は膨(ふく)れても栄養になるはずがない。討ち死にする前に餓死することは必定で、それも旦夕に迫っていた。

向こうの丘から、またマイクが鳴る。

「今から『想い出』の唄をお聞かせします。どうぞ、ゆっくりお寛(くつろ)ぎ下さい」

流れてくる音律は、東京音頭やおはら節など、開戦前の懐かしい唄声が流れてくる。

各戦線に脱落者が出る中、我が第二十師団では一人の脱落者もいなかった。ここで特筆すべきは、朝鮮特別志願兵である。彼らには一人の脱落者もなく、日本兵以上に日本軍人らしく戦い、日本に殉じて逝った。彼らの高位者は「曹長」で小隊長であったが、この心境はいかばかりであったろうか……?

銃声絶えて戦い終わりぬ

八月十五日、終夜射ち続けていた東（ヤンゴール）西（ブキワラ）からの砲撃も空襲もない静寂な朝を迎え、何が起きたのか拍子抜けの朝である。

例の軽飛行機が密林すれすれに旋回し、伝単（ビラ）を撒いてゆく。すると付近の兵たちが、「オーイ、戦争は終わったぞー」と、伝単を高く掲げて叫んでいる。近傍の将校も見て見ぬふり、食糧のない長い戦いの連続に、将校すら厭戦気分になっていた。兵が届けてくれた伝単には命令口調で、「日本軍将校諸君！　日本帝国は無条件降伏せり、即時戦闘行為を停止すべし」という。

現に砲爆撃がないことが何よりの証拠である。前面、石川隊陣地の銃声はすぐ止んだ。後で石川中尉に聞くと、「土民が白旗を掲げて近づいたので撃ち払った。終戦を知らぬ故に、土民にすまぬことをした」と述懐していた。

戦闘中、竦んでいた松本聯隊長は終戦で蘇り、例の空威張りで、「謀略の疑いあり、厳重警戒を要す」というが、誰もが相手にしない。

夜がきた。あちこちの敵陣から機関銃の流し射ちの銃声が、闇の中から聞こえてくる。これも後で判ったことだが、十三、十四日に出撃した「夜間特別攻撃隊」に対する敵の警告流し射撃であったという。

石川陣地に再度、軍使が来着、連絡用白旗を置いていったが「こんな物に用はない」と、鉢巻や手拭いに引き裂き、兵が分け合った。

ある日、全員集合があり、天皇陛下の詔勅が読み上げられた。電文が不鮮明であり、不明箇所は跳ばして聯隊長が読み上げた。その語句で、「五内（体）のために裂く」の段になると胸がつまり、吹き上げてくる涙を覚えた。

天皇陛下でも、かかる苦渋に堪え忍ばれていられる。我々がいかに酷(ひど)い「捕虜扱い」を受けようとも、耐えねばならぬと決心した。

終戦になったが、食糧の問題は解決されない。芋畑のサゴ椰子も皆無、ために我が主任務の食料補給は休業状態になり、各隊は戦闘代わりに「食料漁(あさ)り」に狂奔する毎日であった。

部下を持たぬ我が身に、誰一人食料を差し入れてくれる奇特な兵はいない。一番近い輜重兵ですら、まったく知らぬ顔である。

そこで輜重兵二名を連れて、アリスの丘に登った。丘の稜線上至近の距離に、敵の陣地跡がある。これでは、玉砕もあと一日に迫っていたのも頷(うなず)ける。

敵のいないのを確かめながら、食い残しの缶詰やビスケットのかけらを口に入れながら、残留物を拾い、雑嚢に入れて進むうち、いつしか敵の前哨線に近づいていたらしい。丘の麓から急に「ヘーイ！　ジャップ！　カムォン」と、大きな声がした。

ひょいと声の方を見ると、白人将校と土民兵三名の敵が、前方五十メートルのところから銃口をこちらに向けてじっと狙っている。

「しまった！　残飯拾いに夢中になっていて、ここで不名誉な死を遂げるのか……。今まで生きながらえてきたのに……、同行の兵にまことに相済まぬことをしてしまった！」と、悔悟の念が一瞬、頭を過(よぎ)った。

「逃げ出せば一発でやられる。ゆっくり歩いて下るぞ」と、敵に向かって歩き出した。「手を頭に挙げろ」と、手真似で命じている。仕方なく頭に手を挙げ、高鳴る心臓を深呼吸で押さえ、そろりそろりと坂を下った。

土民兵は、玩具のような自動小銃とライフルを、白人将校は大きな拳銃を構えて近づいてきて、英語で話しかけてきたが、いっこうに通じない。

「アイ　ノースピーク　イングリッシュ」と答え、手に口を当て、話せない仕草をし、傍らの土民兵に「ミイパラ　ベロハングリー」と、ピジン語で話しかけ、空缶やパン屑を雑嚢から取り出して差し出すと、雑嚢の中を覗き、体を探りまわして武器の有無を確かめられ、捕虜の屈辱感をつくづくと味わわされる。

丸腰で痩せ衰え、ボロの軍衣に裸足、乞食のような我々を哀れと思ったのか、「オーケー、イゴバック」と、手で「帰れ！」という。

手こそ頭から下ろしていたが、先を歩く我らの背後から、土民兵が自動小銃の筒先で肩を突き、急き立てる。恐怖で足が竦(すく)んで思うように歩けない。しかし、髭剃り跡も青々とした英国紳士風の敵将校は、アリスの丘まで我々を連行し、「オーケー！　ハリヤップ」といって釈放してくれたので、ヤッと助かった。

「これで日本に還れるぞ」と、死線を超えた新たな希望が沸々と湧いてきた。

密林の宿舎に帰ると、帰りの遅い我々を、心配しながら待っていてくれた。

聯隊の終焉

軍旗奉焼

本年三月、ミラク攻撃に向かう聯隊は、軍旗の軍司令部奉安を命じられた。それは、軍旗旗護に気をとられ、戦闘に支障なきようにとの配慮からであった。

昭和二十年九月十九日、アリス北二キロのカイアン山中の聯隊本部に、旗手徳丸中尉が奉持して帰還、軍旗奉焼式が執行された。

式場は密林中に作った小さな広場の中央で、高さ七十センチ、幅一メートル、長さ二メートルに薪が井桁に組まれ、その横二メートル隔てて穴が掘られていた。

いよいよ訣別の刻がきた。

聯隊生き残り約百名が執銃整列する部隊正面に、徳丸勝美中尉（15幹）が奉持する軍旗を中心に、石黒政重曹長以下の旗護兵が並んでいる。

聯隊長は軍旗前に進み出て、隊列に向きを変え、簡単な辞を述べ、軍旗に向かい、「着け剣—軍旗に敬礼ー頭ぁー中」と大きな地声で号令をかけた。

兵は銃剣の「捧げ銃」、下士官帯銃者は「捧げ刀」、准士官・将校は「投げ刀」礼をもって、軍旗に「訣別の礼」を執った。

いよいよ、軍旗奉焼式典の最高局面に差しかかる。

式は、旗竿から御紋章をはずし、深い穴に黄色火薬とともに押し込み、爆砕の仕掛けがされる。次に、羽二重織の旗部が旗竿からはずされる。

旗は満洲事変以来、幾多の戦役に破れ落ち、残る紫房の外飾を井桁の上に丁寧に広げ、その上に二本に分解した旗竿を奉戴して点火すれば、薪はたちまち紅蓮の炎となり、軍旗を包んだ。

聯隊長は、あらん限りのダミ声を張り上げ、「軍旗に敬礼！　頭ぁー中」と号令かけたが、その声は涙で掠れていた。

紅蓮の炎の中、天皇陛下の化身であり、歩兵聯隊団結の象徴である軍旗が、今まさに燃え尽きなんとす。すなわち「聯隊の終焉」である。

兵の目にも涙が滲み出ている。我もまた万感胸に迫り、刀を捧げ持ちて微動だにもせず、落ちる涙で焼ける軍旗を見詰めていた。

「直れ！」の号令も聞こえぬほどの深い感慨が、いつまでも続いた。それが今でも……。

誰が唱い始めたのか、

海行かば　水漬く屍
山行かば　草生す屍
大君の辺にこそ死なめ　省みはせじ

嗚咽はやがて慟哭へと変わっていった。

続いて聯隊歌となり。それが終わる頃には、軍旗の片鱗すら残さずに焼け尽くされていた。

次は菊花御紋章の処置となる。

爆砕用穴は直径三、四十センチ、深さ約一メートルで、穴の中に奉安してある御紋章の上に、軍旗の灰が静かに注がれ、爆砕用手榴弾が、一同注視の中に点火、投入された。皆がいっせいに伏せる中、凄まじい爆発音と火焔を噴き上げた。

聯隊長が穴を覗き、御紋章の飛散を確認後、一匙の土をかけ、後は旗護兵が埋め戻し、その跡に草株を植え、敵の発見防止とした。

乞食にも劣るボロの戎衣をまとい、戦闘帽は破れ、中には裸足の兵もいる。そんな中で「解散」の命令が出たが、その解散命令こそ、実質的な「帝国陸軍の解散命令」であった。

大正五年四月十八日、皇居において拝受して以来約三十年、満州事変・支那事変・大東亜戦争と戦い続けてきた歩兵第七十八聯隊は、ここに終焉を遂げたのである。

降伏・捕虜

大命により軍は、九月十三日をもって、ウエワクの豪第六師団に降伏した。降伏式の写真では、安達将軍は「敗軍の将」とはいえ、あまりにも卑屈で悄然としている。もう少し日本軍人としての威厳のある対応が望ましかった、と思う。

また、「一軍の将」として捕虜の辱しめを避けなんとせば、祖国日本の敗戦を承知したその時に、彼自らが玉砕地と定めた「ツル山」山頂において割腹自決し、戦没の部下将兵とともに、ニューギニアの「土」になるべきであったと筆者は惟う。

なお、戦闘部隊指揮官の動きはいかに……。

歩兵第七十八聯隊長松本松次郎少将の終戦時の動向につき、連隊本部書記の田平曹長は、その職掌柄、さまざまな光景を目にしている。

終戦が明確になった頃、豪軍軍使が我が聯隊本部に現われ、「聯隊長出頭」を命じてきた。元来、臆病な聯隊長は青くなって慌てた。当時指名呼び出しは即、「戦犯」指名である。恐怖に戦く聯隊長は、事態解決策として、敵将に「日本刀」を奉呈することにした。

本来、軍刀の奉呈は、降伏式において降将が自らの佩刀を腰からはずし、敵将に差し出すのが古今東西を問わず武人の習わしである。が、それは正式の降伏式の場合であって、その他の将兵は「武装解除」の一環として、定められた場所に所持する武器を投置するのが慣例である。

なのに、要求もないのに自ら進んで「軍刀奉呈」に及ぶとは……、少将の官位に対し、辱(はじ)も外聞も振り捨てての「自己保身」策である。

兵は曰く。「大言壮語を吐き、俺たちを『威』をもって制してきた聯隊長が、敗軍となるや豹変し、敵将に媚(こび)を売り、身の安全を図るとは何事ぞ。豪軍の戦犯指名の有無にかかわらず天誅をもって将兵の恨み晴らさん」と。

聯隊長は「戦犯指名」に怯(おび)え戦き、言葉にもならぬ言語で、ただただ喚き散らしているのを、田平曹長がやっと聞き出すと、「無錆の佩力を将校より提出させよ」といっているのだ。

その軍刀を佩用し、マブリックの豪軍司令部に出頭した。随行者は森博美中尉、田平正敏曹長、青木敏雄軍曹（韓国名李敏雨、後の韓国陸軍中将陸軍次官）であった。

豪軍司令部に着いた聯隊長は、腰の軍刀をはずし、恭(うやうや)しく敵将に奉呈した。まだ軍の降伏式も終わらぬうちに、こんな屈辱的態度をなぜとるのか、田平曹長は恥ずかしく見るに耐えなかった、という。

そんな卑屈なことをするより、堂々と敵の訊問に答えてこそ、日本軍人ではないか。大言壮語は、陸士将校によくある「見せかけの勇気」に過ぎず、弱者には強く、強者には一遍で萎(な)えてしまう「天ぷら将校」だったのだ。

そういえば、過去の戦闘における聯隊本部位置を考えると、必要以上に遠隔地にあった。特に、アリスの玉砕戦に臨んだ時、歩兵団司令部でさえ攻撃部隊である海軍柿内部隊のすぐ後方で戦闘指揮を執っているのに、我が聯隊本部は小池大隊の後方二キロにも及ぶ山地に本部を開設している。これでは、指揮下の小池大隊とともに玉砕突撃ができるはずがない。

なるほどミラク攻撃時、聯隊長の指揮態度について、堀江軍参謀が指弾し、「軍法会議に付議する」と意気まくのも宜なる哉である。

我が聯隊は北支戦線で、中国地方軍閥との戦闘で、多くの捕虜を得たが、金品を供して日本軍に迎合するような中国指揮官は、一人としていなかったと聞く。

これを我が聯隊長と比べれば、日本軍指揮官の資質がいかに劣っているかが判る。

軍刀は無造作に受け取られ、訊問後、「人違い」と判明し、釈放された。その後、同司令部に一泊、翌朝写真を撮るので一列に並べという。

田平曹長は、この写真が日本の新聞に「捕虜」として掲載されることを懸念して反対した。が、聯隊長は諾々としてこれを受け、「田平！　早く列に入れ」と命じる始末。ここでも聯隊長の敵迎合姿勢が窺える。これを聞くに、田平曹長の方が、よりもっともな思考であろうと思う。

また歩兵七九聯隊長も同様に、軍司令官賞賜の軍刀を、手土産として敵将に贈ったという。何と不甲斐ない指揮官たちであろうか。

こんなところに、当時の高級将校が内包する「腐敗した真の姿」を見出すことができると思う。これでは戦いに負けるのも道理である。

敗軍の将とはいえ、日本軍人の最後を飾る毅然たる態度が欲しかった、と筆者は思う。

豪軍命令、ムッシュ島に集結せよ

軍は豪軍命令により、ボイキン海岸において武装解除のため機動終結、その後、ムッシュ島に至り、捕虜の屈辱を受ける身となった。

そんな折、筆者の直属上官である佐々木主計大尉が、主計将校戦死欠員の野砲第二十六聯隊に転勤となった。直属上官を失った筆者には、以後、様々な苦難が待ち受けていることは知る由もない。

その後、各連隊ごとに慰安会が催され、椰子ジョロで作ったカツラをかぶり、芝居「赤城の子守唄」を演じたり、広沢虎造の「森の石松」で一時、戦苦を忘れた。

いよいよ出発の朝がきた。聯隊は本部のあるカイアンに集結、行軍隊形を作る。

二〜三の部落を過ぎると、道は次第に上り坂となった。やがて部隊は、見晴らしの良い中腹に差しかかる頃、昼食の大休止となる。

ここは山南の戦場が一望できるところである。

多くの戦友が血を流し、土となった大草原、その中に点在する小密林や荒涼たる丘陵部落、ふたたび訪ねることはないであろう、その一つ一つが懐かしささえ覚える。

ただ一人の部下、稲西兵長を葬ったあのウイトベ部落が、遠い霞の中に消えている。

「稲西よ！　野田よ！　さようなら……」、熱いものが胸に込み上げ、それが涙となって溢れ出る。感傷に耽(ふけ)り、芋を手に持ったままである。

部隊は前進を始めた。心なしか皆の足並みが軽やかに感じられる。過ぎし日、山南への往路で喘ぎながら越えたこの峠も、一気に越えて行く。

十月三日、八日目午後早く、ボイキン到着、と同時に命令が達せられた。
一、文書類は日誌といえどもすべて焼き捨てよ。
二、武器は入念に手入れせよ。
さて、我が武器は一振りの軍刀だけ、このまま敵手に渡すのも癪の種、せめて戦旅の証として刀の一部を取りはずし、持ち帰ることにした。

目釘止め金具・鍔・柄頭をはずし、加えて、ヤカムル攻撃に出撃する天軍曹から預かっていたシーマの懐中時計も一緒に、軍靴用保革油缶に忍ばせ、敵の目を誤魔化すことにした。

明ければ武装解除の日。海岸に沿い一列縦隊に進み、砂上に設けられた区分に従い、銃、帯剣、軍刀等、それぞれの置き場に、兵は無造作に放り投げ、将校は沈痛な表情で軍刀を静かに置いている。

いよいよ筆者の番がきた。我が命を託して腰にせし「愛刀」と、今この瞬間、永別するのである。敵兵監視の中、剣吊りから刀をはずす時の屈辱感こそは、永久に忘れまじと心に誓った。我が「心」を振り切るために、「ガチャン」と「刀置き場」に投げ出した。

軍刀が適当な量になると、縄で結んでどこかへ持ち去って行く。これらのうち、見栄えのする上物は、豪軍将校の復員土産として持ち帰り行くのを、後日ウェワク作業隊にいる折に多く見かけた。

　嗚呼(ああ)　戦いは終わりぬ
　　戦友空しく散りて還らず
　　屍山野に曝す十五萬
　　魂魄この地に留まりて
　　今戦友の帰還を送らんとす
　嗚呼　いつ日か戻り来りて
　　御身らを迎えん
　嗚呼　総てこれ無情……

武装解除済み次第、順次、豪軍上陸用舟艇に乗せられ、本島に近いムッシュ島へ向かう。小さな桟橋に下船し、続く広場を過ぎると、なだらかな椰子の細い一本道を通って、割り当ての宿営地に着く。

さっそく、長期滞留を想定して空地が配分され、各隊ごとに開墾し、薩摩芋の植え付けにかかる。

当座の食糧は豪軍支給の一握りの米と、牛缶五人に一缶くらいの配給があるが、とても腹の足しにはならず、兵は遠浅の海に入り、無尽蔵とも思われる黒い大きなナマコを獲り、また、海軍残置の蚊帳を繋(つな)いだ「地引網」で各隊ごとに相当な成果を挙げた。だが、ナマコはたちまち獲り尽くし、魚も遠浅の海岸には寄り付かなくなってしまった。

ウエワク作業隊

ムッシュ島到着後、直属上官(佐々木主計)のいない筆者に、周囲の目は急に冷たくなった。特に大隊副官の村上少尉は、物わかりのよい特務将校として尊敬していたが、この頃になると、事あるごとに「おい! 白水! これせよ、あれせよ」と、その使いぶりの酷いこと……。

ある日、また副官に呼ばれ、悪い予感を感じながら渋々と出頭すると、殊更に威厳を正し、「白水曹長は明朝、聯隊本部に至り、日高聯隊副官の指揮に従うべし」とのご託宣。そんな無茶な! と思ったが、ここで反抗すれば、内地帰還名簿に取り残されるかも知れない。ここが我慢のしどころだと心に言い聞かせ、「ハイ! 判りました」と、元気よく言った。

翌朝、聯隊本部に出頭すると、同じ命令を受けた者が浮かぬ顔で集まっている。皆の階級は軍曹以下で、筆者が先任の下士官である。

やがて聯隊副官の日高大尉(少一八)が出てきて、「お前たちは聯隊の選抜作業隊として、ウエワクに至り、豪軍指示の諸作業に当たる。指揮官は師団管理部の藤少佐である。聯隊の名に恥じぬようしっかりやってこい。期限は未定」

「ああ！　何たる不運ぞ」。このまま帰還に遅れるのではないか……との不安が先に立つ。兵を指揮して船着き場に行くと、師団選抜の兵たちが生気なく、萎れた姿で集まっている。

藤少佐が短い諸注意をした後、豪軍差し回しの陸上用舟艇でウエワク着、徒歩行軍二キロで着いたところは、四囲を高い二重の鉄条網で囲み、四隅の高い監視哨が機関銃を下向けに、いったん事あれば直ちに射撃する構えである。

だが、宿舎があるわけではなく、各人の携帯天幕を繋ぎあわせ、一張り四名の小屋を作る。食糧は米二合と缶詰四分の一が支給されるが、腹の足しにはならない。

翌日から、さっそく作業割り当てが始まる。

移動はトラック、作業内容は道路整備、倉庫での積み降し荷役、船舶荷役、豪軍宿営地の雑役等、その内容は様々である。

どの工事に行き当たるかは運次第、その難易順に書けば次の通り。

一、サンゴ礁掘り

直径四〜五十メートル、深さ二十メートルくらいの大穴に追い込まれ、鶴嘴をふってサンゴ礁掘り。道路のバラス（砂利）代用に使うのである。地底は無風、太陽は頭から燦々と耀き、鍋底で炒められるようなもの、地獄とはこのことかと思われる。しかも、昼食一時間のほかは、終日休みなく鶴嘴振り続け、手を休めることも許されない。

二、バラス散布と側溝掘り

掘り出されたサンゴを、豪軍工兵が、機械で適当な厚さに掻き均し、ローラーで圧し終わると、我々が側溝を掘って完成である。これとても、灼熱の太陽のもと、苦しいのは苦しいが、サンゴ掘りより数段、楽である。

三、軍用倉庫の荷役

倉庫でのトラックに積み降ろしで、MPの監視が厳しく、食い物をくすねることができないだけ、船舶荷役の仕事より歩が悪い。

四、船舶荷役

豪軍復員船は、兵器機材の送還と、将兵帰還船で、我ら日軍捕虜にはメリットなし。だが、敵将校が武装解除で押収した軍刀を、従軍記念に持ち帰るのを多く見ることができた。

これに引き換え、残留豪将兵用食糧揚陸は幸運作業が多く、梱包から溢れ出た食料品をネコババする機会に恵まれることが多い。

米・缶詰・ベーコンあり。遂には、これらの梱包を故意に落とし、片隅に寄せ置き、作業終了時に服に秘めて持ち帰るのである。

桟橋でも同じようなことがなされているが、豪軍監視兵は、痩せこけた日本兵に同情してか、見て見ぬふりをしていた。

ある夜の荷役でくすねた米が収容所衛門で見咎められ、入門を禁じられた。作業隊長藤少佐が慌てて跳んできて、何もいわずに列中の下士官兵に、いきなり強烈な往復パンチを食らわせた。

豪軍大尉の所長はその勢いに呑まれ、「ストップ、ストップ」と藤少佐の前に割って入り一件は落着した。が、持ち帰った「米」は全部、没収された。ただしその後、米の配給が少し増量された。

五、雑用

この作業は、諸作業のうちでもっとも楽な作業で、豪軍幕舎周辺の清掃・薪割り等の作業である。まず、身体検査で潰瘍など皮膚病罹患者は「薪割り」、なければ「炊事手伝い」である。筆者は毎回「紅茶沸かし」を命じられた。釜に残った紅茶はもちろん、わが水筒に納めて持ち帰る。

六、糞焼き当番

生きている限り、人間排泄は付きもの。収容所一隅の土手上にドラム罐トイレが十数基据えられていて、罐内に枯木を山型に積み上げ、石油を注ぎ準備完了。翌朝、隊員が「用」を済ませ、作業に出かけた後、「糞焼き当番」が火を付けてしばらく待つと、罐内は奇麗に片づいている。水洗便所ならぬ火炎便所である。

だが、用をたす身はまことに辛い。朝は用をたす本人の前に列ができ、皆が見ている前の高台で「力む」のだから、プライバシーも糞もあったものではない。「はやくせんか」と催促され、焦れば焦るほど引っ込んでしまう。

しばらくして、真正捕虜としての二ヵ月を終える頃、突然、ムッシュ島帰還の命令がきた。「銃の監視下」での生活は終わった。

藤少佐の号令一下、豪軍大尉の収容所長に「頭―右！」の部隊敬礼をし、足並みも軽く桟橋へと向かった。もちろん豪軍監視付きである。

二ヵ月前の衰弱日本兵が、チャバリ食いや賞味期限切れ食品の拾い食いで、見違えるほどに元気になり、力強い足どりになっていた。

十二月も終わる頃、ムッシュ島に帰った。「肥えたなぁー、血色がよくなったなぁ」と羨望の言葉をかけられた。

元気になって帰ってきた筆者に、村上大隊副官は、隊内の力仕事のすべてを押しつけてくる。直属上官を失った独りぼっちの主計下士官を庇ってくれる奇特な将校は一人もいない。村上少尉は思う存分、酷使することできた。

昭和四十八年四月十八日、聯隊慰霊碑建立除幕式当日、ヒョコリと出会った同氏は、当時を覚えていて、筆者の手を握り、「辛く当たって本当にすまなかった」と、謝ってくれたので、三十年近く抱き続けていた「怨恨」もこの一言で吹き飛んでしまった。

昭和二十一年正月、聯隊本部に百名近くが集まり、新年を祝した。その時の話では、「内地帰還の迎え船が内地を出た」という。

安達将軍が戦犯としてラバウルに召喚される日、在島の全将兵が桟橋広場に集められ、約十五分にわたる「訣別の辞」が述べられた。

「皆、永い間洵に御苦労であった。（中略）皆は未だ若い。どんな困難があっても、日本再建に努力されよ。では皆さん壮健に……」

隊列も組まず、桟橋広場一杯に広がる将兵に対する長い敬礼が、長かった苦戦の労に報いる将軍の「誠」であろうと筆者は思った。

一九四七年九月十日、ラバウル収容所の一室で陸軍中将の軍服を着用し、剃刀で頸動脈を切り、自決したと、後日の戦友会で知った。

しかし、将軍は一軍の将として、自らが「玉砕の地」と定めた「ツル山頂上」で、敗戦直後直ちに割腹自決し、自らの酷命により斃死(へいし)(野たれ死)せし十五万の霊魂とともに、彼の地の「土」になってこそ、武人の最後であり、祖国に殉じた部下への追悼ではなかろうか……。

帰還船

ともあれ、一挙に万余の衰弱日本兵捕虜を抱え込んだ豪軍とても、大きな負担となり、「早く日本に送還した方が得策」とばかりに、一月上旬から下旬にかけて配船、日本兵を一兵残らず(除く戦犯)送還することとなった。

帰還船は、一月中旬から矢継ぎ早に到着した。

我が聯隊の乗船は、一月十三日の氷川丸と聞いた聯隊の百余名は、思わず万歳を叫んだ。

当日、聯隊本部前に集合、聯隊副官日高大尉の「前へ－進め！」の晴々とした号令で、故国への第一歩を踏み出した。

想えば三年前、極寒の営庭で、園田大隊長が発した「前へー進め」の号令で、地獄の戦場に進発した時の情景が、走馬燈のように脳裏を掠めていく。

乗船場の砂浜で所持品検査。時計・万年筆は片っ端から没収し、服の胸に差し、刺青（いれずみ）の丸太のような腕に巻いて得意然としている。

筆者の前にきた豪兵が、保革油缶に目をやり、「蓋を開けよ」と顎をしゃくる。中には刀の金具と、天軍曹形見の懐中時計が隠されている。

蓋を開け、豪兵の鼻先に突き出すと、あまりの異臭に、鼻先で手を振り、「オーケー」ですんだ。

永かった検査も終わり、豪軍舟艇で氷川丸の舷側に着き、タラップを一歩踏み締めた時、祖国日本がそこにあるような気がした。

兵の乗船が終わると、氷川丸は船首を北に、十五万の残留英霊に詫びるが如く、哀調を帯びた長い長い汽笛を何回も、何回も海上に漂わせながら、次第に遠く離れて行く。

大勢の将兵が、今は亡き戦友と、三年間にわたり苦闘した地獄の戦場に「別れ」を告げんと、船尾に集まっている。頭上のマストで鳴る風音は、「魂魄十五万の雄叫びか、はたまた、悲しみの咽（むせ）び泣きか……」

さらば　戦友よ
さらば　ニューギニアよ

奔流を朱に染めて打ち伏す戦友よ
　肉片も留めず散華せし戦友よ
路傍に飢え朽ち果てし戦友よ
　いつの日か帰り来たりて
御身らを迎えん

霞みゆく島を見詰めて誰も去ろうとしない。やがて島影が海の彼方へ消えると、兵は三々五々、居住区に戻って行く。

単調な航海の日々、船内医療の甲斐なく、毎日四、五名の死者が水葬に付される。

船内食は、健康上の理由から、初日のお粥から日を追うに従い、次第と固くなり、日本に着く頃には、普通食に戻るという。

本船より一個の煙草とマッチが支給された。一服で眼が眩んだが、その旨かったこと。

飯が硬くなるに従い、皆、元気が戻ってきた。

航行数日、広いサロンで横になっていると、一人の兵が走りきて、「田平曹長殿が呼んであります」という。何事ならんと歩七八居住区に走って行くと、大勢に囲まれた田平曹長と山岸准尉が、手ぶり身ぶりで「マァまぁ落ち着け」と、皆を宥めている。

周りの兵たちは興奮し、大声で叫んでいる。「あんな奴は海に叩き込め。それが死んだ戦友たちへの手向けの『お経』代わりだ」と。

「そんなことすれば、聯隊の最後に汚点を残す。当の聯隊長にはその旨を伝え、戦闘中の言動について反省してもらうよう要請する。また、徳丸中尉にも反省するよう伝えよう」と、山岸准尉がズウズウ訛(なま)りで熱弁を振るっている。

「船内には豪軍の監視兵も乗船している。船内はすでに日本の法律が及ぶ。陸軍刑法はなくなっていても、一般の刑法で処罰されるだろう。よく考えて、ここは我ら兵隊の大先輩である山岸准尉に一切を任せ、皆は解散してくれ」と、田平曹長が大声の九州弁で皆を宥めている。

中にはあくまでも「海に放り込む」ことを主張する者もいたが、日頃から「皆の信望」が厚い山岸准尉や田平曹長の言を容(い)れて解散した。

本船は、兵たちの様々な想いを乗せて北へと進むうち、北斗七星が船首に耀(かがや)くようになった。

ある日の夜明け、船内がどよめく。

「おぉーい、富士山がみえるぞー」の声で船室を跳んで出る。一瞬、頬を刺す寒風、その船首の彼方、水平線の海を突き破って、雄大で奇麗な富士山がくっきり見える。

「帰って来た。遂に帰って来た」という感動が、ひしひしと胸に迫ってくる。

戦いに没したすべての将兵が、この瞬間を夢見ながら息を引き取ったことであろうに……。

本船は横須賀沖に投錨し、船内において検疫終了後、韓国出身者二十七名との訣別式があり、その代表として師団衛生隊長江本烈中佐の挨拶があった。彼ら韓国人は、日本帝国軍人として、日本人も及ばぬ戦功を立ててきた。

皆、抱き合って別れを惜しんだ。彼ら戦友の間には人種も国境もなく、しっかりと解け合った「戦友愛」だけがあるだけであった。

上陸は別々であったが、この想いは永久に消えることはないであろう。

その後、艀(はしけ)で「祖国日本」に上陸した。

時に昭和二十一年一月二十四日であった。

それは、あの酷寒の京城(現ソウル)龍山の屯営を出てから満三ヵ年の歳月が流れていた。

埠頭には、部隊や氏名を書いた幟や白布を掲げて過ぎ行く兵を捉え、その消息を尋ね歩いている遺族がいるが、五千もの戦死者では、その消息を知る者が戦死していて、お気の毒ながら、その期待に応えることができなかった。

部隊は、横須賀旧要塞砲兵舎に入り、頭からＤＤＴを浴びせられ、復員準備に入った。

復員

まず、未払給料の支払いである。

部隊解散までに氷川丸乗船全員に、終戦以降一月までの給料を階級ごとに計算し、支払いしなければならない忙しさであったが、三年ぶりに主計本来の業務に復し、充実した日々であった。

次は衣服の支給である。旧陸軍倉庫より受領した冬軍服・靴をサイズ無視で支給する。ただし、外套は数量不足で福島県以北の者のみ支給と決まり、不満の中に支給を終了した。

期限付きの難儀な業務をなし得たのも、本船で帰還した同期（第四期）の主計下士官が軍経理部に招致召集され、一致して各業務にあたったのが、主計下士官としての最後の仕事であった。


いよいよ部隊解散の日を迎えた。前日、久方ぶりに宿舎に戻ると雑嚢がない。中のものは惜しくはないが、天軍曹の形見である懐中時計と、愛刀の金具が惜しい。せめて、それらの品だけは返して欲しいと、昨夕食時に皆に訴えたが、その念願は届かなかった。

さて、約一週間の検査や復員手続きを終えた聯隊は、聯隊長の簡単な挨拶の後、それぞれの郷里へ出発した。兵員の手には無賃乗車券が握られていた。

筆者は佐賀に帰る中島初巳曹長と同行し、ポツダム准尉として一等車切符を手にしていた。一等車とはいえ、窓ガラスは破れ、真冬の寒風が吹き込んでくるが、車内は便所まで溢れる超満員の人いきれで寒さを感じない。

汽車は広島に着いた。見渡す限りの焼野が原、一発の特殊爆弾でこうまでやられるとは。「国力の差」をつくづく想い知らされた。

汽車は最寄りの雑餉隈（現・南福岡）に到着し下車、中島曹長が「白水曹長！ 元気で活らせよー」と、大声で叫びながら遠ざかって行った。

駅から約四キロ、我が家近くで曽孫を背負った祖母が、我が顔を見るなり声もなく、嗚咽するのみ……、我もまた「ばぁちゃん」の一言だけで、後はただただ落涙のみで声にならず……。

装具を家に置き、氏神春日神社に参詣する。

「六年前、この神前で『武運長久』を祈願して出征以来、『神助』により無事帰郷することを得ました。深く御神霊に感謝申し上げます」と参詣して家に帰ると、祖母はボタ餅を作っていてくれた。仏前で弟六郎の戦死を涙で語る小さくなった祖母が、かわいそうでならなかった。

翌日、村役場に復員報告に出頭、同郷の武末兵長、糸山兵長の戦死戦況を説明する。家に帰ると糸山兵長と毛利兵長の御母堂がみえておられ、戦況を問われるままに説明をした。泣き伏される御母堂様を目の当たりに見ると、戦争の虚しさがキリキリ胸に突き刺さる。

想い出の南山に帰還報告

それから二十七年の歳月が流れた昭和四十八（一九七三）年四月十八日、福岡市早良区姪浜清楽寺境内に「歩兵第七十八聯隊慰霊碑」を建立したことで、生き残った者の責務が果たせたという感慨が溢れた。

建立準備中、我が第二回の訪韓時、聯隊が北支在陣中の第三大隊長で、朝鮮戦争当時の首都（韓国）防衛師団長であった金錫源韓国陸軍中将（終戦時、日本陸軍中佐）を訪ね、慰霊碑建立の趣旨を述べ、「営庭の石」一片を慰霊碑の傍らに添え、今は異国になったが故に、聯隊に帰営できなくなった戦友の霊位五千の、せめてもの寄り処にいたしたいと申し出たところ、翌朝、小児の頭ほどの「石」を戴くことができた。

　この石は、慰霊碑の傍らで小さいながら、あの兵舎独特の「臭い」のするものとして、永く聯隊戦没将兵の「枕」となって、霊位の安らかな眠りの支えとなるであろうと思われる。

露営の夢に結びし祖国は今平和なり
これ、御身等の血潮もて購（あがな）えしもの
誰がその功に異を徇（とな）えん哉（や）
如何に歳移り、世変りても
御身等の勲（いさお）は悠久なり
我等生き残りし者、能（よ）くその功を讃え
長く後世に語り継がん
年を経（へみ）して三十年、戦友の情未だ消えず、
兄等を惜しむこと亦更なり
桜花の四月、遙北（ようほく）慰霊の地に戦友相集い、

兄等を偲び、往時を語る
願わくば在天の勇士
霊あらば来たり饗けよ

昭和五十（一九七五）年、三度目の訪韓で劉少将（日本名・松山武弘陸軍曹長）の案内で、今は韓国陸軍の兵舎になっている、懐かしの営舎を見ることができた。ただ、聯隊本部建物が取り壊され、経理室がなくなっていたのが寂しかった。だが、営庭内の一木一草は三十年の歳月を感じさせない鮮明さで残っていた。

この営庭に整列し、征途に就いた情景が昨日のように蘇り、懐かしさが突き上げてくる。仰ぎ見る南山の山容は、昔のままである。

あの日、我が征途を見送ってくれた南山に、「陸軍主計曹長・白水清治、只今帰還致しました」と、身を正して申告すると、万感胸に迫り、熱いものがジーンと込み上げ、頬に伝う涙を抑えることができなかった。

劉将軍の計らいで、乗用車一台を借り受け、輜重の姜聲鎬（日本名、宮本）氏を京畿道龍仁郡白岩里に訪ね、抱き合って涙の再会を果たすことができた。

去而砲声三十年　砲声去りて三十年
戦友会此龍仁地　戦友此処に会す龍仁の地

誰知陣中旧懐情　誰ぞ知る陣中旧懐の情
傾杯暁天聞鶏声　杯を傾て暁に鶏声を聞く。

だが、私の戦後はまだ終わらぬ。それは、軍律の名において兵を威圧し、自らは平然と軍規を犯して毫も恥じない、空威張りで、天ぷら、上げ底の陸士将校の行状を個々に取り上げ、読者諸士に告発すべきと思料した。

告発状（＊官等級、氏名はすべて仮称、仮名）

歩兵聯隊　中隊長　陸軍中尉　盛里秀行

一、逃亡の罪

1、右は、昭和十八年九月二十日、マーカム川上流の自己警備地にて遭遇戦が偶発するや、大隊長・某少佐の指揮下で交戦中、状況不利と見るや中隊指揮を放棄後退、ために大隊長は戦死、後途も策せず、部下中隊を捨て、独り、支隊司令部位置まで後退せり。

2、その後、後衛戦闘中の指揮下機関銃小隊の救出命令を受け、高砂義勇軍が配備されたが、救出陣地に参着したのは義勇隊のみで、指揮官である盛里中尉は、どこで脱落せしか、その姿見る者なし。

陸軍刑法　第七章　逃亡ノ罪

第七十五条　故ナク職役ヲ離レ又ハ職役ニ就カザル者ハ左ノ区分ニ従テ処断スル
一、敵前ナルトキハ死刑、無期若ハ五年以上ノ懲役又ハ禁錮ニ処ス

一、辱職の罪
歩兵聯隊　聯隊長代理　柄持止夫

1、右は、昭和十七年十一月五日、MO作戦の退却戦において、陣地の防御が困難と見るや同月七日、支隊長に無断で陣地を放棄、ワルギに撤退せり。ために、支隊は退路を断たれ、河川・密林に脱出路を求めたが、支隊長は溺死、部隊にも多くの犠牲者を出す最悪の結果をもたらした。
2、続いてワルギ防衛戦酣(たけなわ)の時、支隊長に無断で指揮下諸部隊を率い、守備陣地を放棄逃亡せり。ために、支隊司令部は全滅、他の諸部隊は敵包囲網脱出に多大の犠牲者を生じせしめたり。

陸軍刑法　第三章　辱職ノ罪
第四十三条　司令部軍隊ヲ率イ故ナク守地若ハ配置ノ地ニ就カズ又ハソノ地ヲ離レタルトキハ左ノ区分ニ従テ処断スル

一、敵前ナル時ハ死刑ニ処ス
二、（以下略）

歩兵聯隊　聯隊長　陸軍大佐　　也竿浄巳

右は昭和十七年十二月二十八日、ナブ地区救援隊長として二個大隊を率い出動したが、僅か七キロの海岸道を八日かけて五キロ前進、同地にてナブ陥落を知るや脱兎の如く走り還りしことは、救援の意思全くなく「陥落待ち」の意図的遅滞行動（統制前進）である。かかる行動は、指揮官として尽くすべき任務を放棄したものなり。

第四十二条　司令官、敵前ニ於テ其ノ尽スベキ所ヲ尽サズシテ隊兵ヲ率イ逃避シタルトキハ死刑ニ処ス

ナブ地域総括指揮官　陸軍少将　　川方操平
同司令部派遣　参謀　陸軍少佐　　多永剣四郎

右両名は、この地区所部隊の総括指導官並びに、軍の派遣参謀であった昭和十八年一月十九日夜、突如、全部隊の撤退を命じた。その命令が地区全部隊に到着するのも待たず、

両名はその夜中に、全部隊を置き去りにし、患者輸送の大発に割り込み乗艇、遠くシムに逃避せり。
かかる部下放置行為は指揮官として最も忌むべき行為で、その資質を疑うものなり。

第四十二条　条文は前項に同じ

一、辱職の罪

第二十師団　歩兵聯隊　大隊長　陸軍大尉　大池正太

右は昭和十八年十二月八日突入の、ムラ草原掃討作戦に於て、右翼攻撃の命を拝しながら、二地点は予定通り突破したが、第三地点は攻撃せず、十日、目前を退却する敵をただ漫然と傍観するのみで攻撃せず、結果的に敵飛行場攻撃の機を逸せしめたり。
かかる行為は軍人の最も忌むべき行為にして、その資質を疑うものなり。

陸軍刑法　第三章　辱職ノ罪

第四十三条　司令官、軍隊ヲ率イ故ナク守地若ハ配置ノ地ニ就カズ又ハソノ地ヲ離レタルトキハ左ノ区分ニ従テ処断スル

一、敵前ナルトキハ死刑ニ処ス
二、（以下略）

一、抗命の罪

歩兵聯隊　大隊長　陸軍少佐　立花由信

右は昭和十八年十月十六日、軍の一大作戦に於て、第一線攻撃大隊長として前進中、前面に敵陣ありとして攻撃を逡巡し、その場に座すこと三十時間、再三にわたる上司の攻撃促進命令をも忌避して動かず、なお、聯隊命令に疑義ありとして、深夜、聯隊本部に向かう途中で敵に射殺されたり。

この攻撃逡巡の空時間が禍し、戦勝の機を逸したり。故に、他大隊の戦功は無となり、本作戦を根底より崩壊せしめ、ニューギニア敗戦の因となせり。よって、死せりといえその罪は問うべきである。

陸軍刑法　第四章　抗命ノ罪

第五十七条　上官ノ命令ニ反攻シ又ハ之ニ服従セザル者ハ左ノ区分ニ従テ処断ス

一、敵前ナルトキハ死刑又ハ無期若ハ十年以上ノ禁錮ニ処ス

歩兵聯隊　中隊長　陸軍中尉　布貴湯尊
歩兵聯隊　大隊長　陸軍大尉　筋城七洋

1、右、布貴中尉は大隊長代理として昭和十八年十月十八日早朝、前進中に敵の砲撃を受けるや、攻撃発起点より一キロも奥地に逃避、翌十九日日没後、ようやく斥候を派遣した。

これにより、攻撃発起を二十日夜半とした。その夜半、新任筋城大隊長が「聯隊本部位置に復帰」命令を持って着任した。

すなわち、攻撃命令下六十二時間、攻撃態勢の片鱗すら見せず、隣接の第○大隊の「海岸道」遮断の一大戦果をも霧消せしめたり。

2、次の新命令は「第○大隊に連携し、キシ川小渓の左岸に展開し、正面攻撃すべし」とあり、大隊は二十一日早暁、所命地点に展開、敵弾雨？　の中を匍匐前進中、生い茂った熊笹に突き当り、往けば笹音で敵の射撃を誘発？　するので、蛸壺を掘って策を案じた。

ところが、その夜半「ガサゴソ」という音に、手榴弾を投げたが、現われたのは第○中隊の連絡兵であった。と、いうことは、笹藪前方に敵はいなかったことの証明である。斥候も出さず、居もしない敵に怯え、蛸壺に隠れて「思案」すること一○三時間、眼前で第○大隊が「海岸道」を死守、決死敢闘中にもかかわらず、金川大隊長代理より大隊指揮を継承以来七日間、穴居して前進を忌避するは、軍人の最も忌むべき所行なり。

陸軍刑法　第四章　抗命ノ罪
第五十七条　適用条文前項に同じ

第十八軍司令官　陸軍中将　安達二十三

1、昭和十九年三月二十五日、第八方面軍の隷下を離れ、第二方面軍の隷下となり、アイタペ攻撃準備中の六月十七日、「大陸命第一〇三〇号」により、六月二十日付で南方軍の隷下となった。

また、同命令文中には「……第十八軍ソノ他ノ諸部隊ヲシテ同方面ノ要域ニ於テ持久ヲ策シ以テ全般ノ作戦遂行ヲ容易ナラシムベシ」との**大命**が下達された。

にもかかわらず、七月三日十五時、木浦村において全くこれに反する「作命第五号」を発し、あくまでもアイタペ攻撃に固執し、忠良なる陛下の赤子三万を無駄死にせしめたり。

これら将兵は、大命違反の偽命令とは露知らず、「天皇陛下の御為」と、熱い思いを抱いて戦い、かつ死んで逝った。

2、大命とは、天皇陛下の命令である。それを一軍司令官が自己の「戦略価値観」により、恣意的に「兵を動かす」行為は、将に「統帥権干犯」と言わずして何と言うべきや……。かかる行為は一軍の将としてあるまじきことで、「俺は軍司令官」として日頃の傲慢さが為せる「わざ」であろう。

陸軍刑法　第四章　抗命ノ罪
第五十七条　適用条文の前項に同じ

一、辱職の罪

第○○師団歩兵聯隊長　陸軍大佐　杉元杉二郎

1、右は、昭和十九年八月三日、番頭川終盤戦の折、聯隊本部が敵の猛砲撃を受けるや、茫然自失して恐怖で怯え、軍旗の前をも憚らず、ただ逃げ惑い、大木の板根を盾に茫然自失、座して動かず、ただ震えるのみと、旗護分隊長・石黒政重は言う（証言する）。以来、聯隊将兵の嘲笑を買うことはなはだし。
軍旗は戦場における天皇の象徴として奉仕されている。したがって、本件は天皇陛下の御馬前を逃げ回ったことになり、不敬罪にも該当し、軍人として最も忌むべき行為を為したること明白である。

2、番頭川戦の期間中、兵は絶食で戦闘中にもかかわらず、米飯を強要し、副食の小魚や沢蟹の捕獲に戦闘兵を当て、ただでさえ少ない戦闘兵を私用に使役せしめたり。

3、番頭川戦後の警備駐留中、聯隊長がホカホカの白飯を食っているのを見せつけられ、思わず戦友の飯盒に手を伸ばし、サクサク葛湯を盗食した。

これを知った聯隊長は、被害兵も許し、分隊長・田平軍曹と共に聯隊副官経由の助命嘆願も許さず、銃殺刑を執行した。この白飯とて、兵への配給米をピン撥(は)ねした米飯で、全将兵の怨嗟の的となった。

4、番頭川戦の戦傷病者の護送を命じられた松田少尉は、これら患者を激励しつつ後退したが、次々に落伍者が出て半病人の護送兵だけではいかんともし難く、心で手を合わせ、歩行可能者のみ、登り下りの山脚伐開道をどうにか護送帰隊した。だが、聯隊長は護送任務を放棄したとして、婉曲に自決を命じた。

本来、退却時の患者残置は「部隊長責任」とされ、慣例化されてきた。その責めを部下に転嫁するとは本末転倒、聯隊長自らが自決すべきである。

5、昭和二十年三月、聯隊の生き残り一二〇名が、七回に及ぶ突撃戦で、クラミの敵陣攻撃中、聯隊長は遙か後方の新編入特科隊に座して、身の安全を策し、本属部下の死闘指揮はおろか、戦線視察もせず、他人事のような無関心ぶりであった。

ところが、近くに敵出現するや、一戦も交えずして後退せり。これがため、本属大隊の背後に敵が出現してクラミ攻撃は挫折、止むなく攻撃中止、新配備に就いた。

なお、本件に関し、軍参謀堀江正夫少佐は、聯隊長の行動を強く批判し、軍の杉山高級参謀に軍法会議開催を提案したほどである。

6、終戦になるや大言壮語の聯隊長は、一夜にして豹変し、敵の戦犯指名に怯え、戦々恐々たる毎日を送っていた矢先、敵司令部より「杉元聯隊長ハ豪軍司令部ニ出頭セヨ」との豪軍指令が届いた。

聯隊長は顔面蒼白、言語は縺れ、引きつり、何を言っているのか、聞き取れぬくらいに恐怖に戦いている。これを田平曹長がやっと聞き取ったところ、「軍刀を敵将に土産として持参するので、将校に錆びていない軍刀を差し出させよ」と、喚き散らしているのである。

軍刀奉呈は司令官の降伏式式次第の一項目で、各級指揮官は、一般将兵と同じく「それぞれの兵器置き場」に置けば事足りるのである。要するに「軍刀の土産」は不要であり、勝者の敵将に「媚」を売る屈辱的行為である。

右各項は、聯隊長としてあるまじき行為にして、陸軍刑法に抵触するものである。でなければ、微細なことで銃殺され、また、自己の責任を部下に転嫁し、自殺させられた将校及び、その他将兵の霊は浮かばれまい。

陸軍刑法　第三章　辱職ノ罪

第四十二条　司令官、敵前ニ於テ其ノ尽クスベキ所ヲ尽サズ隊兵ヲ率イ逃避シタルトキハ死刑ニ処ス

あとがき

私がこの本を著述せんと欲したのは、旧軍中に軍隊を「私物化」し、エリート意識のみ強く、その本分の「戦闘」となるや、戦術も戦略もあればこそ、部下を率いて逃避し、攻撃を逡巡し、あるいは部下を放置して我独り後方に逃避するなど、軍人の本分に悖る陸士出身の、上は将軍より下は中隊長まで、何とその数の多きことに驚愕するばかりであり、その実体を後世に残さねばと思考したからであります。

「敗軍の将、兵を語らず」との格言はどこへやら、厚顔にも顕著な戦闘の功績は、我が戦功の如く著述し、外聞を憚る戦闘場面は一切触れず、事実隠蔽に努めている。また、陸士同窓会の先輩たる上官は、それが陸軍刑法に抵触する事件でも一切を黙認し、不問とした。

この事態を看過せんか、太平洋戦争の、ひいては、日本歴史をも誤ることになりかねない。

歓喜嶺防衛線の矢野大隊長（少佐）、ヤカムル攻撃戦の香川大隊長（少佐）、同戦においいて真っ先に突撃を敢行し、ヤカムルの敵撃攘に成功した藤元昇第七中隊長（大尉・特志）ら、名だたる戦闘に師団の輿望を一身に戦ったのは、これすべて、下士官や幹候出身の大隊長や中隊長である。これに比べ、陸士将校の何と拙劣な指揮ぶりぞ。

軍や師団の中枢にある高級将校に甘え心がある限り、その戦闘は「里の童の戦争ごっこ」にも劣る戦闘ぶりである。

英知秀才を鼻にかけ（実際は?）、後輩からは知将・名将、果ては聖将とまで煽られ、自らは後輩の軍律違反を庇い、事実を隠蔽し、歴史を捻じ曲げていることに気づいていない。そんなに知将・名将であったなら、三八歩兵銃に換え、ジャングル戦に最適な「自動小銃」を装備させるぐらいの頭は働きそうなものだが、「知」についての自信過剰から頭が潤け、そんな簡単な思考すらも浮かんでこない脳味噌変じて糞味噌になっていたのであろう。

石はいかに磨いても玉にはならない。

軍人は学者ではない。「軍人の本分は戦いに勝つことである」。敵を見て逃げ出したり、攻撃を逡巡する指揮官が、果たして名将（またはその卵）に値するのであろうか……?。

上長の命令を拒否して兵を進めず、穴に潜りて出てこぬ陸士指揮官に、「武学」を口にする資格があるだろうか……?

『武学十年、我れ土遁の術を修めたり』

前述したような軍律を犯しても、彼ら陸士将校には軍事逮捕権は及ばない。なぜならば、憲兵の幹部も陸士将校より転科した者ばかりで、陸士同窓会の「先輩・後輩」の強い絆で結ばれていて、一切見ぬふり聞かぬふりであるから、逮捕も立件もあり得ないことになる。

インパール作戦中、コマヒ無断撤退の佐藤師団長でさえ、軍法会議に立件されなかった。ただし、二・二六事件だけは、天皇陛下の逆鱗（げきりん）に触れて初めて逮捕・立件された。

また、軍法会議の構成にしても、判事・検事・弁護士はすべて陸士将校であって、法務将校は陪席判事にしか過ぎない。これが、検察官も軍律違反者も同じ陸士将校であった場合は、たとえ憲兵隊の送検があっても、陸士同窓会的情誼（じょうき）と先輩・後輩の強い絆で、「なぁな・あうん」のうちに事件は握り潰され、表沙汰にはならないことになっている。

なぜならば、陸士将校に限り、破廉恥な行為をなす不届き者はいないという前提である。後輩を庇うに、たとえそれが違法であっても、見ていても知らぬふりをすることが先輩たる上官の「務め」のように心得違いをしているようだ。

したがって、陸士将校以外の者の「過ち（あやま）」には、厳しい軍法会議が待っているのである。私は、三年間の東部ニューギニア作戦に従軍し、明白な軍律違反・醜聞・醜態を耳にし、目にしてきたが、これが陸士将校のなせる行為であれば、一切不問とされているところに、日本軍の軍律の紊乱（ぶんらん）を助長せしめた遠因がある。

これらの事象を踏まえ、ニューギニアの密林に散った十五万の将兵に成り代わり、不問とされ、過去に葬り去られんとしている現実を観るに忍びず、各条に付、本文と照らし合わせ、賢明なる遺族並びに読者諸兄の裁断を仰ぐ次第であります。

（終り）

〔参考文献〕

『歩兵七十八聯隊史』　歩七八会
『歩兵七十九聯隊史』　歩七九会
『歩八十聯隊史』　歩八〇連合会
『パプアニューギニア地域における旧日本陸海軍の諸作戦』　田中兼五郎
『留魂の詩』　堀江正夫・朝雲新聞社
『ニューギニア戦記』　越智春海・図書出版社
『死の間隙／東部ニューギニア戦』　長友久義
『ニューギニア東部最前線』　石塚卓三・叢文社
地獄の戦場「丸・別冊」『ニューギニア・ビアク戦記』　潮書房

【著者略歴】

白水清治（しろうず・せいじ）

1922年１月１日、福岡県春日市で生まれる。
1941年９月　陸軍経理学校卒（下士官課程）歩78本部金銭係
1946年１月　復員（陸軍主計曹長）
1948年４月　日通車輛工業株式会社　経理課長心得
1949年９月　日本通運株式会社　博多港支店
1967年10月　日産プリンス久留米販売株式会社　経理部長
1972年10月　日産サニー福岡販売株式会社　取締役経理部長
1978年１月　経営コンサルタント開業

激戦ニューギニア
——兵の告発

二〇一〇年八月一五日　第一刷

著者　白水清治

発行人　浜　正史

発行所　元就（げんしゅう）出版社

〒171-0022　東京都豊島区南池袋四—二〇—九
サンロードビル２Ｆ—Ｂ
電話　〇三—三九八六—七七三六
ＦＡＸ〇三—三九八七—二五八〇
振替〇〇一二〇—三—三一〇七八

装幀　純谷祥一　印刷　中央精版印刷

ISBN978-4-86106-192-9　C0095